La Convergence des pôles

45, rue du Clos-Four – 63056 Clermont-Ferrand Cedex 2

Jacques Arnaud

La Convergence des pôles

Roman

dB

Avertissement

Ce roman puise sa source dans des faits réels. Dans un de ces drames humains que l'on classe, de manière euphémique, dans la catégorie des faits divers : l'accident de car d'un groupe de retraités randonneurs, le 23 octobre 2015, à Puisseguin, Gironde. Cette tragédie faisant quarante et une victimes fut un des accidents de la route les plus meurtriers connus en France. Le reste n'est qu'imagination et libre échappée vers le grand large ou, plutôt, le Grand Nord. Toute ressemblance ou similitude avec des personnes existant ou ayant existé ne serait donc que fortuite...

Mardi 10 mai 2016 – jour zéro

Rien dans cette paisible soirée de début mai ne laissait augurer de la tragédie qui allait s'abattre sur la journée du lendemain où Jean et Hélène Casamayou seraient brutalement séparés après quarante-quatre années d'un mariage sans orages et presque sans nuages, passées dans leur maison de Guinlet, département du Gers.

Jean est médecin généraliste. À soixante-six ans (moins un jour), il bat encore la campagne pour ses patients et est unanimement apprécié dans cette région où l'on goûte si bien l'armagnac et le foie gras. Jean est un modèle de conscience professionnelle. Jamais de relâche, même pendant les week-ends. Hélène se moque gentiment : « Si un Esquimau t'appelle depuis le pôle Nord, tu prends ta trousse et tu fonces... » Quand le téléphone sonne un samedi ou un dimanche soir, Hélène lève à peine les yeux et dit à son mari : « À toi de répondre, c'est encore le pôle Nord. »

Hélène Casamayou a épousé la nature généreuse de son mari et a pour lui une indéfectible admiration. Elle a le même âge que lui, à un an près. Tous deux se sont rencontrés pendant leur adolescence à Eauze, gros bourg voisin. Ensemble, ils prenaient presque chaque jour l'autocar pour se rendre au lycée d'Artagnan à Nogaro, à une vingtaine de kilomètres. Elle est née dans une famille d'éleveurs de canards et d'oies. Jeune, elle aidait régulièrement ses parents sur le marché d'Eauze, où ils vendaient les produits de leur élevage : foies gras, carcasses, magrets et gésiers. Eauze, quatre mille habitants, se revendique comme la capitale mondiale de l'armagnac. La région vit surtout de ses activités agricoles. Outre la vigne, on y cultive le maïs, le blé et le tournesol, et de nombreuses exploitations se sont tournées vers l'élevage de poulets, de canards et d'oies. La famille d'Hélène continue de commercialiser ses produits. Son frère aîné, Pascal Cazals, inséparable ami de Jean, dirige cette exploitation depuis le décès de ses parents.

L'histoire de Jean et Hélène frôle le cliché, bien au chaud dans les profondeurs rurales de la Gascogne. La femme d'un seul homme et l'homme d'une seule femme. Leurs amis parlent d'eux avec admiration : « À ce couple, sauf accident, il ne peut rien arriver. » Sauf accident... Si leurs ébats amoureux n'ont plus la même fréquence que dans leurs jeunes années, Jean et Hélène se donnent toujours du plaisir l'un à l'autre et, la nuit, s'endorment vissés sous la couette. Ils avaient tout juste dépassé vingt ans quand ils se sont épousés dans la cathédrale Saint-Luperc à Eauze. Jean a ensuite terminé ses études de médecine par un internat à Bordeaux et choisi de demeurer généraliste, pour exercer dans sa région d'origine. Il a installé son cabinet à quelques kilomètres au nord d'Eauze, dans le petit village de Guinlet, celui de sa famille paternelle. Tout en remplissant auprès de son époux une fonction de secrétaire médicale, Hélène est le moteur du « Club des seniors » d'Eauze. C'est elle qui organise excursions, fête du village et toutes autres animations dont elle a l'idée.

Hélène fait encore tourner les têtes, celles en tout cas des sexagénaires de la région qui la connaissent depuis l'enfance. Tous les garçons étaient amoureux d'elle. « La plus jolie fille du Sud-Ouest », disait-on localement. Les cinéphiles trouvent qu'elle ressemble à Elizabeth Taylor… avant de préciser aussitôt : « En mieux… » De taille moyenne, elle a conservé presque intacte la silhouette sportive de la jeune femme qu'elle était. Avec les années, un peu moins musclée, un peu moins svelte, mais toujours appétissante pour son mari… et les copains de ce dernier qui, même si c'est juste par jeu, n'ont jamais cessé de lui faire la cour. Hélène est d'un naturel joyeux, optimiste et tonique. Son frère aîné la surnomme « ma virevoltante sœur ». Depuis l'adolescence, elle est passionnée de flamenco. Ses parents l'avaient encouragée et envoyée suivre une formation à Séville pour pouvoir ensuite enseigner cet art. Elle a créé à Eauze une école qu'elle continue d'animer et où elle reçoit de nombreux élèves.

L'orage qui menace rend la lumière du soir plus brillante sur la campagne gersoise, aussi vallonnée que paisible. La soirée est douce sur la terrasse où Hélène bavarde avec Anne, sa fille. Jean est parti voir une patiente, appelé en urgence.

— Tu restes dîner ?

— Non merci, maman, ce soir je suis prise. Je retrouve Gabriel. Mais j'attends le retour de papa pour l'embrasser, sauf s'il en a encore pour trop longtemps.

Hélène le sait, Jean sera sensible au fait qu'Anne l'ait attendu.

— S'il n'appelle pas, c'est qu'il est en route. Il est allé voir une de ses vieilles patientes à Eauze, tombée dans l'escalier de sa cave. Au lieu d'appeler le Samu, ses malades l'appellent lui. Et lui, au lieu de leur dire d'appeler le Samu, il y va.

— Il est comme ça.

— Oui. Il est comme ça.

La mère et la fille sourient en évoquant le tempérament de leur médecin de mari et de père, même si elles trouvent qu'à son âge il en fait un peu trop et que, malgré sa belle santé, « il va finir par s'user à la tâche ». Heureusement, Jean a commencé à parler de lever le pied. Hélène précise qu'« il a tout juste commencé de l'envisager »... Il partage depuis peu son cabinet surchargé avec un jeune médecin, Jérôme Dubert, destiné à le seconder dans un premier temps et à terme prendre le relais. Sans surprise, les patients « historiques » préfèrent consulter Jean et les nouveaux, malheureusement, viennent aussi pour lui. Le jeune médecin, pourtant originaire des Landes voisines, a du mal à se faire accepter par cette clientèle rurale.

Hélène a hérité de sa mère basque d'une épaisse chevelure noire où depuis une dizaine d'années des cheveux blancs ont commencé à faire leur apparition, ce qui lui déplaît profondément. Alors elle fait disparaître toutes racines blanchâtres chez son amie Nicole qui, « en ville », tient un salon de coiffure. Hélène a conservé une peau sans taches et surtout c'est ce regard, ces yeux verts qui attirent et troublent encore. Des yeux d'un vert si pâle qu'ils éclairent celui qui les croise. S'en dégage une immédiate sensation de bienveillance.

Anne est un peu plus grande que sa mère et porte en queue-de-cheval ses cheveux blond vénitien. Elle a les yeux verts d'Hélène. Sportive, mince, agile, elle a pratiqué le handball durant ses études d'infirmière à Toulouse.

Hélène et Jean ont eu trois enfants, deux garçons d'abord, puis Anne qui est la seule encore en vie. L'aîné est mort peu après sa naissance, victime d'une malformation cardiaque. Le second, Thomas, perdit la vie à dix-neuf ans dans un accident de scooter. Il aurait presque trente ans aujourd'hui. Un accident dont il n'était pas responsable, un conducteur alcoolisé ayant brûlé un stop. Cette disparition a créé une douleur qu'ils portent en permanence en eux et qu'ils partagent avec Anne, née deux ans après son frère.

Anne a vingt-sept ans. Après avoir ouvert son propre cabinet d'infirmières à Eauze, elle est demeurée quelque temps célibataire. À ses dires, elle ne faisait jusqu'à une époque récente que « peu de rencontres intéressantes ».

— Même au bureau des corridas ? Il y passe du monde, demandait parfois Hélène.

Anne complétait ses revenus par un travail saisonnier pour la mairie, vendre les abonnements et les billets de corrida. Eauze est une ville taurine qui dispose d'une arène moderne de quatre mille places. Autant de sièges que d'habitants, s'en amuse-t-on dans le bourg. Dans la région, l'*afición* fait partie du patrimoine.

— Maman, les matadors ne passent pas acheter des places, mais depuis quelques mois il y a quelqu'un dans ma vie, a un jour répondu Anne. Et vous le connaissez.

Cette confidence tellement espérée avait rempli de joie ses parents qui connaissaient effectivement ce Gabriel, kinésithérapeute du même âge, exerçant à Eauze depuis une année et auquel Jean avait, en toute confiance, commencé à adresser des patients. La joie des parents a encore augmenté le jour où Anne a annoncé qu'elle attendait un enfant.

— Tu es bien sûre que tu veux venir demain avec les seniors à Gavarnie ?

— Je te l'ai dit, maman, j'aime marcher en montagne. C'est une occasion de se faire plaisir ensemble, toi, papa, Gabriel et moi. Et puis ça va me mettre en forme parce que la semaine prochaine je dois aller avec le maire devant le tribunal administratif de Pau plaider contre un collectif d'anticorridas qui nous a assignés encore une fois. En plus, tu savais que nous avions reçu un courrier piégé au bureau ?

Jean les rejoint sur la terrasse, un verre de Ricard à la main, il a vaguement entendu la dernière phrase.

— Quoi ? Un courrier piégé ?

Mère et fille se lèvent pour l'embrasser en même temps. Jean serre contre lui les deux femmes de sa vie.

— On ne t'a pas entendu arriver. Alors, la mère Dutournier, c'est grave ?

— Fracture du col du fémur, un grand classique... À son âge, je ne sais pas comment les chirurgiens pourront la remettre sur pied. Dis-moi plutôt ce qu'est cette affaire de lettre piégée.

— Une lettre contenant des lames de rasoir et de cutter dissimulées sous la bande adhésive de l'enveloppe kraft. Clairement pour gravement blesser la personne qui ouvrirait. Par chance, c'était Mme Bernis qui réceptionnait le courrier et elle se sert toujours d'un coupe-papier.

— Je comprends qu'on puisse s'opposer à la tradition de la tauromachie. Mais les « anticorridas » vont trop loin. Ne pas aimer qu'on tue des taureaux est une chose, tenter de tuer pour cela des humains en est une autre. Elle aurait pu y passer, ta collègue... Et toi, chérie, pour l'excursion de demain, tout roule ?

— Tout roule. Et ta fille vient avec nous, elle veut marcher. Gabriel aussi est de la partie ; tous les deux vont un peu faire baisser la moyenne d'âge.

Jean sourit à sa fille.

— D'accord, mais c'est la dernière grosse excursion que je t'autorise. À partir de quatre mois de grossesse, on doit se ménager. Il te faudra envisager une vie plus paisible jusqu'à l'accouchement de ton petit bonhomme. Et puisque vous tenez à nous accompagner, armez-vous de patience, Gabriel et toi, vous allez devoir écouter toutes les histoires que les vieux rabâchent à longueur de journée... et de soirée.

— Oh, les histoires de vieux, j'y suis bien habituée, je les entends aussi dans le cabinet ou lors des visites à domicile...

Anne se blottit une nouvelle fois dans les bras de son père, embrasse sa mère. Jean et Hélène se retrouvent en tête à tête.

— Mon frère a confirmé que demain il venait avec nous à Gavarnie. Corinne l'accompagne. Tout à l'heure, il est passé déposer des carcasses pour toi. Il a aussi dit qu'il aurait une belle provision de cigares pour vous deux.

— C'est son tour, rien à dire. J'espère que l'orage qui se prépare arrivera au cours de la nuit et que demain, avec le car, on pourra faire la route dans de bonnes conditions. Au total, on sera combien finalement ?

— On sera quarante-huit, mon Jeannot, tous tes potes sont du voyage, on fêtera ton anniversaire sur place, à la montagne.

Hélène a préparé les carcasses grillées de canard, offertes par Pascal qui connaît la passion de Jean pour les « demoiselles », ces morceaux de chair qui restent lorsqu'on a enlevé les magrets. Les deux beaux-frères aiment aussi partager, le soir, sur la terrasse de leur maison, un havane et un verre d'armagnac.

Comme chaque soir, Jean et Hélène s'endorment en se tenant la main.

Mercredi 11 mai – jour 1

Le mercredi 11 mai 2016, Hélène Casamayou emmène un groupe de quarante-huit personnes, presque toutes du troisième âge, en excursion. Direction le cirque de Gavarnie dans les Hautes-Pyrénées, une excursion pour marcheurs de tous niveaux, paysages exceptionnels à la clé. Le Club des seniors d'Eauze a fait le plein, ce qui est toujours le cas lorsque Hélène est aux commandes. Dans le car Mercedes Tourismo, affrété pour l'événement, toutes les places sont prises. On dormira trois nuits dans un hôtel de Luz-Saint-Sauveur. Hélène a prévu une petite animation à la pizzeria-bowling du village lors du premier dîner pour fêter le soixante-sixième anniversaire de Jean.

Le départ a eu lieu à 16 heures sur la place d'Eauze où subsiste une belle maison à colombages du XVe siècle, la maison de Jeanne d'Albret, mère d'Henri IV. Cette aristocrate navarraise, chantre de l'Église réformée, devait elle aussi apprécier un petit verre d'armagnac pour accompagner sa poule au pot.

Jean Casamayou est âgé de soixante-six ans depuis le matin même. Son physique peut se résumer par l'adjectif « trapu ». De taille modeste, un mètre soixante-dix, c'est un homme robuste. Larges épaules, fortes cuisses, gros mollets et léger embonpoint de sexagénaire. Comme de nombreux Gersois, Jean est un excellent cuisinier. Les cheveux gris sont coupés court et le haut du crâne un peu dégarni. Jean porte une barbe bien soignée qui, au fil des années, est devenue gris clair. Derrière des lunettes de presbyte léger, deux prunelles couleur noisette qui plaisaient bien aux jeunes filles dans les bals d'antan.

La famille Casamayou est originaire de la région. Le grand-père paternel de Jean eut une brillante carrière de violoniste dans l'orchestre du Capitole de Toulouse. Il eut le privilège d'être premier violon sous la direction de Michel Plasson. Dès l'enfance, Jean a appris le violon avec ce grand-père virtuose qu'il vénérait. Devenu lui-même un excellent interprète, il hérita du violon préféré de l'aïeul, un violon de grande valeur datant du XIXe siècle, fabriqué par un luthier de Mirecourt dans les Vosges. Passionné, Jean a continué de se perfectionner, y compris durant ses années d'internat au CHU de Bordeaux, période où il put travailler avec l'orchestre national de Bordeaux-Aquitaine, parfois sous les ordres du maestro Roberto Benzi. La musique pour lui est une nécessité. De retour dans le Gers après ses études, Jean se produisait dans les salles des fêtes de la région, le plus souvent en compagnie de son père qui jouait correctement du piano. Ces prestations largement bénévoles participaient au maintien du lien social dans ce pays rural auquel père et fils étaient attachés.

Malgré ses journées chargées, Jean continuait de s'astreindre à une heure de pratique quotidienne, pour le plus grand bonheur de son épouse, sa première « fan ». Outre le violon, Jean avait un peu pratiqué le football, ce qui pour un Gersois, en terre de rugby, était quelque peu hérétique. Il avait été un milieu de terrain généreux dont les coéquipiers adoraient le caractère convivial et attentif aux autres. Autant de qualités que ses patients, plus tard, apprécieraient chez lui.

La mère de Jean était d'origine britannique. François Casamayou l'avait rencontrée pendant la dernière guerre à Londres où il avait rejoint l'armée de la France libre à l'âge de vingt-deux ans. Démobilisé, François n'oublia pas la jolie Dorothy Price, Galloise de Swansea, qu'il épousa en 1948 à Eauze. Dorothy (les Gersois prononçaient « Doroty »), aux côtés de son vétérinaire de mari, enseigna l'anglais à Eauze même, au collège Jean-Rostand. Jean et sa sœur aînée apprirent à parler l'anglais avec leur mère.

Pour ses soixante ans, Jean a « pris des vacances » avec la bénédiction de son épouse, engagé auprès de l'ONG Médecins sans frontières dans une mission de trois mois au Sud-Soudan. Affecté dans un camp de réfugiés à Yida, un coin totalement perdu, il eut à soigner des enfants victimes de malnutrition, d'infections respiratoires, de septicémies et de paludisme. En partant pour cette mission, Jean parlait encore un anglais convenable, mais manquait un peu de pratique. Ces trois mois furent un vrai stage linguistique en immersion. À son retour, il plaisantait :

— Maintenant, je peux ouvrir un cabinet immobilier dans le Périgord.

Comme dans tous les camps de réfugiés, les médicaments faisaient sérieusement défaut à Yida. Depuis son retour, avec l'aide de son épouse, Jean organisait dans la région des collectes de médicaments. Cette aventure dans l'humanitaire correspondait au caractère de l'homme qui, par vocation altruiste, a choisi de rester médecin de campagne. Par attachement, aussi, à sa région natale, conscient des besoins d'une population de plus en plus en manque de médecins. La désertification médicale dans la France profonde est une effarante réalité que Jean dénonce en permanence.

Quand le car démarre, Hélène et Anne sont assises côte à côte, au milieu, dans la rangée de gauche, Gabriel est de l'autre côté de l'allée centrale, à leur droite. Corinne et Pascal Cazals occupent les sièges juste derrière. Jean, lui, est assis tout au fond. L'autocar a roulé à peine un quart d'heure et déjà les seniors réclament qu'on voyage en musique. Dans ces circonstances, c'est évidemment Jean que l'on met à contribution. Avec son violon, il saura jouer des morceaux entraînants et faire monter l'ambiance.

— Jea-nnot ! Jea-nnot !

Les passagers scandent l'invitation en tapant des mains. Tous sont joyeux, insouciants, ce sont de belles journées de fête qui s'annoncent.

Le car traverse une forêt sur une petite départementale. Jean quitte son siège pour prendre son violon qui se trouve encore dans son étui, près de la porte arrière, du côté droit. Il est 16 heures et 21 minutes. À 16 heures et 22 minutes, l'autocar du troisième âge percute l'avant d'un camion qui se trouve face à lui mais du mauvais côté de la route. En un instant, un énorme nuage de fumée, lourde, brûlante, envahit l'habitacle. Des flammèches suivent et subitement c'est tout l'avant du véhicule qui s'embrase...

Le choc n'est pas très violent car le chauffeur a eu le réflexe de freiner. À ce moment, Jean se trouve debout à côté de la porte latérale arrière qui s'ouvre toute seule. Projeté sur la chaussée par un passager affolé, il se relève et remonte dans le car pour aider à l'évacuation et chercher les siens. Un autre passager hystérique lui barre le chemin et il se retrouve à quatre pattes sur la chaussée. Il tente de remonter mais la fumée, les flammes et la chaleur rendent toute progression impossible. Juste devant lui, une femme hurle, les cheveux en feu. Il la saisit par la taille et, depuis le marchepied, la projette sur la route. Il tente une nouvelle fois de remonter mais l'incendie le refoule encore.

Trop tard, en quelques secondes, l'accès par la porte arrière est devenu impossible, les flammes ont pris possession des lieux. Un sac à dos a roulé sur le marchepied, il s'en saisit.

— Éloignez-vous du car, crie un des rescapés, il va exploser !

Jean regarde autour de lui sur la route. Ni Hélène ni Anne ne sont visibles. Elles étaient assises trop loin des portes pour avoir une chance de les atteindre, elles sont forcément à l'intérieur. En courant, il contourne l'autocar par l'arrière et se porte à proximité de la fenêtre où il estime qu'elles se trouvent. La fenêtre est trop haute, trop enfumée pour qu'il puisse voir à l'intérieur, alors il saute en agitant les bras. Seuls des hurlements lui parviennent. Jean hurle aussi. Il appelle Hélène, la supplie de sauter par la fenêtre. Il cherche une pierre pour en briser les vitres, mais n'en voit pas à proximité. Il frappe de toutes ses forces sur une vitre quand celle-ci explose violemment. Jean se trouve catapulté en arrière par le souffle et les flammes. Il se relève et s'agrippe. À la force des bras, il parvient à hisser sa tête au niveau de la vitre. La fumée et les flammes lui fouettent le visage. Il appelle. Aucune réponse. Seul bruit, celui de l'incendie que le vent attise. Tambourinant contre les parois du car en feu, les extrémités des doigts ensanglantées, il comprend qu'il n'y a plus rien à faire.

Les quelques survivants, obsédés par la nécessité de se mettre à l'abri d'une explosion, se sont écartés. Aucun d'entre eux ne l'a vu passer de l'autre côté. Le car continue de brûler. Une épaisse fumée noire s'échappe par les fenêtres qui explosent les unes après les autres. À l'intérieur, plus rien ne bouge. Jean le sait, ils sont tous morts. Il s'acharne encore à appeler, à sauter mais rien n'émerge que le sifflement de la combustion.

En quinze minutes, pompiers, gendarmes et Samu sont sur place et installent un cordon de sécurité confinant la zone. En état de choc, Jean veut rester seul. Il retourne à l'arrière du brasier pour ramasser l'étui à violon et, machinalement, prend aussi le sac à dos tombé au sol et s'éloigne vers la forêt. Les jambes en coton, trébuchant sans cesse, mais incapable de détacher ses yeux du brasier, il marche environ cinq cents mètres, s'assied sur une souche de chêne et se prend la tête entre les mains.

Les deux femmes de sa vie, son futur gendre, sa belle-sœur, son beau-frère, tous ses meilleurs amis viennent de mourir en quelques secondes dans des souffrances atroces. Jean revit ses tentatives pour retourner à l'intérieur, sa terrible impuissance. C'était la mort assurée, pour lui aussi, s'il était revenu dans le car en flammes. C'eût sans doute été préférable. N'avoir pu au moins sauver Hélène et Anne lui est insupportable.

Le souffle coupé, il reste prostré, tétanisé, incapable de se lever. Au loin, l'agitation des secours lui est étrangère. Jean ne bouge plus. À travers les frondaisons, il ne distingue quasiment plus rien. Inutile d'y retourner. À quoi bon constater le carnage. Il porte sa parka de randonnée. Il n'a ni chaud ni froid. Il est épuisé et sanglote maintenant, allongé sur le sol. Ses doigts et paumes saignent, aucune importance. Assommé de détresse et d'impuissance, la léthargie le gagne.

Deux heures plus tard, le froid et le vent lui font reprendre conscience. Au loin, l'activité des secours continue mais les sons lui parviennent très assourdis. Jean regarde autour de lui. Au sol, son étui à violon et un sac à dos qui n'est pas le sien. Il charge l'un et l'autre sur ses épaules et s'enfonce dans la forêt. Cette forêt d'Aignan est celle de toute sa jeunesse. Ses parents venaient régulièrement y pique-niquer sur les bords du lac. Le lac, aller vers le lac. Ses pensées tourbillonnent. Il revoit encore et encore le déroulement de l'accident, se souvient qu'au bout d'un bref moment il n'a plus entendu de cris. Hélène et Anne, comme les autres victimes, ont vite succombé à l'asphyxie, mais il est sûr qu'elles se sont vues mourir dans d'épouvantables brûlures. Au bord du lac, quelques tables de bois destinées aux pique-niqueurs. Tout est désert et silencieux. Jean trempe ses mains meurtries dans l'eau froide, puis remonte s'adosser à un arbre. Il est incapable de bouger, d'arrêter une quelconque décision. La nuit tombe.

Jeudi 12 mai – jour 2

Un doute s'est installé parmi les sauveteurs. Quarante-huit personnes étaient inscrites pour l'excursion. Plus un chauffeur. Or quarante et un cadavres carbonisés ont été extraits de la carcasse du car. Un survivant ou un cadavre manque à l'appel. Une liste de quarante-deux victimes est affichée à la mairie d'Eauze et donnée aux agences de presse. Le nom de Jean Casamayou y figure. Il faudra recompter les cadavres. Sont-ils quarante et un ou quarante-deux, les malheureux qui ont péri ? Un distrait aurait pu manquer le rendez-vous. C'est la version provisoire privilégiée par les autorités, les personnes âgées ne sont pas toujours fiables... Les corps ont été transportés hors de la vue du public, dans une annexe de la morgue hospitalière d'Eauze, sous le contrôle de représentants de l'institut médico-légal de Toulouse. Le procureur de la République officialise les quarante et un décès et annonce que, grâce aux recherches et ultérieurement aux éléments ADN, on saura quelle est la personne manquante. L'information sera disponible dans un court délai.

Alors que le jour est à peine levé, face au lac couvert de brume, Jean est encore dans un état de sidération proche du coma. Il a sans doute somnolé sur l'herbe humide même s'il a l'impression du contraire. Que faire maintenant ? Reprendre le chemin de la maison ? Il s'en sent incapable. Le simple fait de se lever pour faire un pas en direction de Guinlet le tétanise. S'il revient, il sait qu'on lui demandera de venir identifier pour l'état civil les corps carbonisés de sa femme et de sa fille. Ceci, il ne veut même pas l'envisager. Au sol, à ses côtés, le sac à dos dont il commence à examiner le contenu. Dans un portefeuille, la carte d'identité de Pascal Cazals. Il a donc sauvé des flammes le sac de son beau-frère. Jean étale sur la table son contenu pour inventaire. Une gourde. Vide. Un pull à col roulé. Deux chemises, deux caleçons, deux paires de chaussettes, un pantalon en velours. Un briquet. Une trousse de toilette avec un rasoir à main, de la mousse à raser, du dentifrice, une brosse à dents, un peigne. Il constate que Pascal continue à prendre les médicaments anticholestérol qu'il lui a lui-même prescrits. Il trouve aussi une pommade anti-inflammatoire, un couteau suisse, une paire de chaussures de tennis, un bonnet en laine, des lunettes de soleil, un étui à cigares avec quatre havanes. Dans le portefeuille, avec la carte d'identité, une poche contient une carte Vitale, une carte Visa et une carte de lavage de station-service. Dans une autre, des photos de Corinne, sa belle-sœur.

Il est submergé par un accès de rage froide, irraisonnée. La première idée qui lui vient est de se débarrasser de ses propres papiers. Pourquoi ne pas conserver que la seule carte d'identité de Pascal, adopter l'identité d'un mort ? Ne plus être le Dr Casamayou de Guinlet, mais un spectre. Devenir un fantôme et fuir, tel un mort-vivant. Mettre le maximum de distance entre lui, l'autocar calciné et son village où la vie n'aurait plus de sens. Tourner le dos définitivement, comme un condamné à perpétuité, comme un forçat qui ne reviendra jamais chez lui. Alors il décide de se lever, de marcher, de s'éloigner. Sans but, marcher pour marcher, pour vider son corps, tenter d'évacuer ses pensées.

Il se dirige d'abord vers l'est pour éviter de traverser les environs d'Eauze. Jean est un bon marcheur. Hélène partageait cette qualité. Ensemble, ils avaient fait le pèlerinage de Saint-Jacques-de-Compostelle après le décès de Thomas. Une thérapie à deux. Depuis Nogaro, près de chez eux, en passant par Saint-Jean-Pied-de-Port, Roncevaux, Pampelune, Logroño, Burgos, León, Ponferrada et enfin Saint-Jacques. Mille kilomètres en trente-six jours. Jean prend donc la fuite, poussé par un désespoir qui rend cette fuite indispensable. Il porte sa tenue de randonneur avec sa parka bleue et a de bonnes chaussures de marche. Il a, sur le dos, le sac de Pascal avec la gourde qui balance et l'étui à violon. Cet étui, auquel il a eu la bonne idée d'ajouter une sangle pour le transporter en bandoulière, est un accessoire un peu incongru pour un marcheur, mais il ne se séparera sous aucun prétexte de ce précieux souvenir, le seul qui le rattache encore à sa « vie d'avant ».

Dans les poches de sa parka, Jean avait placé ses lunettes, ses papiers et un porte-cartes avec sa propre Visa. Et un peu d'argent de poche, 82 euros et une poignée de centimes. Son téléphone portable était dans le sac d'Hélène, on le retrouvera peut-être dans les décombres et cela pourra accréditer l'hypothèse de son décès. Il n'est pas lucide, ses pensées sont brouillées. Seules l'animent la colère et la douleur.

Après avoir marché une dizaine de kilomètres, il se sent un peu plus calme et commence à réfléchir au bien-fondé de sa fuite. Il faut continuer. Disparaître pour toujours, tourner le dos à cet enfer, et définitivement. Priorité absolue : ne pas se faire repérer. Il peut être identifié par des centaines de personnes dans la région. Tant qu'il n'aura pas quitté le département, il risque à chaque instant d'être reconnu. Ensuite, détruire tous les documents et toutes les preuves de son ancienne identité. Raser sa barbe et laisser aussi pousser ses cheveux pour ressembler autant que possible à la photo d'identité de Pascal. Conserver uniquement les indispensables lunettes de vue. Dans la journée, il parcourt trente-cinq kilomètres vers le nord-est en évitant les villages. Il connaît la région à la perfection : au cours des quarante dernières années, il en a sillonné toutes les routes, le moindre chemin. Le bonnet et les lunettes de soleil, sa tenue de randonneur et sa marche rapide lui permettent d'éviter toute rencontre. De loin, il a croisé un groupe de trois hommes qui venaient réparer leurs palombières en vue de la prochaine saison. Il s'est tenu à l'écart.

Dans une supérette, il achète de l'eau minérale et un paquet de biscuits. Vers 18 heures, il décide d'aller remplir la gourde dans les toilettes d'une station-service à l'entrée de Valence-sur-Baïse. Le bonnet et les lunettes de soleil lui garantissent un réel mais étrange (et peut-être suspect) anonymat, mais il faut avant tout éviter de se faire identifier par des caméras de surveillance. Prudence supplémentaire : il retire sa parka bleue trop facilement reconnaissable. Dans les toilettes, l'eau chaude permet un rasage complet de sa barbe. Eauze n'est à cet instant qu'à vingt kilomètres à l'ouest, passer aussi près est risqué. Comme le serait aussi de passer la nuit dans le cloître de l'abbaye de Flaran, où il a si souvent conduit des amis. Mieux vaut à nouveau passer la nuit dans la nature et essayer de couvrir encore trente-cinq kilomètres le lendemain afin de dépasser Nérac.

À la nuit tombante, Jean s'est arrêté dans un sous-bois qui borde la Baïse. Pas de ferme ni de chien en vue. Il retire ses chaussures et trempe ses pieds dans l'eau. À l'aide du couteau suisse, il met en miettes les deux cartes de crédit, détruit aussi sa propre carte d'identité, tout ce que contenait son portefeuille et ne conserve que la carte d'identité de son beau-frère.

Il lance dans la rivière quelques-unes des miettes mais en garde une partie dans sa poche pour les disperser plus tard en différents points. Les quatre havanes suivent le mouvement. Le paquet de petits Lu est maintenant bien entamé. Jean a encore faim mais il sait qu'elle s'estompe progressivement sur la durée. Il s'offre un bon massage des pieds et une séance de relaxation en position allongée, les lombaires collées au sol.

Ma vie a basculé. Je vais dans le vide et c'est mon choix. On dit : « Ce qui ne te tue pas te rend plus fort. » Ce n'est pas du tout ce que j'éprouve. Ce qui ne m'a pas tué est en train de me transformer. Ce qui ne m'a pas tué m'a amené à fuir, à avancer, avec maintenant, dans le ventre, une sensation de douleur qui ne me quittera plus. Je n'ai plus que ça comme idée : je n'ai pas de but, je déserte. Quand je marche, j'ai un peu moins mal...

Il ramasse de la mousse et se confectionne une couche. Pour combattre le froid, il a enfilé le pull à col roulé de Pascal par-dessus le sien. Il s'allonge et fixe le ciel. Les cumulus sont en train de s'amonceler, certains se colorent de gris, la pluie n'est peut-être pas à exclure, d'autant plus que le vent s'est renforcé.

À quoi bon retourner vivre là-bas, seul, jusqu'à ce qu'on m'enterre comme mon père. Je me souviens de ses obsèques, il avait soixante-quatorze ans et mourait à petit feu de son cancer des poumons. Tous les vieux du village, tous ceux de sa génération, étaient présents, usés, boiteux, handicapés... Je les revois, teints livides, démarches mal assurées, poignées de main sans vigueur. La grande majorité d'entre eux, je les soignais. Leur serrer la main à tous, en ligne, à la sortie du cimetière a été une épreuve, même si cette forme de solidarité villageoise avait quelque chose de sincère et de touchant. Revivre ça pour les victimes du car et rentrer seul dans une maison dorénavant accablée de souvenirs ? Je n'en ai nulle envie. Mon deuil, je le porterai seul. Mes patients, tant pis, je leur ai déjà tant donné, ils mourront sans moi et probablement plus tôt compte tenu des soins de piètre qualité de ce petit con de Dubert, ce jeune qui ne quitte pas son cabinet. Dix minutes par patient, une ordonnance de deux pages à chacun. Sabotage de la profession ! Sans mentionner tous ces examens complémentaires qui coûtent une fortune au contribuable. Mais aussi, c'est devenu tellement de paperasses, mon métier. Alors, basta ! J'abandonne la lutte. Si j'ai tant donné, c'était aussi parce que mon secteur a perdu un quart de ses généralistes au cours des dix dernières années. C'est une vie dont les jeunes médecins ne veulent plus. Huit à dix ans d'études pour ça... Face à nous, tous ces pauvres gens, âgés pour la plupart, qui doivent choisir entre se soigner ou manger. J'en ai vu tant renoncer à aller chez le dentiste, l'ophtalmo ou autres spécialistes. La détresse et la misère, j'en ai vu assez. J'ai vu assez de ces grands malades que rien ne pouvait sauver et dont j'ai fermé les yeux. J'ai entendu trop de secrets de famille. La cuve est pleine.

Vendredi 13 mai – jour 3

JEAN A DORMI par intermittence, partagé entre la fatigue, son angoisse et ses cauchemars. Vers 3 heures du matin, la pluie s'est mise à tomber, il s'est abrité sous un gros hêtre au tronc creux en se recroquevillant dans l'embrasure. Au lever du jour, il quitte son pantalon trempé pour enfiler celui qu'il a trouvé dans le sac à dos. Pascal Cazals était plus grand que lui, il doit faire deux revers en bas des jambes. Il reste de l'eau et des biscuits. Ce sera « économie de guerre », il faudra se rationner. L'eau gratuite ne sera pas un problème grâce aux stations-service et aux toilettes publiques.

Sur le sac à dos, il a accroché son pantalon pour le sécher. La silhouette de ce marcheur, portant un étui à violon et un sac à dos d'où pendouille un pantalon, aura du mal à passer inaperçue. Alors, comme la veille, il évite de marcher au bord de la route et se méfie des villages. Le problème, ce sont les rivières, car les ponts se trouvent souvent dans les villages. Et dans les villages on ne peut éviter de croiser du monde. Toutefois, avec le bonnet, les lunettes de soleil et la face dorénavant imberbe, les risques de se faire identifier sont réduits. La traversée de Condom effectuée presque au pas de course, le regard fixé sur l'horizon, se passe sans incident. À la station-service de la sortie nord de la ville, il remplit sa gourde. Une télévision est allumée et BFM TV présente un sujet sur l'accident de l'autocar d'Eauze. Quelques clients commentent les images avec une compassion sincère, sentiment renforcé par l'appartenance à une même région. Jean achète une nouvelle boîte de biscuits et se poste devant l'écran. Il voit le car totalement calciné autour duquel des types s'affairent, vêtus de combinaisons blanches. La journaliste, « notre envoyée spéciale à Eauze », donne la parole à une des survivantes, dont le nom apparaît au bas de l'écran accompagné de la mention « rescapée de l'accident ». Jean la reconnaît en dépit du foulard qui cache ses cheveux et du bandage qui recouvre une partie de son visage. Claudette Chardon, encore bouleversée, s'exprime en bafouillant :

— C'est allé très vite. Très, très vite. Quand les flammes et la fumée sont arrivées, je me suis mise à étouffer et je me suis presque évanouie. Quelqu'un m'a soulevée et jetée sur la route. J'étais choquée. Je n'ai pas reconnu cet homme, mais il m'a sauvé la vie. J'ai demandé aux autres, mais on était tous choqués. On était sur le bas-côté et on a eu peur que ça explose, on a couru loin du car.

Jean ne peut s'empêcher de penser qu'il est injuste qu'elle ait pu en réchapper plutôt qu'Hélène.

Tant mieux pour toi, Claudette... Et merci de ne pas m'avoir reconnu.

La journaliste annonce la prochaine venue du président de la République qui entend « rendre hommage aux victimes au nom de la nation ». Le ministre de l'Intérieur est déjà sur place et donne une conférence de presse en compagnie du procureur de la République et du maire d'Eauze. Le procureur confirme qu'il y a peut-être un huitième rescapé qui n'a pas été identifié et encore moins retrouvé. Il évoque le fait que la liste des passagers puisse contenir une erreur. Dans le cas contraire, les relevés ADN éclairciront le mystère. Jean sent la colère remonter en lui et quitte la station-service. Il s'écarte de la ville pour continuer vers Nérac par la petite départementale qui longe le cours de la Baïse.

À l'entrée de Moncrabeau, il a déjà marché seize kilomètres et il n'est que 11 heures du matin, il s'assied sur un muret. Il se souvient de la singularité qui enorgueillit ce village gascon : l'académie des Menteurs. Dans le Gers, tous les anciens connaissent cette tradition qui voudrait que les Gascons soient les meilleurs menteurs du monde. Aux premiers jours d'août, l'édition locale de *Sud-Ouest* publie chaque année un compte rendu de l'assemblée générale de l'académie des Menteurs avec élection de leur roi. Une photo des « académiciens » les montre dans des robes couleur carmin, coiffés d'une toque de même couleur. On dirait une assemblée de cardinaux posant avec fierté pour la presse vaticane... Ironiquement, Jean se réjouit du symbole : il est bien à sa place au pays des menteurs, lui le déserteur, le fuyard en abandon de poste, sous une fausse identité. Lucide pour la première fois, ou du moins le croit-il, il se dit qu'il est en mesure d'assumer son choix.

La faim l'incite à finir les biscuits. Il va marcher jusqu'à Nérac et pousser probablement jusqu'à Barbaste et Lavardac. Encore dix-sept kilomètres à parcourir, s'éloigner encore plus en veillant à rester transparent. Le pantalon est maintenant sec et a réintégré le sac à dos. On dit parfois que la marche permet une stimulation de la pensée mais, dans le cas présent, Jean essaie de ne penser à rien sauf à rester concentré et à éviter les véhicules. Il adopte une routine déjà ébauchée sur le chemin de Compostelle, la « routine des quatre temps » : respirer par le nez sur quatre pas, retenir son souffle sur les quatre suivants, expirer ensuite par la bouche sur quatre pas et enfin rester sans respirer pendant quatre pas encore. Puis recommencer le processus. En devenant ainsi un automatisme, ce rythme respiratoire lui permet, par moments, d'oublier l'accident.

Je suis le spectateur de ma marche.

Parvenu à la hauteur d'un tout petit bourg nommé Tartifume, il ressent le besoin de se détendre. Il n'est pas exténué, la fatigue engendrée par la marche est assez douce et avec un peu de pratique on en repousse les limites. Il pose ses bagages et s'assied dans l'herbe au bord d'une petite rivière. Il voit les lumières dans les arbres, capte les odeurs qui flottent. Un moment d'apaisement au cours duquel il essaie de maîtriser ses émotions.

Retourner à Guinlet maintenant, avec tant de souvenirs mêlés à tant de désespoir paraît de plus en plus impossible. Où cette fuite va-t-elle le mener ? Il s'en contrefout. Ne s'intéresser qu'à l'heure présente est ce qui empêche la tétanie, la paralysie. Commencer par faire une bonne toilette dans la rivière en espérant que personne ne passe dans le coin pour ne pas être vu ou, pire, accusé d'exhibitionnisme... Les bords de Baïse sont calmes. Quelques tracteurs sont au travail dans le lointain mais, en contrebas au bord de l'eau, il est hors de la vue des agriculteurs. Tout en guettant les alentours, il se met nu et se trempe dans l'eau qui doit être à seize degrés. Il s'oblige à se savonner le corps entièrement, puis regagne la berge, content d'en avoir consenti l'effort. En caleçon et T-shirt, il faut attendre d'être sec pour se rhabiller. Un bon brossage de dents clôt ce toilettage minimal. La D 232 l'attend qui le mènera à Nérac.

Jean ramasse une branche morte, la taille avec le couteau suisse et en fait un bâton de marche. Quelques camions et voitures le dépassent mais personne ne s'arrête et il commence à être moins inquiet à l'idée d'être identifié. Un marcheur avec sac à dos qui avance d'un pas solide, muni d'un bâton, inspire du respect ou au pire de l'indifférence. Pas du rejet. À Nérac, il a très envie de boire un café et il lui faut aussi remplir sa gourde. Il entre dans une brasserie et commande un espresso. Dans les toilettes, le robinet pourvoit à sa réserve d'eau et il en profite pour s'approprier trois bons mètres de papier hygiénique… La brasserie est calme, seuls quatre beloteurs meublent le fond de la salle. Jean attend au comptoir que son café refroidisse, évitant de croiser les regards. Ce n'était pas prévu, le patron de la brasserie engage la conversation :

— Vous n'êtes pas d'ici, vous. Vous venez d'où avec votre sac à dos ?

Indiscret le mec, mais c'est un assez bon test, l'opportunité de se roder au mensonge. Ne pas se dérober devant la question.

— Je viens de Saint-Palais, dans le Pays basque, et je fais une traversée de l'Aquitaine jusqu'à Bordeaux, à pied. Ce soir, ma femme me retrouve à l'entrée de Lavardac et on dort chez des cousins à Marmande.

— Et demain vous recommencez à marcher ? Vous faites ça tous les jours ?

— Bien entendu, c'est excellent pour la santé physique et morale. Vous devriez essayer !

Derrière son comptoir, le cafetier affiche un ventre proéminent. Les derniers boutons de sa chemise n'ont pas été attachés depuis des lustres. Il ne mettra pas ce conseil à profit. En revanche, ce client l'intrigue. Si sa femme le transporte en voiture sur une partie du trajet, pourquoi le sac à dos et le violon ? Logique la question, mais Jean a un coup d'avance, il a anticipé :

— Je porte mes affaires car je m'entraîne pour faire le chemin de Compostelle depuis Saint-Palais. Près de mille kilomètres, et là je n'aurai pas d'assistance, vous voyez, alors il faut se préparer.

Le taulier hoche la tête, la réponse lui paraît logique. Il se replonge dans la lecture de *Voici*. En quittant la brasserie, Jean n'est pas mécontent, son premier dialogue avec un humain, dans sa nouvelle vie de « mort qui marche », s'est déroulé convenablement. Mais ne pas jouer avec le feu sera la règle. Il traverse la Baïse par le Pont-Vieux et continue sa marche vers le nord sans quitter la départementale. Un panneau indique la grotte de la Garenne où se trouve une curiosité locale, la statue de Fleurette. Dans le Sud-Ouest, on connaît bien l'histoire de Fleurette, jeune habitante de Nérac tombée pour son malheur amoureuse du fringant Henri de Navarre, futur Henri IV, infatigable coureur de jupons. Après une aventure sans lendemain, Henri la laissa cruellement tomber non sans porter sur les fonts baptismaux l'expression « conter Fleurette ». Désespérée, la malheureuse se serait alors suicidée en se jetant dans la Baïse. À l'évocation de ce drame, Jean pense pour la première fois à l'idée de son propre suicide, mais la repousse aussitôt.

Son but est d'arriver avant la nuit à proximité de Barbaste. Cette journée est une étape de trente-cinq kilomètres qu'il achève sans trop de fatigue mais à travers une urbanisation constante et rendue peu plaisante par le trafic routier. En fin de journée, il repère un parcours de golf et attend l'obscurité pour y pénétrer. À bon escient, il pense que personne ne s'y aventurera jusqu'au matin. Il y a un parcours de golf à Guinlet et, même s'il n'a jamais pratiqué ce sport, il y a souvent déjeuné. Il sait que, dans un golf, la nuit, on boucle tout, les jardiniers ne reprenant le travail qu'au lever du jour. Coup de chance, le hangar où les employés rangent leurs engins n'est pas fermé. À l'abri de la pluie et du vent, il s'emmitoufle de son mieux car il a un peu froid. Malgré le café, le plongeon dans l'eau glacée a laissé des traces. Le désespoir le submerge à nouveau.

Dorénavant, il n'y a plus que moi. Même après la perte de mes deux fils, nous étions trois, j'étais trois. Et bientôt cinq avec le bébé et Gabriel. Du naufrage, je suis le seul survivant, mais pour quoi, pour qui ? Je n'ai plus d'entrave mais je ne suis plus rien. Ma vie, mon existence, moi l'aimable et infatigable Dr Jean Casamayou, tout ça ne compte plus pour quiconque. Cette vie tirée à la roulette russe n'a plus aucune importance. Je vais mourir un jour évidemment et à chaque pas ce moment se rapproche, alors je vais continuer à avancer vers ma mort. En essayant de gommer le passé et sans espérer quoi que ce soit de l'avenir.

Il essaie bien de se remémorer des moments agréables de cette vie d'avant, avec Hélène et ses enfants. Rien n'y fait, les images ne viennent pas. Les gosses riant dans le jardin, le mariage avec Hélène, la ferme des beaux-parents avec les élevages de volaille, le concert à Plaisance où, pour la première fois, il a joué avec son grand-père… C'est le black-out total. La mémoire s'y refuse, elle bloque. Au contraire, elle se laisse envahir encore par les images et les sons de la tragédie. L'idée du suicide ne s'impose toujours pas.

Il accueille les larmes qui viennent.

Samedi 14 mai – jour 4

Jean a failli être découvert par deux jardiniers du golf venus démarrer leurs tondeuses à l'aurore. Il dormait sans doute assez profondément puisqu'il n'a pas entendu les deux gars entrer dans le hangar et c'est leur conversation qui l'a tiré du sommeil. Par prudence, il s'était installé dans un recoin peu éclairé et s'est tenu immobile tant que les engins de tonte n'avaient pas démarré. Dormir dans ce hangar était un assez gros risque, il aurait pu se faire surprendre comme un voleur de pommes. Heureusement, les chiens ne sont pas autorisés sur les parcours de golf.

Jean tente de se lever et dans le même mouvement retombe lourdement sur les fesses. Pendant plusieurs minutes, il ne parvient plus à bouger, stupéfait devant cet épuisement. Il connaît ces symptômes d'asthénie et sait que le repos ne suffit pas pour les faire disparaître. Au contraire, il faut de l'activité. Comme il n'est pas question de traîner sur place, le remède sera de l'exercice physique, du courage et du café.

Jean reprend son chargement et regagne la D 655 en direction de Casteljaloux, ville qu'il atteint en milieu de matinée. Sa marche est moins rapide car l'asthénie est toujours présente et maintenant la faim le taraude. Le paquet de biscuits de la veille n'a pas reconstitué assez d'énergie. Pour éviter d'y penser, il se concentre sur les petits rapaces qui tournent dans le ciel, eux aussi tenaillés par la faim. Sur la route qui mène à Casteljaloux, il se souvient des vers d'Edmond Rostand appris dans ses années de lycée.

« Ce sont les Cadets de Gascogne
De Carbon de Casteljaloux,
Bretteurs et menteurs sans vergogne,
Ce sont les Cadets de Gascogne.
Parlant blason, lambel, bastogne,
Tous plus nobles que les filous,
Ce sont les cadets de Gascogne,
De Carbon de Casteljaloux. »

Reprendre la tirade en continu l'aide provisoirement à oublier sa faim. C'est jour de marché quand il pénètre dans la ville. Le marché du samedi à Casteljaloux, sur la place de la République, est un très gros marché. Il y a de pleins étals de victuailles, mais aussi de textiles, des enclos avec des animaux et une activité bourdonnante où se mêlent acheteurs et curieux. Pour ce premier contact avec une foule depuis l'accident, Jean se sent totalement déconnecté, exclu de cette société où les gens ont l'air insouciants, heureux, même, pour certains. Dans un bar qui jouxte le marché, il commande un double espresso. Il se sent mieux qu'au réveil et la tentation lui vient d'oser jouer du violon pour voir si cela peut lui rapporter quelque argent. On a peu de scrupules à mendier quand on est un vagabond, un déserteur. Dans sa chanson *Le Déserteur*, longtemps interdite sur les radios, Boris Vian fait dire à son personnage : « Je mendierai ma vie sur les routes de France, de Bretagne en Provence... » Jean a toujours aimé cette chanson sans pour autant imaginer qu'un jour elle s'appliquerait à lui.

Entre deux stands, l'un qui vend du linge de maison et l'autre des paniers, il sort le violon et pose l'étui ouvert devant lui.

Le commerçant des serviettes et celui des paniers lui font un signe de tête qui veut dire : « Vas-y mon gars, tu vas peut-être nous attirer du monde. » Comme dans les fêtes de villages, il faut taper fort d'entrée pour que l'auditoire se prenne au jeu. Hugues Aufray, *Santiano* ! Il se lance.

Ce coin de marché est calme, le son du violon monte facilement jusqu'à une trentaine de mètres à la ronde. *Santiano* est un air que tout le monde ici connaît ou presque. Un début d'attroupement se forme et un petit miracle se produit : un passant qui connaît les paroles commence à chanter.

« C'est un fameux trois-mâts fin comme un oiseau,

Hissez haut ! Santiano ! »

Un autre se joint à lui, et rapidement une chorale spontanée s'est constituée. Jean termine le morceau et demande si on fait un « bis ». Le bis est plébiscité. Tout en gardant l'œil sur l'étui encore vide, il recommence à jouer.

« Nous irons jusqu'à San Francisco... » chante le public.

Sur les terres de Francis Cabrel, Hugues Aufray a laissé quelques traces. Mais, erreur d'amateur, pour amorcer la pompe à fric il aurait fallu disposer à l'avance quelques pièces ou billets dans l'étui au sol. Jean se promet d'y penser à l'avenir. Heureusement, quelques centimes commencent à tomber. Le public est attiré par l'événement, sur le marché du samedi, c'est une première. *La Java bleue* marche un peu moins bien et, pour garder son public, il attaque la chanson de Trenet, *Douce France*. Bonne inspiration, la chorale reprend et de nombreuses pièces tombent à nouveau, avec des applaudissements chaleureux.

À une cinquantaine de mètres, une voiture de police semble patrouiller. Jean range le violon et s'écarte du marché pour aller examiner sa recette. Beaucoup de pièces jaunes, quelques euros. 10,14 euros en tout, la cagnotte de départ est reconstituée et même un peu améliorée, elle compte maintenant

92,85 euros. Encourageant pour une première, mais la prudence reste essentielle, surtout ne pas croiser la maréchaussée, surtout ne pas se faire contrôler. Même si c'est trop tôt pour que les autorités fassent un recoupement avec les morts du car, inutile de risquer un signalement pour mendicité et vagabondage.

Pendant cet épisode musical, il n'a plus du tout pensé au drame du car. Sans doute le fait d'être dans l'action et de partager la bonhomie des braves citoyens de Casteljaloux. Le fait aussi d'être devenu un instant quelqu'un d'autre, d'avoir endossé la défroque d'un musicien de rue. Un marchand de primeurs l'interpelle :

— Oh ! Le violon ! Viens voir ! J'ai des tomates qui ne seront plus très présentables demain. C'est cadeau.

Jean accepte, remercie et repart avec près de deux kilos de tomates. À retenir aussi : en fin de marché, devenir un « glaneur »… Il entre dans un café-restaurant et constate avec inquiétude que l'endroit est bondé. Mais la faim est là, alors il s'installe à une des rares tables inoccupées. Le garçon prend sa commande : un cassoulet et un verre du rouge maison. Après la reconstitution du pécule, du reconstituant calorique pour le marcheur. Les tomates seront pour plus tard.

Pour la première fois depuis le drame, Jean se retrouve au cœur d'une activité humaine. Sa crainte d'être interpellé redouble, il remet le bonnet et les lunettes de soleil en espérant que ces accessoires auront un effet dissuasif. Aux tables voisines, on se dit que le violoniste aperçu au marché « ne doit pas être très causant » et on l'ignore. Il peut ainsi profiter de son repas à 15 euros, boisson incluse, sans bouder son plaisir. Il avait vraiment faim, mais faire le pitre sur un marché, était-ce judicieux pendant qu'à Eauze on analyse les cadavres dont celui d'Hélène et celui d'Anne ? Les pompiers sont arrivés un quart d'heure après l'accident et il leur a fallu plus de trente minutes pour tout éteindre. Revoir des corps décomposés, comment le supporter ? À nouveau il s'accroche à ce besoin de garder absolument une seule image en mémoire, celle de la pleine beauté de sa femme et de sa fille.

La marche comme remède. Recommencer à compter ses respirations et ses foulées. Ne plus penser du tout reste difficile. Sa rage, attisée par le sentiment de sa culpabilité, de son impuissance à sauver des vies, l'aide à marcher vite, à moins sentir la fatigue. Sur la route entre Casteljaloux et Grignols, il est confronté à la pluie et au vent. Vers 17 heures, il parvient dans les environs de Grignols et s'éloigne de la route pour se reposer. La pluie a cessé mais il est trempé. Le pantalon de velours côtelé est une vraie éponge. Il faut aussi faire sécher les chaussures, trouver un sous-bois tranquille est la priorité. Il repère une grande maison entourée de chênes, une maison de plain-pied aux murs clairs, presque blonds, avec un toit de tuiles plates en argile. À côté de l'habitation, une grange, une porcherie, un four. Il s'en approche. Face à lui, de l'autre côté de la grille, un chien-loup le regarde fixement, sans bouger ni aboyer, se contentant de grogner. Un chien de garde qui a ce type de comportement est un chien dangereux car il n'a pas peur, il ne faut pas le provoquer, Jean le sait bien et s'éloigne vers une zone boisée. Un feu de bois sera le bienvenu quand la nuit sera tombée, afin de se réchauffer et faire sécher les vêtements. Il amasse du petit bois et quelques branches mortes et s'assied contre le tronc d'un chêne. Il se change en enfilant les vêtements de Pascal qui sont encore secs et va soulager ses intestins un peu plus loin, prenant soin d'enterrer ses excréments. Le papier-toilette est l'ami des vagabonds.

Grâce au briquet de son beau-frère, Jean allume son foyer, étend les vêtements mouillés et s'approche de la flambée. Puis il décide de manger les tomates. Ce sont de grosses tomates, qu'il coupe en deux et dispose en brochettes sur des tiges que le couteau suisse a préparées. Légèrement grillées, les tomates de Casteljaloux lui servent de dîner.

Pour ne pas se faire voler son violon pendant son sommeil, Jean entoure la sangle autour de son épaule et s'allonge à côté de l'instrument. La forêt autour de lui sombre dans un calme qui n'est pas silencieux. Il y a les feuilles que la petite brise agite, les oiseaux qui marquent leur territoire et même les insectes qui tournent indéfiniment. Cependant, il s'endort assez vite et sans, pour une fois, la torture de ses souvenirs.

Aux environs de 4 heures du matin, alors que la nuit est épaisse, il se réveille. Il a senti une présence et s'en inquiète. Il a raison, à dix mètres de lui, deux yeux jaunes le regardent. Des yeux légèrement fendus. Un regard intense, d'une absolue fixité. Un loup ! Il se souvient qu'un loup a été abattu en Dordogne l'année précédente. Reste à espérer qu'il est seul. S'il appartient à une meute, elle pourrait l'attaquer. Seul, il n'osera pas à moins d'être affamé. Jean ranime son feu de bois et prépare deux tisons à toutes fins utiles. Le loup ne bronche pas et lui-même commence à prendre plaisir à cette confrontation silencieuse.

Il s'est peut-être assoupi un moment. Quand à nouveau il regarde autour de lui, le loup a disparu. Seule lui reste la compagnie des chouettes.

Dimanche 15 mai – jour 5

JEAN TROUVE plutôt chaleureuses les premières lueurs du jour. Un court sentiment de bien-être se profile et il le chasse instantanément. Le loup s'est sans doute carapaté pendant la nuit. Le feu de bois est éteint. La présence du loup dans les environs est un prétexte pour une visite à la ferme voisine entrevue le soir précédent. Il attend que sa montre indique 9 heures et se présente devant la grille maintenant grande ouverte. Le même chien-loup que la veille lui barre le passage et grogne en montrant les dents. Jean s'immobilise. Un grand gaillard brun âgé d'une quarantaine d'années apparaît devant la porte de la maison et rappelle le chien.

— Fabiola, ici !

Le chien retourne à côté de son maître en continuant de gronder.

Jean prend l'initiative :

— Pardon pour mon intrusion, mais hier soir en passant près d'ici, je pense bien que c'est un loup que j'ai vu et je tenais à vous le signaler.

— Un loup ? Un autre loup alors ! L'an passé, on a abattu un loup qui avait pénétré dans un poulailler à une quarantaine de bornes d'ici. Mais comment vous pouvez savoir à coup sûr que c'était un loup ?

— J'en suis quasiment certain, ce n'était pas un chien. Les chiens n'ont pas des yeux jaunes de forme oblique. Un chien ne serait pas resté immobile à me regarder pendant un laps de temps si long. Mon père était vétérinaire, je connais bien les chiens. Par exemple, je peux vous dire que votre femelle est un berger belge et, avec ses poils longs, je peux vous préciser qu'elle est de race tervueren.

— Parfaitement exact ! Mais ce loup, vous l'avez vu où, exactement ?

— À environ un kilomètre de chez vous, je passais dans le bois hier soir tard et ce loup m'a suivi.

— Eh bien, pour ma part je peux vous dire que vous avez dormi à la belle étoile dans le bois. Je vous ai vu cette nuit. Fabiola est assez étonnante. Elle m'a averti qu'il y avait une présence à proximité et j'ai pensé que c'était un sanglier. Nous sommes allés voir, elle et moi. C'est là que je vous ai vu, vous aviez allumé un feu de bois. Mais en fait, c'est l'odeur du loup qui avait dû alerter ma chienne.

— Je ne vous ai pas entendu. Oui, effectivement, je me suis endormi dans le bois et je suis désolé d'avoir pu vous inquiéter.

— Vous ne m'avez pas inquiété. Venez à l'intérieur, un café serait le bienvenu après votre nuit à la belle étoile, non ?

La maison n'a ni couloir ni entrée. La porte du bâtiment principal donne directement sur une grande pièce à vivre où se trouvent la cuisine, la salle à manger et un coin salon. Quatre enfants sont en train de faire des parties de jeux vidéo.

— Voici mes enfants : Yohann, dix-sept ans, Manon, seize ans, Léa, douze ans et Camille, la petite dernière, sept ans. Mon épouse est partie faire une course au Leclerc. Elle ne devrait pas tarder. Moi, c'est Philippe Capot.

— Enchanté. Moi, c'est Pascal Cazals.

Fabiola se frotte contre les jambes de Jean pour l'identifier. Elle ne grogne plus. Dans la pièce flotte une rassurante odeur de café.

— Merci de m'accueillir chez vous, votre maison est très belle, je l'avais vue de loin. Vous êtes cultivateur ?

— Un peu de tout, aujourd'hui il faut avoir plusieurs cordes à son arc. J'ai hérité de la ferme au décès de mes parents. Eux cultivaient la tomate, rien que la tomate. J'ai ajouté les fraises et c'est bien d'avoir cette culture en complément. La gariguette est un fruit qui arrive à maturité à cette période-ci de l'année et, pendant un mois, on les vend bien mieux que la concurrence espagnole et marocaine. J'ai aussi quelques légumes sous serre, un poulailler et trois cochons en ce moment. Je vous assure que du boulot il y en a si on veut gagner sa vie dans ce métier. Sans ou avec lait ?

— Café au lait, avec plaisir.

Une jeune quadragénaire entre dans la pièce et salue cet inconnu que son mari a invité.

— Mon épouse, Marie-Claire.

— Bonjour, madame, je m'appelle Pascal Cazals et je viens du Pays basque. J'étais venu vous dire que, pendant la nuit, j'ai vu un loup dans le bois près de chez vous.

— Un loup, vous en êtes sûr ?

Jean voit bien qu'elle est incrédule, mais son mari confirme que c'est possible.

— C'est quand même hallucinant de se retrouver ici sous la menace de loups en 2016. Vous vous rendez compte que nos aïeux ont bataillé pendant des siècles pour s'en débarrasser et élever paisiblement chèvres et moutons. On apprend aujourd'hui qu'il y en a plus de cinq cents sur le territoire français et qu'ils sont une espèce protégée ! Ils doivent être sacrément contents, les bergers !

— Je crains que non, ajoute Jean, mon père m'a dit qu'un loup dévore des tonnes de viande.

— L'année dernière, reprend l'agriculteur, si je suis correctement informé, on a compté dix mille brebis égorgées. Mais c'est politiquement incorrect de s'y opposer. Dans le cas qui nous occupe, je pense que c'est un individu isolé. Ces loups isolés sont en général de vieux mâles qui ne sont plus les dominants dans les meutes lorsque des plus jeunes ont pris leur place. Alors ces vieux qui sont rejetés errent seuls à la recherche de nourriture, jusqu'à ce qu'ils meurent. Parfois leur errance les mène loin. Souviens-toi du loup qui a été trouvé l'an passé à Saint-Léon-sur-l'Isle, près de chez ton cousin.

— Mais si un loup se promène près de chez nous, notre poulailler ?

— Il est menacé. Je vais avertir la gendarmerie.

— La gendarmerie, oui, mais pas ton père, surtout, sinon avec son groupe de copains chasseurs ils vont aller le traquer pour l'abattre. Et comme c'est effectivement une espèce protégée, ils vont risquer les pires ennuis.

Un individu âgé, lâché par sa communauté et qui part en errance jusqu'à la fin de ses jours. Coïncidence appropriée.

— Vous êtes violoniste, monsieur ? demande Manon.

— Oui, c'est mon métier, je joue dans des orchestres.

— Alors vous jouez sûrement du classique. Moi, c'est pas trop mon truc, le classique, mais maman et papa ils aiment ça, c'est un truc plus de leur âge.

Marie-Claire Capot est une jolie brune d'assez petite taille et aux cheveux courts. Jean voit bien qu'elle adresse à son mari des regards furtifs qui signifient : « On fait quoi maintenant avec ce type ? »

— Est-ce que vous voulez des tartines de pain grillé avec votre café ?

— Avec grand plaisir, merci beaucoup, vous êtes vraiment aimable. Mais je ne vais pas vous déranger plus longtemps, je prends ce café et je reprends la route.

Le couple de cultivateurs s'assied face au visiteur tandis que Fabiola reste sur ses gardes. Les Capot sont intrigués. Leur visiteur s'exprime dans un français parfait et cet homme mal rasé et qui dort à la belle étoile n'a pas l'air d'un clochard.

— Vous venez du Pays basque, donc ? Nous ne serons pas indiscrets, mais le fait de dormir la nuit sous les arbres avec votre baluchon, c'est assez surprenant.

— Votre café me fait un bien fou. C'est vrai, ma randonnée est physique. J'ai décidé de traverser la France depuis le Sud-Ouest jusqu'à l'Alsace. Je marche trente à quarante kilomètres par jour. Voyez-vous, je suis veuf de fraîche date, alors je marche pour oublier, c'est ma thérapie.

— Mais vous allez parfois dans des hôtels ? Vous n'avez pas des points de chute par endroits ?

— Hôtels, non, je voyage sans argent. Je me débrouille et parfois je rencontre des personnes bienveillantes comme vous, ce matin. Pour en revenir à ce loup, je vous en prie, épargnez-moi une rencontre avec les gendarmes. Il se peut qu'ils n'apprécient pas que je sois en vagabondage, comme ils disent.

Marie-Claire et Philippe échangent à nouveau un bref regard. Ils ont compris, il y a de la détresse chez ce sexagénaire qui ne leur dit certainement pas tout.

La petite Camille le regarde et alternativement s'intéresse à l'étui à violon.

— Tu veux voir le violon ?

— Oui, monsieur, s'il vous plaît.

La fillette hoche la tête, Jean ouvre son étui et lui montre l'instrument. Il prend aussi l'archet et joue une dizaine de notes. Tu veux que je te joue un morceau ?

— Oui, monsieur, je veux bien, s'il vous plaît.

— Je vais jouer un morceau classique. J'espère que Manon va aimer l'entendre même si ce n'est pas son truc... C'est un morceau qu'un compositeur a écrit voici plus de deux cents ans et en plus ce grand artiste était sourd.

— Beethoven ! dit Manon. On avait un chien, avant Fabiola, qui était vieux et aussi qui était sourd. Et on l'avait rebaptisé Beethoven.

— Bravo pour la culture générale ! Ce sera un extrait de son *Concerto pour violon et orchestre* et je vais essayer de jouer de mémoire un bout du troisième et dernier mouvement.

Les quatre enfants écoutent, curieux d'abord, fascinés ensuite. Jean est heureux de leur faire plaisir, mais surtout il constate que l'échange tactile et sonore avec l'instrument le remplit, l'apaise. Il savoure, il est dans la musique, pour un moment, entouré de ce jeune auditoire, il n'est plus dans la vie. Philippe et Marie-Claire sont entrés doucement dans la pièce et applaudissent quand il finit de jouer. Fabiola se met alors à aboyer.

— Je croyais que votre chienne n'aboyait pas.

— Elle aboie parfois quand elle est heureuse. Votre musique l'a réjouie.

Muni d'un sandwich aux rillettes d'oie, Jean reprend son sac à dos, son étui à violon et salue ses hôtes si délicieux, si discrets. Philippe Capot le dépose sur la route à la sortie du bourg. Il décide de continuer vers Bordeaux en auto-stop afin d'avancer plus vite et de mettre un maximum de distance entre Eauze et lui. Il se souvient des deux règles d'or de l'auto-stoppeur, apprises durant ses jeunes années. En premier, se rendre visible de loin afin que le conducteur puisse avoir assez de temps pour prendre sa décision. En second, choisir un emplacement qui permette au véhicule de s'arrêter sans gêner le trafic. Il voit passer une dizaine de voitures sans succès avant qu'un semi-remorque s'arrête à sa hauteur. Il n'a pas reconnu la plaque d'immatriculation mais le camion n'a pas l'air français. Le conducteur se penche à droite et déverrouille sa portière. Jean remercie, dit qu'il va à Bordeaux. Le chauffeur lui fait signe de monter et attrape le sac à dos. Jean s'installe, le camion démarre. Il observe son voisin. Une petite trentaine, le crâne rasé et des tatouages sur les bras et la nuque. Un petit nerveux, se dit Jean. Pendant le premier kilomètre, le type garde le silence.

— Moi, Bulgarie ! finit par dire le conducteur sans quitter la route des yeux

— Ah ? Bulgarie, bon, OK.

— Toi, donne 20 euros !

— Je ne comprends pas. Tu parles français ?

— Toi, 20 euros ! insiste le tatoué.

— Quoi, 20 euros ? demande Jean qui a déjà parfaitement compris la forme que prenait ce voyage. Tu parles français ou pas ?

— Pas parle français. Toi, donne 20 euros ! Donne 20 euros ! insiste l'homme en tendant la main droite et montrant clairement le bout de son pouce frottant contre son index.

— Moi auto-stop, auto-stop gratis ! Alors tes 20 euros, mon cul ! Niet ! Nicht ! répond Jean en regardant le racketteur bulgare dans les yeux.

L'échange de regards est tendu mais Jean ne baisse pas les yeux et au contraire affiche un parfait sourire. Le conducteur sait qu'il ne peut se permettre d'avoir un incident sur le territoire français. Les 20 euros, un autre pigeon les lui donnera peut-être. Le camion freine et s'immobilise sur le côté de la route. Le camionneur regarde devant lui fixement en prenant un air abattu. Jean reprend son paquetage et descend. Le camion redémarre en le frôlant intentionnellement. Brève rencontre, cette première tentative d'auto-stop depuis sans doute quarante-cinq ans. Reste à reprendre la route, comme les pauvres, comme ceux qui n'ont pas de moyen de locomotion, comme tous ces gens qu'il a vus au Soudan et qui marchent des heures pour chercher à se nourrir ou venir au dispensaire. Jean quitte la départementale où patrouillent certainement d'autres camions bulgares et s'engage sur la D 10 pour se rapprocher de Langon et ensuite de Bordeaux. Après une douzaine de kilomètres, à proximité de Berthez, Jean s'allonge dans un pré et décide de manger une moitié du sandwich offert par ses hôtes si prévenants.

Il reprend la route, cette fois sous une pluie battante qui ne le lâche pas jusqu'à ce que, totalement trempé, il atteigne Langon vers 18 heures et se réfugie dans un café. Un espresso, un passage par les toilettes, un changement pour des vêtements secs et déjà il se sent moins mal. Devant CNews, cette fois, il espère avoir des informations sur l'accident. Espoir déçu, les chaînes d'info ont trouvé d'autres thèmes. Le ministre de l'Intérieur annonce des mesures pour résoudre le problème de la jungle de Calais (d'autres errants...). Les récoltes de céréales promettent d'être en dessous des objectifs et les éleveurs laitiers manifestent leur inquiétude. Une journaliste anime un débat portant sur les arrivées de migrants. Jean essaie de s'y intéresser. Vainement.

Une heure et demie plus tard, le patron du café commence à regarder de travers ce client qui squatte une de ses tables pour un seul café. Il s'approche pour lui demander s'il veut autre chose. Jean comprend le message, reprend le sac à dos et le violon. Dehors, la pluie est toujours drue. Dans ce centre-ville, la rue commerçante est calme, tous les rideaux sont baissés, c'est dimanche. Il s'assied sous l'entrée d'une teinturerie-pressing sur laquelle une affichette indique *Bail à céder, suite à cessation d'activité.* Quelques chiens traînent et hument la seconde moitié du sandwich.

Ma femme et ma fille étaient au cœur de l'incendie, j'espère qu'elles ont vite perdu connaissance, mais elles ont forcément subi l'embrasement pendant quelques longues secondes. Un martyre, une souffrance inouïe ! Depuis ce moment-là, j'ai fui physiquement mais aussi moralement car je me suis astreint à ne pas imaginer leurs derniers instants en détail et encore moins l'aspect de leurs cadavres. Est-ce que je peux rester dans ce déni ? Je sais à quoi ressemble un corps carbonisé, j'en ai vu dans ma carrière, avec les gendarmes, quand il me fallait les accompagner sur certains accidents de la route. Les vêtements ont disparu, la peau est entre grenat et noire, ce qu'on retrouve est une sorte de momie. Au crématorium, quand une personne décédée subit une crémation, ça dure bien une heure et demie. Il faut s'assurer de totalement réduire le corps du défunt en cendres, cendres que l'on retrouve mélangées à celles du bois du cercueil. Mais dans cet autocar, les malheureux ont brûlé pendant trente à quarante minutes avant que les pompiers aient pu tout éteindre. Ils ont donc trouvé des momies rôties. Sans doute toutes encore assises à leur place car l'embrasement a été instantané, entraînant une suffocation immédiate.

Le sol est dur et l'humidité n'arrange rien. Le reste du sandwich remonte un peu le moral.

Ma femme partie avant moi et qui me chambrait avec les Esquimaux : « Si un Esquimau t'appelle, tu vas évidemment y aller... » Et si j'y allais maintenant, chez les Esquimaux ? Au plus loin d'ici, au pôle Nord ? C'est ton idée à toi, Hélène... Si c'était l'engagement que je prenais ? Un vœu sacré pour toi... Mettre le plus de distance entre cette hécatombe et moi et aller dans leur fichu pays aux Esquimaux. Aller dans les neiges éternelles pour oublier l'enfer des flammes. Pour oublier qu'on m'a enlevé d'un coup ma femme, ma fille, mon futur petit-fils et son père. Et presque tous mes amis. Et tout ce malheur arrive après que la vie m'a volé mes deux fils et repris ma sœur.

Trouver une position pour dormir à même le sol est encore plus difficile que les autres soirs. Jean sait que la nuit sera rude. Pendant la marche, il parvient à bloquer ses pensées. Mais au repos, dans sa tête, tout resurgit, tout s'entremêle.

Si je retournais chez moi, pour trouver la maison sans Hélène, je sais que je ne pourrais le supporter. Je n'aurais qu'une idée : foutre le camp. Mon neveu, le notaire de Bordeaux, viendra certainement régler les affaires courantes à son avantage exclusif. Il se querellera probablement avec les enfants de Pascal et de Corinne. C'est à leur génération d'assumer, moi je suis hors jeu. Même l'assurance vie d'Hélène je n'en veux pas, je ne réapparaîtrai pas, c'est décidé, je suis déjà comme mort et j'irai mourir au loin pour de bon, le plus loin possible.

Il commence à grelotter et se recroqueville sous sa parka. La rue est quasi déserte, personne ne fait attention à cette épave qui squatte la devanture d'un magasin abandonné.

Je suis dans la rue, je suis à la rue car je n'ai plus rien que l'instant présent et mes souvenirs accablants. C'est mon choix, et je vais continuer. Mais comme un marcheur, pas comme un clochard. Le marcheur est bien accepté partout, on sait qu'il n'est que de passage. On lui souhaite bonne route et on le nourrit parfois. Le clochard, lui, effraie. On craint qu'il vole, salisse, s'incruste.

Lundi 16 mai – jour 6

JEAN NE DORT PAS CETTE NUIT-LÀ, tout juste réussit-il à s'assoupir un peu vers 4 heures du matin. Le jour n'est pas encore levé quand la balayeuse municipale qui remonte la rue le tire de sa torpeur. À 7 heures, aucun des commerces n'est ouvert et de nombreuses boutiques n'ouvriront pas du tout. Près d'un tiers d'entre elles portent des affiches indiquant que le local est à vendre ou qu'il y a eu cessation d'activité. Une ville qui souffre. Il entre dans un café dont on vient de relever le rideau métallique. Il commande un café au lait avec des tartines.

— Ce sera le pain d'hier. J'ouvre de très bonne heure parce que les éboueurs viennent en général au début de leur tournée. Là, maintenant, c'est l'heure où ils arrivent mais la boulangerie n'est pas encore ouverte.

— Va pour le pain d'hier, je n'ai pas les moyens de faire le difficile.

Les trois éboueurs qui pénètrent dans le café le toisent de haut et détournent le regard. Jean craint une réaction de leur part, il demande sa note et reprend son paquetage. Le cafetier ne lui fait payer que le grand crème, il remercie et décampe discrètement. En route, il se rassure, les éboueurs croisent tous les jours des SDF et ne vont pas les signaler à la gendarmerie. Six jours après l'accident, l'identification des victimes de l'incendie du car par analyses ADN n'est certainement pas terminée. Mais ne devrait pas trop tarder. Devenir invisible supposera de sortir du territoire national.

Au soleil levant, Jean longe le vignoble de Graves qui borde la route. Effet positif du café au lait avec tartine rassise, malgré sa très mauvaise nuit, il marche l'esprit plus détendu. Ses pas sont silencieux sur le bas-côté, le calme géométrique des vignes est apaisant. Il éprouve un sentiment de liberté retrouvée. Il vient d'avoir eu l'idée de filer à l'étranger, le plus loin possible, au pôle Nord peut-être. Il a un projet. Un projet vague, un projet dans sa fuite, mais un projet.

Courte accalmie, la fatigue se réveille, le manque de sommeil présente sa facture. Le barda semble s'être alourdi, le bâton de marche confirme son utilité. Jean a marché depuis trois heures environ quand une fourgonnette Ford Transit blanche le dépasse, s'arrête et attend qu'il parvienne à sa hauteur. Le conducteur est un homme jeune, trente ans environ, qui descend de la voiture et lui barre la route. Le ton est agressif :

— Je peux savoir où vous allez ?

— Au pôle Nord !

La réponse a fusé, sans qu'il y ait réfléchi et sans penser que l'absurdité de cette réponse pourrait ne pas être appréciée.

— Vous êtes en train de longer mon vignoble, je n'ai pas spécialement envie qu'on se foute de ma gueule.

— Pardon pour avoir répondu si abruptement, mais je suis effectivement parti pour une très longue marche. Je comprends que ça étonne, peut-être aurais-je dû répondre Paris ou Bruxelles, cela aurait évité de vous froisser. Excusez-moi.

Le conducteur de la fourgonnette est surpris par la courtoisie de la réponse et la tournure des phrases.

— Vous préférez marcher ou aimeriez-vous que je vous avance vers Bordeaux ?

Est-ce que pour un moment je reviens dans le monde des vivants ?

— Bordeaux ? Oui, merci, j'accepte de bon cœur.

Après avoir déposé ses paquets à l'arrière, il monte à l'avant de la fourgonnette, attache sa ceinture et enchaîne :

— Je m'appelle Pascal Cazals et je suis violoniste.

— Enchanté, monsieur Casals. Casals comme Pablo ?

— Pas tout à fait, le talent nous différencie lui et moi, l'instrument aussi car lui c'était le violoncelle. Mon nom s'écrit avec un *z* et le sien avec un *s*. Je ne suis qu'un modeste accessoire de quatuor, quand j'ai de la chance, et de fêtes villageoises quand j'en ai moins. Ne vous imaginez pas que vous avez Mozart dans la voiture.

— D'où êtes-vous, monsieur Cazals ?

Mon point de départ c'est au Pays basque, dans les environs de Saint-Palais. Vous voyez, j'ai déjà pas mal avancé.

— Et pourquoi vous entreprenez ce raid insensé ? Sans déconner, vous avez vraiment l'intention d'aller au pôle Nord ou vous me faites marcher ?

Jean voit bien que le type le prend pour un illuminé et qu'il ne croit en rien à cette histoire de pôle Nord. D'ailleurs, y croit-il lui-même ?

— La vie des pôles m'a toujours intéressé, et l'aventure aussi. Je vais aller aussi loin que possible. Voyez, je suis veuf depuis peu et c'est sans doute mon dernier grand défi à soixante-six ans. Et vous, vous êtes vigneron ?

— Chez les Dutruilh, on exploite la vigne depuis plus de six générations. Mon père est encore le patron et je l'aide. Un vignoble, c'est une affaire de famille. C'est aussi l'aventure permanente. Mon grand-père a connu les gelées de l'hiver

1966, on a tout perdu cette année-là. C'est un exemple parmi d'autres.

Jean regarde le jeune Dutruilh à la dérobée. Jean et T-shirt, barbe de cinq jours, tout à fait le look des jeunes gens qu'on voit à la télévision dans les pubs pour voitures ou parfums. Belle gueule, cheveux châtains et traits réguliers. Sa conduite est assez nerveuse, ce que Jean trouve dérangeant, il a peur d'un contrôle de gendarmerie pour excès de vitesse. Alors il parle pour distraire son chauffeur.

— Vos vins, monsieur Dutruilh, ce sont donc des graves. Quelle est l'origine de ce nom, Graves ?

— Graves, graviers. Nous avons un sol pauvre, ici. De l'argile, où se mêlent graviers, galets, sable, cailloux. L'avantage, c'est qu'une bonne irrigation naturelle se fait dans ces sols.

— Et les vins que vous obtenez ?

— On fait du rouge, du blanc et de la supérieure. Vous savez ce que c'est que la supérieure ?

Jean le sait, mais hoche la tête horizontalement, le jeune homme est lancé, autant le laisser étaler sa fierté.

— C'est un vin moelleux. Le rouge, on le fait avec du cabernet-sauvignon, du merlot et on ajoute du petit verdot.

— Et votre blanc ?

Jean relance, satisfait de constater que la conversation amène le conducteur à lever un peu le pied.

— Chez nous, le blanc est à base de sémillon et on y ajoute de la muscadelle, c'est notre marque de fabrique. J'en ai quelques bouteilles dans la voiture, je vous en donnerai une quand on se quittera tout à l'heure. Je vais chez Leroy-Merlin. Je vous déposerai devant, c'est OK ?

Face au grand magasin de bricolage, une bouteille de vin blanc à la main, Jean examine les environs et commence à longer la route menant à Paris. Deux heures plus tard, il parvient à Sainte-Eulalie, une banlieue au nord de Bordeaux, proche d'un nœud autoroutier. Une forte zone commerciale y concentre de nombreuses enseignes. Un magasin Decathlon attire son attention, il décide d'y pénétrer pour examiner les sacs de couchage. Le magasin en propose pour 14,99 euros. Il en choisit un, agréablement surpris par le prix. Puis il examine les tentes Quechua, dont le prix (49,99 euros) lui semble aussi convenable, mais, une fois bien pliée et placée dans sa housse, une tente serait encore trop volumineuse pour se caser dans le sac à dos. Il renonce à l'investissement de la tente Quechua, paye en liquide le sac de couchage et s'apprête à quitter le magasin quand une annonce est faite au micro appelant un médecin, qui pourrait se trouver sur les lieux, à se rendre d'urgence au rayon cycles. Il hésite puis fonce vers le rayon des vélos où l'on s'affaire autour d'un homme de son âge, étendu sur le sol, bavant abondamment de sa bouche ouverte.

— Je suis médecin, faites-moi de la place.

Le petit attroupement laisse place à l'étrange randonneur au bâton de marche qui se déclare médecin. Jean interpelle une employée qui le regarde, inquiète :

— C'est certainement un AVC. Mademoiselle, appelez vite le Samu, le 15 ! C'est une question de minutes. Surtout, indiquez que c'est pour un AVC !

L'homme n'est pas trop corpulent, Jean parvient à le mettre sur le côté gauche avec les jambes en chien de fusil. Il s'adresse au malheureux :

— Je vous ai placé en position latérale de sécurité, vous devrez absolument ne pas quitter cette position jusqu'à l'arrivée des secours.

Il dégrafe la ceinture et le haut du pantalon de l'homme allongé, puis lui prend les mains et lui demande de résister. L'homme est presque inconscient, il se laisse faire mollement.

— Quel est votre prénom ?

Pas de réponse, à la place un regard chargé d'incompréhension et d'angoisse.

— Monsieur, pouvez-vous me sourire ?

En réaction, la bouche se tord un peu plus. Le faire parler, le garder conscient le plus possible.

— Vous étiez venu pour quoi dans ce magasin ?

L'homme émet un grognement. Il a bien entendu la question mais est incapable de répondre. Le Samu débarque heureusement après quelques minutes. Ils sont quatre sauveteurs : une femme médecin urgentiste, un infirmier, un brancardier et une étudiante stagiaire. L'urgentiste se penche sur le patient et interroge Jean en même temps :

— Vous êtes médecin ? C'est bien vous qui avez diagnostiqué l'AVC et nous avez fait prévenir ?

— C'est moi. Je vous passe le relais maintenant.

Jean s'écarte et la foule le laisse passer.

Vite disparaître, ne pas se laisser identifier. « Vous êtes médecin ? » Encore une question à éviter. Une centaine de mètres plus loin, un McDo propose un menu à 4,95 euros. Il se met dans la queue devant un comptoir et commande son « repas à 4,95 euros » d'une voix si timide que la grande serveuse noire lui demande de répéter. Avec son plateau dans les mains, il va s'installer au soleil, sur une table isolée, à l'extérieur du restaurant. Il fouille dans sa poche et compte l'argent qui lui reste : 64,44 euros.

15 euros le sac de couchage, 4,95 euros le déjeuner, ce matin le grand café au lait pour 1,80. C'est la grande vie : 21,75 euros de claqués aujourd'hui. La cagnotte se réduit, il faudra faire très attention pour pouvoir aller loin.

Jean devine une présence et lève la tête. Une jeune femme est plantée devant lui, vêtue comme une paysanne péruvienne. Bonnet andin, poncho coloré, robe longue.

— Excusez-moi, monsieur, j'étais au magasin Decathlon tout à l'heure quand vous êtes intervenu pour cette personne qui avait une attaque.

— AVC, il fallait vite le faire prendre en charge.

Jean se replonge dans son repas, mais le poncho s'assied en face de lui.

— Avec notre voiture, on vous a dépassé sur la route, après le Decathlon, vous marchiez d'un pas énergique avec votre bâton. En passant à votre hauteur, on s'était dit : ce type il est sympa, on devrait lui proposer de l'emmener si ça l'intéresse. Et ici, par hasard, on vous retrouve. Vous allez loin encore ?

— Au pôle Nord...

Il a répondu sur un ton que l'on devrait interpréter comme un refus de poursuivre la conversation pour tranquillement savourer son menu à 4,95 euros. Nullement décontenancée, la jeune femme insiste :

— Nous, on va à Nantes. Est-ce que ça vous rendrait service qu'on vous prenne avec nous ? Cela vous rapprochera du pôle Nord.

Il lève les yeux. Pourquoi pas Nantes ? C'est effectivement vers le nord, donc c'est toujours bon à prendre.

— Vous feriez ça ? Oui, ça va bien m'avancer, c'est sûr. Vous avez fini votre repas, mademoiselle ?

— On ne mange pas ici, on est végétariens avec mon ami. Les multinationales de la malbouffe, c'est pas du tout notre truc. On vous attend avec le minibus à la sortie du parking du McDo.

Jean finit d'avaler son burger, ses frites, son dessert et son Coca. Il aurait aimé traîner un peu mais l'opportunité de faire d'un coup trois cent cinquante kilomètres dans le sens sud-nord est à saisir. Sur le bord de la route, avant la bretelle d'autoroute, un minibus Volkswagen de couleur orange, couvert de tags, est à l'arrêt et a allumé ses warnings. Il reconnaît la jeune femme qui lui fait signe d'avancer en ouvrant la porte arrière. Sur la banquette, deux chiens de race indéfinissable. L'homme qui est au volant se retourne et du bras écarte les chiens en dégageant de la place.

— La Boétie et Montaigne, poussez-vous pour que le monsieur puisse s'asseoir !

Jean serre la main que tend le conducteur et prend place à côté des deux chiens. La femme au bonnet andin s'assied à l'avant à droite. Le minibus démarre et immédiatement s'éloigne de l'autoroute.

— On prend les nationales, dit le chauffeur, les péages c'est carrément du vol, alors on les évite.

— Aucun problème pour moi, c'est aimable à vous de bien vouloir m'emmener à Nantes. Vous me rendez un réel service.

Le chauffeur doit avoir le même âge que la femme. Cheveux bruns avec une queue-de-cheval. Petite barbe, petite moustache. Un regard assez doux. Jean lui trouve une ressemblance avec le leader de Podemos en Espagne, Pablo Iglesias.

— Nous allons à Notre-Dame-des-Landes, ça vous dit quelque chose, monsieur le docteur marcheur ?

— Je m'appelle Pascal… Évidemment, je suis au courant de ce projet de construction d'un aéroport à proximité de Nantes et des contestations qu'il suscite. Et depuis longtemps, il me semble. Vingt ans peut-être, non ? Quelque chose me dit que vous n'êtes pas dans le camp du soutien à l'aéroport.

— Moi, c'est Agathe, dit la jeune femme, et lui c'est Olivier. Nous sommes des opposants de longue date à l'aéroport et nous allons rejoindre la grande marche de mercredi prochain. On va défiler avec tous ceux qui soutiennent, comme nous, cette cause juste. Il faut stopper ce projet idiot.

— Pourtant, j'avais lu que le référendum organisé dans le département avait donné une majorité favorable à sa construction. Avais-je tort de penser que les opposants allaient déposer les armes ?

— Passage en force du gouvernement. Le référendum n'a été rien d'autre qu'une mascarade. C'est pour ça que nous allons soutenir nos amis de la ZAD.

— Un aéroport moderne peut s'avérer utile à tout le monde, non ?

— Vous savez, docteur, nous pensons le contraire. À commencer par cet aéroport contre nature. Il y en a déjà un à Nantes, il suffit de rallonger la piste. Avec leur projet monstrueux d'un autre aéroport, on va considérablement augmenter la pollution, détruire des zones rurales irremplaçables abritant une faune particulière et évacuer des familles qui ont fait vivre la zone depuis des générations.

Des zadistes !... Jean découvre qu'il est pris en charge par des zadistes. Il n'a jamais eu de grande sympathie pour ces contestataires invétérés, mais aujourd'hui leur compagnie ne le dérange pas. Il va garder pour lui ses opinions. Et puis des opinions, en a-t-il encore ? Il s'en rend compte, ses notions politiques et morales sont devenues floues. Elles appartenaient à son ancienne vie. Un fantôme a-t-il un sens social, politique ou moral ?

Il caresse les chiens qui se laissent faire.

— Ce pôle Nord, que pensez-vous y trouver ? C'est incroyable comme randonnée. J'admire votre courage, dit Pablo Iglesias.

— Une autre vie, probablement.

Le confort d'un siège de voiture, même un peu tape-cul, l'amène à sentir une grosse fatigue s'abattre sur lui.

— Je crois que je m'endors. Vous permettez que je ferme les écoutilles un moment ?

— Allez-y, pas de problème.

Le museau de Montaigne sur les genoux, il s'écroule dans un sommeil profond. Quand, trois heures environ plus tard, il se réveille, le minibus s'est considérablement rapproché de sa destination.

— Docteur, on va vous déposer chez Jean-Claude et Chantal, ils pourront vous abriter pour cette nuit. Ce sont des agriculteurs dont les familles sont installées depuis toujours sur la zone que l'aéroport veut expulser. Il y a encore quelques fermes comme la leur qui sont habitées, très peu et de moins en moins. Pour les soutenir, vous verrez, il y a plus de trois cents de nos sympathisants qui vivent là en permanence.

— Mais ils habitent où, ces sympathisants ?

— Dans des cabanes ou dans des caravanes planquées dans le bocage. C'est là où on va, Olivier et moi. Vous allez être étonné, il y a une ambiance formidable dans ces lieux. Résistance et solidarité !

Une heure plus tard, le minibus s'arrête devant une grande maison isolée sur le bord d'une petite départementale. À gauche de la maison, une grange devant laquelle deux tracteurs sont rangés. À l'arrière, la silhouette d'un hangar.

Un groupe de cinq personnes vient accueillir les arrivants avec accolades et embrassades. Jean repère assez vite le couple Lévèque qui habite la maison. Jean-Claude Lévèque est un quinquagénaire aux cheveux poivre et sel qui porte des lunettes fines. Chantal, son épouse, est vêtue d'une combinaison bleu marine de garagiste. Une grande tignasse toute blanche et une voix forte. Sur sa poitrine, un badge avec un avion sur fond jaune et le slogan « Non à l'aéroport ».

Olivier-Pablo fait les présentations :

— Voici Pascal, c'est un toubib SDF qu'on a pris en stop. Ce serait sympa que vous puissiez lui trouver un endroit pour dormir cette nuit. Nous, on va aller à la cabane de Serge et Mauro, comme la dernière fois.

— Vous avez un sac de couchage, Pascal ? Oui ? C'est parfait alors. Dans la grange, on a installé un coin à l'étage pour les gens de passage. C'est pas chauffé et c'est pas luxueux, mais il y a des matelas, ça dépanne toujours et, comme vous arrivez avec nos fidèles amis Olivier et Agathe, vous êtes le bienvenu.

Le minibus orange repart et Pascal reste avec le couple Lévèque, ainsi qu'une femme et deux hommes qui semblent être eux aussi des agriculteurs. Nantais ou gersois, le monde agricole lui est familier et pouvoir dormir dans une grange, sur un matelas, sera un vrai confort.

— Madame Lévèque, dit Jean, je vous remercie de m'accueillir, mais je dois vous avouer que je n'ai pas d'argent pour participer aux frais. Je n'arrive pas avec les mains totalement vides, voici une bouteille de vin blanc de la région bordelaise.

— N'ayez crainte, on vous accueille de bon cœur et vous dînerez avec nous. Nous accueillons tous ceux qui soutiennent notre combat.

Les positions du visiteur ne sont pas très clairement identifiées mais bénéficient d'un préjugé favorable. Autour de la table, dans la grande pièce à vivre, s'installent sept personnes : le couple Lévèque, Jean, les deux autres hommes qui seront aussi ses compagnons de dortoir dans la grange, la femme entrevue à l'arrivée, sœur de Chantal, et une femme âgée, à l'Alzheimer avancé, la mère de Chantal. La conversation tourne d'abord autour du projet d'aéroport puis, assez rapidement, à l'initiative de Jean, s'oriente vers la chasse traditionnelle, les gibiers d'eau, la médecine rurale et la désertification des campagnes.

— Ce soir, c'est de l'anguille en persillade, annonce Chantal. Vous avez ça dans votre région ? demande-t-elle.

— Oui, dans les Landes, en automne, c'est courant de trouver des anguilles et comme vous on aime bien les cuisiner en persillade.

On se couche tôt à la cambrousse et Jean n'en est pas mécontent. Une fois dans la grange, il s'allonge sur son matelas sans attendre les deux autres pensionnaires. L'image de sa fille Anne s'impose tandis qu'il cherche le sommeil. Anne avait trouvé un bel équilibre avec son amoureux. Il aurait été tellement heureux de former, avec Hélène, un couple de grands-parents...

Mardi 17 mai – jour 7

DES IMAGES et des sons horribles ont encore hanté sa nuit. Il a entendu Hélène hurler au moment où elle a vu la mort en face. Vers 6 heures, parfaitement éveillé, il s'en va marcher un peu dans les abords. Cette marche dans le jour naissant est propice à une réflexion plus sereine.

Cette halte nantaise me change un peu les idées, même si leur affaire d'aéroport m'indiffère aujourd'hui de manière abyssale. Cet aéroport n'est peut-être pas indispensable, je n'en sais rien en fait. Une chose est certaine, je ne vais pas faire de vieux os ici. Alors, le vœu du pôle Nord ? Sérieux ? Ai-je raison de continuer à fuir, à m'obstiner dans ce déni ? Est-ce simplement un alibi pour mon manque de courage, pendant que chez moi on étale les cadavres dans un gymnase et que les proches viennent se recueillir ? Ou de la haine insurmontable pour ces ingénieurs qui mettent sur le marché des cars qui, en un instant, peuvent être détruits par le feu ?

Chantal ouvre la porte d'entrée de sa ferme et découvre Jean en train de faire les cent pas le long de la route en poussant machinalement des cailloux avec le pied. Elle l'invite à l'accompagner pour nourrir les volailles, puis lui offre de partager un café.

— Votre mère, madame Lévèque, ça fait longtemps que sa maladie s'est déclarée ?

— Elle a quatre-vingt-trois ans et ça fait six ou sept ans, maintenant. Au début, elle oubliait juste ce qu'elle avait fait une heure avant, mais ça s'est aggravé vite et très lourdement. Maintenant, elle ne reconnaît plus personne sauf moi et elle croit que j'ai douze ans, vous voyez ? À la maison, elle ne peut plus rien faire, elle reste devant la télé mais ça ne l'intéresse pas. Elle ne capte plus rien de ce qui est la vie normale. C'est triste, mais que faire ?

— Rien, il n'y a pas de remède. Prendre soin d'elle. C'est une maladie que je connais bien, dans la France des campagnes on rencontre des centaines de cas similaires. Il n'y a plus de remède à ce stade. Déjà, si votre maman est en mesure de se nourrir, s'habiller, se laver et aller aux toilettes, vous n'êtes pas si mal lotie. C'est triste à dire. Attention, ne pensez pas qu'elle soit réellement malheureuse. C'est une fin de vie qui peut durer et qui n'est pas éprouvante pour elle.

— La seule chose qui nous inquiète vraiment, c'est de la laisser seule. Quand elle va se promener, elle se perd. Ce matin, je vais aller travailler, ma sœur et Jean-Claude aussi, alors si vous pouviez rester près d'elle jusque vers 11 heures, vous nous rendriez vraiment service.

— Volontiers, pas de problème. Et je la ferai boire régulièrement car souvent ces malades perdent la notion de soif. Elle aime la musique ?

— On n'a pas de chaîne hi-fi, elle est cassée.

— Des albums photos, vous en avez ?

— Oui, elle sera peut-être heureuse de les feuilleter avec vous.

La vieille dame semble prendre du plaisir à voir les photos de famille et préfère en tourner elle-même les pages, ce qui est bon signe. Avec Jean, elle se montre amicale, même si toutes les dix minutes elle lui demande son nom. Il est agréablement surpris par le caractère calme et pacifié de cette malade. Il a le souvenir d'avoir vu bien pire, avec en particulier des patients atteints de troubles de démence.

Puis-je ou non avoir cette forme de courage qui consisterait à affronter les cadavres, les obsèques, les neveux et nièces, les survivants, le village ? Pour y aller, je devrais commencer par me fabriquer une armure d'indifférence et je ne pense pas en être capable. Ni aujourd'hui ni demain. Pour me retrouver seul ensuite avec ma douleur, dans une maison où chaque objet me déclenchera des larmes ? Je l'ai en moi déjà et pour toujours cette douleur, elle me suivra partout. Elle a pris racine. Alors je continue, il n'y a pas d'échappatoire. Ici, je me retrouve avec d'autres paumés, je suis donc avec les miens : la dame gâteuse, les fermiers qu'on expulse de chez eux, les jeunes anarchistes qui vivent dans leur monde d'utopies...

Jean-Claude Lévèque est de retour à 11 heures, en même temps que Chantal.

— Elle a été sage, la mamie ? Merci beaucoup d'avoir fait du mamie-sitting. Viens avec moi, docteur, je vais t'emmener prendre l'apéro au village.

Notre-Dame-des-Landes est un village de deux mille habitants situé à une vingtaine de kilomètres au nord-ouest de Nantes. Depuis la ferme des Lévèque, c'est un court trajet en voiture le long du bocage, quelques minutes à peine. Jean-Claude montre à Jean, en passant, l'endroit où devrait être construite une des deux pistes du nouvel aéroport.

Au bar des Landes, cœur du village, tout le monde se connaît. Les partisans de l'aéroport y débattent avec les opposants. Ce matin, le bar est animé, le thème du jour est la grande marche du lendemain mais les différents intervenants sont loin du consensus. Il y a ceux qui se définissent comme « vrais écolos » et qui veulent une marche pacifique et simplement d'occupation. Et ceux qui veulent en découdre, qui parlent de barricades à dresser sur la D 281. Un groupe de jeunes types est particulièrement bruyant. Ils veulent une guerre de tranchées et, pour la préparer, parlent d'allumer des feux pour réchauffer le bitume afin d'y creuser des excavations visant à bloquer les véhicules des gendarmes. Jean les dévisage, quatre garçons et une fille, à peine plus d'une vingtaine d'années chacun.

Des jeunes qui n'ont encore rien vécu et qui, pourtant, veulent tout changer.

— Tu vois, dit Jean-Claude, avec tous ces soutiens qui sont venus de partout, on les aura bien fait chier. Plus de vingt ans, on a tenu. Demain, ce sera peut-être le baroud d'honneur. Mais ça risque d'être costaud et je ne te conseille pas d'y aller faire le badaud, il y aura des coups à prendre.

Là où il y a des forces de police, aucune chance que j'aille faire le badaud…

Perdu d'avance ou pas, le combat du lendemain semble fortement mobiliser les énergies, surtout chez ceux que Jean repère comme des anarcho-libertaires et que l'idée de guérilla excite vivement. À l'inverse, agriculteurs et riverains sont beaucoup plus calmes et, comme Jean-Claude, ont le visage sombre. Jean se dit que la « manif de trop » ne les emballe pas, alors qu'ils sont les plus directement concernés. On trinque avec quelques verres de muscadet, puis c'est le retour à la ferme pour un repas en compagnie d'Agathe et d'Olivier. À Jean qui manifeste son embarras de se montrer pique-assiette, les hôtes répondent qu'une part de plus ou de moins c'est égal et que c'est de bon cœur. Ils insistent aussi sur la très forte probabilité qu'il y ait des blessés le lendemain et qu'un médecin puisse s'avérer d'une grande utilité.

Après le déjeuner, Jean accompagne Agathe et Olivier qui ont proposé de lui faire visiter leurs installations. Il y découvre une population de protestataires se préparant pour la journée du lendemain. Des squatteurs installés dans des maisons que leurs habitants ont désertées ou simplement dans des cabanes, des caravanes ou des tentes. Il y a aussi quelques constructions en dur et des hangars, un commerce d'alimentation et un bâtiment qui ressemble à une école. Il semble qu'il y ait plusieurs centaines de militants, même un millier. Certains, dont Olivier, organisent une distribution d'armes : pelles, pioches, fourches, clous, poutres… D'autres alignent des rangées de cocktails Molotov. Par endroits, on prépare des barricades à dresser sur les départementales. C'est bien une veillée d'armes. Jean n'aime pas ce qu'il voit et, sur un ton amical, s'adresse à Agathe :

— Votre combat n'est-il pas fini ? Vous ne craignez pas que tôt ou tard, et plutôt bientôt, vous verrez ici arriver les bulldozers et des pauvres bougres comme Jean-Claude et Chantal se faire expulser ? Vous allez, dans votre emballement, risquer des vies ou des blessures graves. C'est vraiment indispensable, toute cette violence ?

— Non, docteur, ne croyez pas ça. Notre combat est loin d'être terminé ! *Hasta la victoria siempre !* Les bulldozers perdront la bataille du bocage. Nos combats sont utiles pour la planète…

— Si vous êtes ainsi sur la route en permanence pour vos combats justes, comme vous dites, vous vivez de quoi, si je ne suis pas trop indiscret ?

— Olivier est au RSA. Moi, je suis intermittente du spectacle. J'assure mes cinq cent sept heures statutaires pour l'année comme maquilleuse à France Télévisions et ensuite je peux vivre le reste du temps avec mes indemnités chômage.

— Si je calcule bien, vous êtes en situation de chômage plus de la moitié de l'année. Ça vous convient, ça ?

— Oui, parfaitement, ça me permet de me consacrer à l'essentiel.

Jean, qui travaillait quotidiennement plus de douze heures, reste sans voix. À l'issue de cette visite dans le camp insurrectionnel, il est heureux de prêter la main aux Lévèque pour ramener le troupeau de vaches et nourrir les cochons. Il propose ensuite à Chantal de préparer deux canards pour le dîner. Plumer les volatiles lui permet d'oublier un peu sa propre situation et celle des gentils fermiers sacrifiés, même s'ils sont soutenus par quelques illuminés. Une situation qu'il a du mal à ne pas trouver absurde.

Quel était ce texte du Macbeth *de Shakespeare où le personnage évoquait l'absurdité de la vie ? En français, ça donnait quelque chose comme « la vie est un conte plein de bruit et de fureur que déclame un idiot ». Il faut que je retrouve la citation dans son intégralité, ma mère me l'avait apprise.*

Inconsciemment, il a réfléchi à voix haute. Chantal s'en étonne :

— Que marmonniez-vous, Pascal ?

— Rien, pardon, voici que je parle tout seul… Chantal, vous avez des oranges et des navets, je vois. Si vous avez aussi des oignons, je vais vous faire des canards à l'orange et aux navets.

— Vous avez carte blanche. Nous avons hâte de goûter votre cuisine, alors installez-vous et faites à votre idée.

Jean est heureux de pouvoir cuisiner. Surtout avec des canards de Challans. Les deux autres pensionnaires de la grange sont revenus et ils sont neuf autour de la table. Sa recette, pourtant totalement réussie, contribue à peine à alléger l'ambiance. À Agathe et Olivier qui boudent la volaille en raison de leurs convictions végétaliennes, Chantal fait observer qu'ils passent à côté d'un moment de bonheur. Il est touché de cette appréciation.

Jean n'avait pas prêté trop d'attention aux deux autres hommes, ses voisins du dortoir, personne ne les avait encore présentés. Ce sont deux frères, anciens voisins des Lévèque, qui ont été contraints d'abandonner leur maison. Ils sont venus pour participer à la marche. Seule la vieille dame est détendue et se sert plusieurs fois des morceaux de canard qu'elle mange avec ses doigts. Elle va même jusqu'à se servir dans les assiettes de ses voisins de table. On la laisse faire avec indulgence.

Après le dîner, Olivier et Agathe confectionnent des pétards pour tout le monde et les répartissent. Jean s'en voit proposer un.

— Haschich, ce soir, dit Olivier. C'est la fête.

Jean hésite, mais constate que cette consommation n'a rien d'inhabituel pour les autres dîneurs, même la vieille va fumer. Seule à refuser, Chantal. Il se laisse tenter par l'expérience. Ce sera une première pour lui qui a passé sa vie à essayer d'en dissuader les jeunes. Il connaît bien les effets nocifs des drogues, même de celles qu'on dit douces. Si la dose est modérée, il ne ressentira pas de trouble majeur, puisque même la brave aïeule se tape son joint. Dans son cas à elle, c'est même plutôt une excellente forme de thérapie. Installé dans un fauteuil, il fume doucement, tentant d'analyser les effets du produit sur lui. Il constate vite une légère et enveloppante impression de sérénité. Puis, à force d'entendre rire les autres, il se met lui aussi à rire sans trop savoir pourquoi. Sa perception de l'environnement s'altère. Pourquoi s'obsède-t-il à fixer son attention sur la pendule ?

On dirait qu'elle se déplace par moments.

Une heure plus tard, Olivier et Agathe quittent la ferme. Avec ses deux collègues du dortoir, il regagne la grange pour aller se coucher. L'un des deux semble avoir du mal à avancer, mais son frère le soutient et Jean leur souhaite une bonne nuit. La sienne n'est pas bonne, une fois de plus. Effet retard de la « fumette », il se met à grelotter et à crever de soif. Un sentiment de détresse s'installe, contrastant totalement avec l'impression de détente presque euphorique de l'heure précédente. De nouvelles images fantasmées, comme celle d'Hélène face à lui dans l'allée centrale du car lui tendant les mains, l'insultant en voyant qu'il ne peut les saisir. Ou bien lui-même sur la route s'agrippant à une portière pour faire stopper le car et le chauffeur le chassant à coups de manivelle. Ces images tournent et retournent dans sa tête tandis que, pitoyable, il se blottit dans son sac de couchage.

Mercredi 18 mai – jour 8

JEAN S'EST RÉVEILLÉ plus tardivement que la veille et dans un état d'abrutissement avancé. Au cours de la nuit, il n'a fait que somnoler, aux prises avec des accès de paranoïa, parmi lesquels l'idée obsédante que la grange pouvait se mettre à brûler. Cette expérience de « fumette », il la juge finalement déplaisante et ne récidivera pas. Comme la veille, Chantal et Jean-Claude lui confient la mission de surveiller la vieille dame pendant qu'eux-mêmes se rendent à leurs occupations du matin. Jean demande à Jean-Claude la permission d'utiliser son ordinateur sans préciser dans quel but. Il a en tête de faire une recherche à propos de l'accident du car et consulte Google mais en retire peu d'informations. Techniquement, l'enquête semble s'orienter vers un réservoir de gasoil situé à l'avant du camion qui aurait été perforé au moment du choc et permis au carburant sous pression de s'enflammer et de se propager grâce à l'appel d'air créé par le bris des vitres. L'article évoque brièvement quarante et une victimes, mais sans plus de précisions. Il n'y a aucune mention d'une personne qui serait recherchée.

Jean est perplexe. Il a bien vu le car entier s'embraser en moins de dix secondes, si vite que les passagers n'ont pas même eu le réflexe de se lever. Le choc n'a pas été tellement violent, les randonneurs ne se sont pas affolés, ils sont restés assis tranquillement. Lui-même n'a pas été fortement secoué par le choc avec le camion et n'a pas immédiatement pensé à descendre. Les vitres ne se sont pas toutes brisées sur le moment. Quelques-unes seulement. Assez nombreuses pour provoquer un appel d'air ? Il lui faudra absolument suivre les avancées de l'enquête. Ce matin-là, Jean choisit de distraire la mère de Chantal avec son violon, joue quelques-uns des morceaux qu'il avait plaisir à interpréter avec son père et constate que son auditrice apprécie. Tout spécialement, le *2e Trio en mi bémol majeur* de Schubert semble la ravir.

— Belle-maman est aux anges, dit Jean-Claude en entrant dans la pièce. C'est joli ce que tu joues, c'est quoi, c'est connu ?

— Oui, c'est connu, c'est un morceau composé par Schubert. Il l'a écrit pour un trio : piano, violoncelle et violon. Moi, tout seul avec mon violon, je bricole. J'ai fait mon propre arrangement et j'aime le jouer.

— C'est super beau, peut-être ce soir après la folie de la journée, tu pourras jouer pour calmer les nerfs.

La marche des protestataires démarre à 13 heures. Jean-Claude et Chantal sont aux premiers rangs, juchés sur leurs tracteurs et vêtus de leurs combinaisons de travail bleues, portant le badge anti-aéroport. Jean est resté chez les Lévèque et a repris son « mamie-sitting ».

Après deux heures de manifestation plutôt tranquille, la situation dégénère au moment de la dispersion du cortège. Les plus fanatiques engagent la bataille contre les forces de l'ordre avec une frénésie sauvage. Cocktails Molotov contre grenades lacrymogènes. Avec les moyens du bord, Jean a installé un dispositif d'accueil pour les blessés dans un espace situé derrière la ferme, en retrait de la route. Un autre médecin, celui de La Paquelais, village voisin, est venu le rejoindre et a apporté tout le matériel pour premiers soins dont il dispose.

— Bonjour, cher collègue, je suis le médecin à tout faire du coin, je m'appelle Michel Goudard. Tu verras, on ne va pas s'ennuyer quand ils vont revenir.

Jean, qui au demeurant n'en doutait nullement, salue son confrère :

— Pascal Cazals, enchanté. Je suis généraliste et je vais te prêter main-forte.

Goudard est un peu plus jeune que Jean, c'est un homme aux cheveux gris en bataille, d'une étonnante maigreur, grand de taille et porteur de lunettes fumées. Il porte une veste en velours verte avec des pièces aux emplacements des coudes et des tennis aux pieds. Jean trouve spontanément sympathique cet homme au physique d'intello.

— Pascal, t'es ici pour quoi ?

— Par hasard. Total hasard. J'étais à Bordeaux et je faisais du stop. Les personnes qui m'ont pris venaient ici.

— Tu n'es pas de la région, donc. Je l'entends à ton accent. Et à Bordeaux, tu faisais du stop ? Tu sympathises avec les opposants à l'aéroport ?

— Avant aujourd'hui, pas vraiment, et je n'ai toujours pas la moindre opinion quant à la nécessité de construire un nouvel aéroport. Le hasard a fait que je sois juste de passage et maintenant j'ai de la sympathie pour certaines personnes, celles qui ont la gentillesse de m'héberger. Mais je ne sympathise pas spécialement avec la cause. Et pas du tout quand elle s'exprime par la violence. Et toi ?

— Moi, pas du tout. Il y a eu un référendum dans le département et j'ai voté comme la majorité : pour qu'on construise enfin ce fichu aéroport. Cette affaire a bien trop duré.

— Alors pourquoi tu es venu ?

— Je suis le médecin de famille des Lévèque, Chantal, Jean-Claude et leurs trois filles que j'ai suivies depuis leur naissance. De plus, ça ne va pas te surprendre, je suis le seul médecin du coin qui veut bien encore venir sur le champ de bataille. Je tiens probablement à notre serment d'Hippocrate. J'ai employé l'expression « champ de bataille », mais peut-on appeler ceci une bataille ? Mes parents étaient dans la Résistance, c'était autre chose. Pour en revenir à nos lascars, j'ai compris que tu n'es pas de leur côté même si tu as de la sympathie pour les Lévèque. Ce qui est bien justifié, ce sont des gens admirables à tous points de vue. Mais les autres, ceux qui t'expliquent que c'est avec la violence qu'on réinventera la démocratie, quelle immaturité ! Et les dégâts collatéraux !

Les deux médecins font un inventaire des produits et des instruments que Goudard a apportés et les disposent sur deux tables à tréteaux voisines.

— Nos petits amis guérilleros ne vont plus tarder à venir montrer leurs bobos. D'ailleurs, ça commence, en voici un.

Un grand type à catogan, au torse nu et en pantalon de treillis, se tient devant eux, courbé en deux avec les mains serrées. Vingt ans, pas plus.

— Qu'est-ce que tu as ?

— Je me suis brûlé. D'abord la main, puis de l'essence s'est répandue sur mes fringues, j'ai brûlé aussi un peu de partout. Je me suis roulé dans l'herbe et un type m'a enroulé dans sa veste. J'ai super mal. Ma main, elle est foutue ?

Goudard prend le garçon en charge.

— Montre tes mains. Tu devais être en train de préparer un cocktail Molotov, c'est ça ? Encore heureux que ça ne t'ait pas pété à la figure.

Les blessés arrivent les uns après les autres. Il faut surtout soigner des contusions, plus ou moins graves, dues aux coups de matraque, des pommettes et lèvres sanguinolentes qu'il est préférable de recoudre sans tarder. Jean retrouve les réflexes d'un médecin d'urgence dépourvu de moyens, ce qui fut son expérience au Sud-Soudan. Cette montée d'adrénaline lui fait du bien, il est redevenu, pour un moment, utile aux autres.

Chantal arrive à son tour, soutenant une Agathe au visage en sang. Jean identifie une fracture de l'os maxillaire avec déplacement de la cloison.

— Comment c'est arrivé ?

— Matraque.

— Vous allez avoir certainement un vilain œdème. On va commencer par mettre de la glace sur votre nez, même si c'est douloureux. Ensuite, vous devrez sans tarder consulter un chirurgien car lui seul peut réparer ces dégâts. C'est important pour la suite de votre vie car c'est l'entrée des voies respiratoires, il ne faut pas plaisanter.

— Je le ferai, merci docteur.

Jean se demande si les blessures auxquelles s'exposent tous ces jeunes ne sont pas pour eux une sorte de rite initiatique leur permettant d'acquérir des titres de noblesse dans « l'internationale protestataire ». Tout en procédant aux soins, les deux toubibs bavardent et se trouvent de nombreux points communs : la paperasse insurmontable, les déserts médicaux, les jeunes collègues qui n'accordent que dix minutes par consultation... Un Range-Rover surgit et se gare d'autorité en plein milieu de la cour, à quelques mètres du dispositif de soins. En sortent un caméraman, un preneur de son et une jeune femme rousse aux cheveux bouclés vêtue d'un anorak jaune. Goudard la reconnaît tout de suite.

— C'est la fille des infos régionales, elle vient toujours sur les lieux d'affrontement. On dirait que ça l'excite de voir des blessés, c'est une peste.

Jean n'a aucun désir de faire connaissance avec « la Peste » et encore moins d'être vu à la télévision, même si c'est simplement sur France 3 régions. Il se réfugie à l'intérieur de la ferme et se place derrière une fenêtre pour observer la scène.

La journaliste cherche ceux des manifestants les plus gravement atteints et pousse son caméraman à faire surtout des gros plans. Un gamin au crâne ouvert, qui saigne encore abondamment, devient sa proie favorite. Pour peu, elle demanderait qu'on le fasse un peu plus saigner. La chance lui sourit quand arrive un vélo conduit par un autre des jeunes croisés au bar. Sur le porte-bagages, un garçon est couvert de sang et crie sa douleur. À travers la vitre, Jean regarde Goudard se précipiter. L'incident est filmé, le cadreur ne rate rien, jusqu'à ce que la journaliste semble considérer son reportage terminé avec ces dernières images brutales. À l'heure du dîner, les familles pourront voir un peu de sang aux nouvelles régionales, mission accomplie. Soulagé quand le Range-Rover a disparu, Jean retourne à sa mission auprès des blessés. Le jeune homme du porte-bagages est allongé sur une couverture. Outre ses plaies à la tête, il souffre aussi d'une fracture ouverte tibia-péroné avec déplacement. On voit un bout d'os émerger de la peau. Jean le prend en charge.

— Comment est-ce arrivé ?

— Les flics me poursuivaient, je me suis échappé à travers bois, en courant je suis tombé dans un trou.

— Il faut que tu ailles vite à l'hosto. Je vais te faire une attelle pour que la situation ne se dégrade pas plus.

Tous les cas urgents ont été soignés aux environs de 20 heures. Goudard décide de conduire à l'hôpital le gamin à la jambe fracturée et un agriculteur auquel on a enfoncé un bout de matraque dans le ventre. L'homme de cinquante-cinq ans environ se plaint de fortes douleurs et vomit tout ce qu'il peut.

— Celui-ci, il faudra lui faire un check-up, ici je ne peux rien diagnostiquer, mais il se peut que ce soit sérieux. Pascal, tu m'accompagnes, l'hôpital Laënnec est au nord de Nantes, on y sera dans moins de dix minutes.

— Non, s'il te plaît, Michel. Je fais mon devoir de soignant. Comme toi, j'ai prêté serment. Mais aller me faire contrôler sur la route avec des manifestants, non. À tous les coups, les gendarmes ne seront pas repartis et auront installé des barrages filtrants. Je reste sur place, je dors ici, en espérant que les Lévèque voudront encore m'héberger. En plus, il se peut qu'on récupère encore quelques blessés.

Habitué au secret médical, Goudard ne se montre pas curieux, même s'il sent bien qu'autour de son confrère plane un certain mystère. Ce médecin originaire du Sud-Ouest a peut-être des soucis avec les autorités, Goudard décide que ce n'est pas son problème. L'homme est à l'évidence un bon médecin, il a évoqué son expérience en Afrique, ce n'est pas un usurpateur. Goudard fait un signe amical et démarre.

Malgré sa compassion pour les Lévèque qu'on va sans doute expulser, Jean ne veut pas s'incruster chez eux.

— Chantal, Jean-Claude, je vais reprendre la route, je vous ai déjà trop dérangés en débarquant chez vous.

— Tu ne vas pas partir ce soir, répond Jean-Claude, tu partiras demain si tu veux. Et tu n'as dérangé personne, au contraire, tu nous as aidés et tu as aidé ceux qui se sont fait castagner. Une de nos filles vient dîner avec nous, tu reprendras ta route au matin, d'accord ?

Une Toyota gris sale stoppe devant la maison et Chantal se précipite. En sortent deux fillettes de sept et cinq ans qu'elle étreint avec fougue. Leurs parents ont une trentaine d'années, un couple d'agriculteurs eux aussi. Le mari est un solide gaillard qui soulève sa belle-mère pour l'embrasser. Chantal éclate de rire quand il la repose.

— Ce sont mes petites-filles, Chloé et Julie, dit Jean-Claude, et ma fille Cécile avec Morgan, son mari. Ils exploitent une ferme près de La Roche-sur-Yon, à une heure de route d'ici.

Jean écoute la conversation familiale sans s'y mêler. Il découvre que Chantal et Jean-Claude ont pu préparer la suite de leur vie après leur probable expulsion grâce à leurs trois enfants. Cécile et ses deux sœurs ont organisé la reconversion des parents. Jean se sent réconforté par ce qu'il apprend.

— Depuis tout le temps que cette stupidité d'aéroport inutile est en débat, nous, les enfants, on a eu le temps de grandir, de trouver du travail et de faire des économies pour aider nos parents. On sait qu'ils vont être expulsés, alors on a agrandi notre propre ferme. Avec Morgan et mes deux beaux-frères, on a construit une annexe pour reloger les parents et y récupérer le bétail. Ainsi, ils continueront leur activité. On est des descendants de chouans, vous savez. La résistance au pouvoir central est dans nos gènes. Quand il le faut, on trouve l'énergie, voyez comme mes parents ont tenu bon pendant tout ce temps sans jamais craquer. Maintenant, si les bulldozers arrivent comme étaient arrivées les troupes républicaines d'abord, celles de Bonaparte ensuite, ce sera le moment d'effectuer un repli stratégique.

— Heureusement que nous avons de si gentils enfants, dit Chantal, et des petites-filles si merveilleuses.

Jean est aussi admiratif que troublé par une montée de jalousie. Il n'aura pas, lui, eu droit à des petits-enfants. Il regagne son sac de couchage, seul dans la grange, apparemment les deux agriculteurs qui cohabitaient avec lui les jours précédents sont partis vers d'autres rêves et d'autres matraques.

Jeudi 19 mai – jour 9

JEAN GUETTE les mouvements provenant de la maison voisine et sort de la grange au moment où il lui semble que ses hôtes sont réveillés. Invité à partager le petit déjeuner, il remercie très chaleureusement. Au moment de se quitter, Morgan, le gendre, se montre curieux :

— De métier, alors, vous êtes médecin ou violoniste ?

— Je suis médecin de profession et violoniste par passion. La musique est une passion familiale.

— Et comment avez-vous appris à jouer ?

— Mon père était un bon pianiste, mais il n'avait pas beaucoup de temps libre. Vétérinaire à la campagne, ça occupe bien les journées. J'ai eu la chance d'apprendre grâce à mon grand-père qui a été premier violon dans l'orchestre de Toulouse.

— Et là, maintenant, vous avez cessé la médecine ?

Encore une fois, se dévoiler le moins possible, mais sans manquer de courtoisie afin de ne pas éveiller de suspicions et susciter plus de questions. Mentir en restant si possible crédible.

— C'est provisoire. En ce moment, je prends du temps pour moi. Mon cabinet est tenu par un jeune médecin qui s'installe et donc me remplace pour l'instant.

— Et votre famille ?

— Je suis veuf depuis peu, ce qui m'a poussé à ce voyage en solitaire.

— Qu'en pensent vos enfants ?

— Nous n'avons pas pu avoir d'enfants.

— Et vous voyagez sans argent du tout. Ni téléphone. Vous avez bien une carte de crédit quand même ?

— Non, rien, c'est mon défi. Sinon, où est le mérite ? Si c'est juste du tourisme, n'importe qui peut le faire. Pardonnez ce péché d'orgueil. Je vis au jour le jour. Ce n'est pas toujours facile, car il est rare de rencontrer des personnes aussi accueillantes qu'ici.

Morgan et Cécile écarquillent les yeux tandis que les Lévèque, parfaitement habitués à l'accueil de marginaux contestataires ou folkloriques, ne semblent pas surpris.

— Merci mille fois pour votre hospitalité, Chantal et Jean-Claude. J'ai assez tiré sur la corde de votre gentillesse. Je vous laisse profiter de votre magnifique famille. Peut-être à un de ces jours !

— Tiens, Pascal, une carte routière de la France, dit Jean-Claude, c'est une version un peu ancienne mais ça devrait être utile.

— Vous allez où ? demande Morgan.

— À Paris, puis à Bruxelles. Et ensuite plus loin et encore plus loin…

Une fois de plus, Jean a sorti la première réponse qui lui venait spontanément tout en se disant qu'elle n'avait rien d'absurde.

— Les filles restent ici et, pendant ce temps, Cécile et moi on va en voiture à Carquefou rencontrer un pisciculteur. Si vous voulez, on vous y dépose. Vous aurez vingt kilomètres de moins à faire pour Paris.

Jean est mal à l'aise, ce garçon se montre un peu trop inquisiteur. La proposition ne l'enchante pas, mais elle est difficile à décliner. Sur le pas de la porte, Chantal le serre dans ses bras et lui remet un petit sac en plastique.

— Emportez ça avec vous, c'est pour la route. Vous l'ouvrirez plus tard, pas maintenant. Bonne chance à vous, Pascal !

Les vingt kilomètres vers Carquefou sont vite avalés et sans que Jean soit à nouveau sur la sellette.

— On est jeudi, il y aura le marché sur la place Mellay, juste derrière l'église.

Jean se promène au milieu des étals et constate que la différence avec les marchés du Sud-Ouest est assez minime si l'on excepte les stands de crêpes et de galettes. Il est trop tôt pour solliciter des dons de nourriture de la part des commerçants, il ne s'y risque pas et va s'asseoir sur un banc pour ouvrir le paquet de Chantal. Ce qu'il découvre est un beau cadeau : quatre tranches de pâté en croûte... La carte routière est la bienvenue. Passer par Paris semble la meilleure option. Il pourra peut-être y trouver à se loger, se nourrir et prendre, même clandestinement, un train vers l'Europe du Nord. Un panneau indique Ancenis, à une distance de trente-cinq kilomètres, en empruntant la D 723. Aidé de son bâton, il retrouve son rythme de marche et de respiration. Après une heure environ, il atteint Mauves-sur-Loire et son pont de cinq cents mètres qui enjambe le fleuve. Tout en admirant l'œuvre d'art, il continue vers Ancenis, en longeant la départementale sur la rive nord du fleuve. Ce pont qui lui semble séparer le sud et le nord de la France, Jean le regarde comme un symbole. Ayant quitté « son » Sud, il est bien « passé » au Nord, en territoire inconnu. « À l'étranger », la fuite prend forme. Au bourg suivant, Oudon, il a l'agréable surprise de découvrir qu'un chemin de randonnée suit maintenant la Loire jusqu'à Ancenis. Il s'offre une petite halte et entame le pâté de Chantal. Cette solitude désespérée qu'il s'est imposée lui devient familière. La solitude d'un homme qui se retrouve prisonnier dans sa propre tête, tel un condamné dans le couloir de la mort. La dégustation de la tranche, que le couteau suisse découpe finement, décourage pour un moment les idées noires. Le bord de Loire est un sous-bois ensoleillé frangé d'une forêt de chênes et de hêtres. De l'autre côté, le fleuve offre un majestueux spectacle.

Vers 16 heures, après avoir croisé joggeurs, cyclistes et familles à pied, Jean atteint Ancenis. La température commence à fraîchir. Jean passe devant une laverie automatique et s'y arrête pour faire une lessive. En centre-ville, un arrêt de bus attire son attention. Un car de la ligne 23B qui relie Ancenis à Angers y stationne, le conducteur descend de son poste pour aller s'installer à la terrasse d'un bistrot voisin. Jean propose à cet homme de lui offrir quelque chose à boire. L'autre accepte, pensant qu'il a affaire à un de ses passagers réguliers. L'un et l'autre commandent un espresso.

— Je souhaitais vous parler de l'accident d'autocar qui a eu lieu dans le Gers la semaine dernière. Vous devez être au courant...

— Évidemment. Quelle tragédie !

— Un de mes parents y est mort. J'ai lu que le car avait pris feu en quelques secondes. Vous en pensez quoi, vous-même, en tant que professionnel, d'un embrasement aussi rapide, si ma question n'est pas indiscrète ?

— Vous avez perdu un proche ? Je suis désolé. Il y a plus de quarante morts, non ?

— Oui, c'est ça. Vous comprenez, vous, comment le car a pu prendre feu entièrement en quelques secondes seulement ?

— Non, à franchement parler, pas du tout. Une enquête est lancée, il faudra voir les conclusions.

— Oui, mais vous, conducteur, vous êtes concerné directement et vous connaissez bien ce type d'autocars, alors vous devez bien avoir une idée ?

— Cette affaire est tellement dramatique, je préfère rester prudent. C'était un Mercedes, un modèle assez courant, un véhicule sûr. Ce que j'ai appris, car on en parle beaucoup entre collègues, comme vous pouvez l'imaginer, c'est que du carburant venant du camion aurait été projeté, en pulvérisation, sur l'avant du car. Ensuite, comment l'incendie a gagné si vite, c'est étonnant. Même plus qu'étonnant ! Les passagers n'ont pas eu le temps de sortir.

— C'est bien aussi mon interrogation. Dans les autocars, il n'y aurait pas de dispositifs anti-incendie un peu efficaces ?

— Un car ne prend pas feu sauf si c'est son réservoir qui s'enflamme. Et le chauffeur a toujours l'extincteur à portée de main. Sauf que dans ce cas-là, c'est parti tellement vite, d'après ce que j'ai entendu, que le collègue n'a rien pu faire. Du reste, lui aussi a perdu la vie, sans doute le premier. Il avait eu le réflexe de déverrouiller les portes, ce qui a sauvé la vie de quelques-uns des passagers.

— Donc, dans votre milieu professionnel, on ne sait pas expliquer ce qui s'est produit.

— Non, l'enquête le dira peut-être un jour. Je dis bien « peut-être », car s'il y a là-dessous des intérêts industriels ou politiques, on peut toujours attendre. Toutefois, il ne faut pas, à mon avis, croire à la rumeur qui circule à propos d'un réfrigérant utilisé pour la clim et qui serait hautement inflammable. Cette histoire de gaz est un peu bizarre. C'est un produit réfrigérant américain, qui s'appelle R1234VF si ma mémoire est bonne. Nous, les chauffeurs, on n'en veut surtout pas. La Commission européenne a voulu l'imposer pour des raisons écologiques. Normalement, tous les véhicules neufs doivent l'avoir. Mais beaucoup de constructeurs sont contre et ils ont bien raison. Le caractère inflammable pose problème. Dans le cas du car, c'était un modèle de 2011 ou 2012. À coup sûr, son système de clim n'était pas équipé de ce truc. Donc il faut chercher ailleurs. Bon, merci pour le café, c'est l'heure, je dois aller bosser.

— Merci pour ces explications.

Jean règle les consommations, passe aux toilettes, remplit sa gourde et se remet en route, envahi par les contradictions nées de sa conversation.

Il faudra chercher du côté de la clim et de son circuit de refroidissement, même si ce professionnel estime que le produit hyper dangereux n'est pas en cause. L'enquête risque de traîner si la faute est chez le constructeur ou chez les pouvoirs publics.

Une pluie dense commence à tomber quand Jean arrive à l'est d'Ancenis, dans une zone de marais et de canaux. Un panneau indique que la zone est classée espace naturel sensible et départemental en raison de sa grande richesse florale et animale. C'est peut-être surveillé. Il hésite à s'y installer pour la nuit, mais a repéré un bouquet d'arbres dont les feuilles sont épaisses et basses. La pluie y sera moins glaçante. S'étant régalé d'une deuxième part du pâté en croûte, il s'installe dans le sac de couchage et constate avec joie qu'il est parfaitement étanche. Il recouvre son visage et le haut de son corps avec la parka et commence à chercher le sommeil qui, comme chaque soir, tarde à venir. Une forte pluie inonde le sol tout autour de lui.

Vendredi 20 mai – jour 10

Au petit matin, la pluie tombe toujours. Elle n'a laissé aucun répit pendant la nuit. Jean craint d'être surpris par un garde forestier accompagné de son chien. Le sac de couchage est totalement trempé. Pour lui permettre de sécher, il le fixe sur son sac à dos, sans le replier, comme une traîne. Il se remet en route dans le clair-obscur, regagne la départementale parallèle au fleuve et s'y engage en direction d'Angers. Paris est l'objectif immédiat. La discipline de marche avec sa respiration bien calibrée reprend son cours et, par moments, il en oublie la pluie, mais la pénibilité de l'effort gêne sa concentration. En se levant, le jour dévoile un ciel anthracite, ce qui n'augure rien de bon pour le séchage du sac. Jean s'arrête un quart d'heure dans un abri de cantonniers. Ce n'est pas le moment d'enfiler les vêtements secs, sinon ces derniers vont aussi se retrouver trempés. Il replie toutefois le sac de couchage encore humide et le range sur le dessus du sac à dos.

Vers 11 heures, la route se rapproche à nouveau de la Loire à la hauteur d'Ingrandes. Il gagne le centre du bourg et s'assied face au fleuve. Puis il décide de chercher abri dans un café pour se sécher un peu, passer par les toilettes et se détendre. C'est 1,80 euro pour le café en salle, avec en prime l'œil mauvais du personnel. La tasse de café que le tenancier apporte est posée sur la table avec trop de violence pour que l'hostilité ne soit pas manifeste. Quand il se lève pour partir, le même taulier est occupé à servir un autre client et ne voit pas Jean se saisir d'un gros morceau de pain dans une des corbeilles du comptoir. Un morceau de pain, chapardage dont il ne tire aucun sentiment de culpabilité. Une halte utile aussi pour la provision d'eau et le papier-toilette.

Ayant opté pour l'auto-stop, Jean s'assied sur un talus et attaque ce qui reste du pâté en croûte. Absorbé par la découpe, il n'a pas vu deux motards de la gendarmerie s'arrêter devant lui.

— Gendarmerie nationale ! dit le plus jeune tandis que son supérieur se tient en retrait près des deux motos. Veuillez me présenter vos papiers !

Pétrifié à l'idée que sa panique puisse se voir, il sort maladroitement le portefeuille de Pascal et la carte d'identité. Silencieusement, il la tend au jeune militaire, qui regarde la carte et la passe derrière lui à l'autre gendarme. Ni l'un ni l'autre n'ont ôté leur casque, simplement relevé la visière, ce qui laisse espérer qu'ils n'envisagent pas de s'éterniser. À moins que ce soit, plus banalement, pour se protéger de la pluie.

— Vous êtes très loin de l'adresse qui est indiquée sur votre carte d'identité. Vous habitez où, monsieur ?

La ressemblance avec Pascal a dû sembler crédible, le gendarme n'a pas prêté trop d'attention à la photo. Jean est un peu rassuré, le risque pour lui ne va sans doute pas au-delà d'une escorte vers l'hôpital d'Auch pour trouble mental grave.

— Monsieur, je suis fermier, ma ferme se trouve dans le Gers et si je suis ici c'est qu'en ce moment j'effectue un pèlerinage.

— Où exactement, dans le Gers ? Et en quoi consiste votre activité ?

— Vous voyez bien mon adresse sur la carte d'identité. Mon exploitation se trouve à quelques kilomètres d'Eauze, en direction de Campagne-d'Armagnac. Je suis éleveur de volailles et je confectionne principalement du foie gras. Du foie gras d'oie et de canard.

— Et pouvez-vous me dire exactement, monsieur... – il regarde la carte d'identité à nouveau – monsieur Cazals, ce qui vous amène à faire de l'auto-stop à cinq cents kilomètres de chez vous ?

Jean sent très bien un peu de moquerie condescendante. Si le gendarme le prend un peu pour le benêt de service, autant ne pas le détromper.

— Un pèlerinage, monsieur, je vous ai dit.

— En auto-stop ?

— Parfois, mais le plus souvent je marche, surtout lorsqu'il ne pleut pas. Un pèlerinage, c'est avant tout la marche. J'ai fait le pèlerinage de Saint-Jacques-de-Compostelle, déjà. Intégralement à pied. Mais c'était il y a quelques années, j'étais plus jeune.

L'évocation de Saint-Jacques-de-Compostelle éveille un intérêt, voire un peu de sympathie. Le second gendarme se rapproche et rend à Jean la carte d'identité.

— Il vous mène où votre pèlerinage d'aujourd'hui ?

— Je vais à Notre-Dame de Paris pour implorer la Vierge.

L'autre gendarme tourne autour de lui et examine le sac à dos et l'étui à violon.

— C'est un violon que vous avez là ? Vous jouez du violon, monsieur Cazals ?

Le violon peut constituer un danger, celui de faire assimiler son propriétaire à un gitan. La gendarmerie n'aime pas toujours les gitans. Vite désamorcer.

— Monsieur, je suis musicien amateur, je l'ai toujours avec moi. Sur la route de Compostelle, les soirées étaient longues parfois. J'ai aidé les copains à garder le moral avec un petit récital tous les soirs ou presque. Chanter en groupe, c'est toujours réconfortant. Dans ce pèlerinage que j'ai entrepris maintenant, parfois je suis accueilli chez des gens, alors jouer de la musique est une manière de les remercier.

— Et vous le faites pour quoi ce pèlerinage ?

Essayer de ne pas passer pour un cinglé total, sinon ils voudront me protéger en me faisant reconduire chez moi. Juste jouer le côté un peu exalté et totalement au bout du rouleau.

— Vous avez entendu parler de la grippe aviaire ? Je vais implorer la Sainte Vierge de faire cesser cette épizootie qui revient tout le temps, c'est une malédiction. Il y a deux ans, mon élevage a été touché par le virus H5N9 et j'ai dû sacrifier tous mes canards. Cette année, ça recommence. L'État nous a obligés à abattre l'intégralité de l'élevage. Chez moi, c'est deux mille canards qui sont partis, monsieur. Deux mille canards d'un coup, vous pouvez imaginer la perte que ça représente pour l'éleveur ? C'est l'horreur, la fin de tout, il n'y a plus rien, terminé la production. Seules restent les oies, pour le moment et pour combien de temps ?... Mais ça ne suffit pas pour vivre. Des indemnisations nous seront versées, c'est ce qu'on nous promet, mais quand ? Et combien ? Vous devez savoir que nous attendons encore celles qui ont été annoncées pour la crise précédente. Vous savez, avec l'État...

Le gendarme ne réagit pas. Jean reprend :

— Cette année, on a encore une fois euthanasié mes canards. Vous savez ce que ça représente pour moi en perte de revenus d'exploitation ?

Le gendarme esquisse une mimique qui signifie « comment voulez-vous que je le sache ? ».

— Tout simplement que je n'ai plus rien à vendre, donc zéro revenu et pas de trésorerie pour aller racheter des canetons. Que faire ? Aller emprunter à mon banquier ? C'est évidemment la dernière des solutions, les banques exigent des garanties. Quelles garanties ? Eh bien, tout bonnement ta ferme. Si c'est ton seul bien, ce qui est mon cas, tu as quoi d'autre à proposer ? Si une nouvelle attaque de ce virus ou d'un autre nous tombe dessus, je serai incapable de rembourser et alors perdrai la ferme que ma famille possède depuis dix générations ou plus... Un agriculteur peut-il abandonner sa ferme ? Croyez-moi, on est paumés, on est à bout.

Jean décide de poursuivre encore un peu l'éducation de ses interlocuteurs, le métier de son beau-frère lui est tellement familier.

— Comme je vous l'ai dit, il me restait donc deux mille canards en gavage. Moi, je fais encore mon propre gavage à la ferme. À 30 euros le canard, calculez la perte sèche : 60 000 euros. Comment on fait après ?

Les gendarmes commencent à trouver l'exposé avicole un peu lassant. Ils échangent un regard et ont simultanément le même haussement de sourcils qui suggère une pensée partagée, « le pauvre type est sans doute un peu frappé mais pas dangereux ». Ils rabattent leurs visières, enfourchent leurs motos. Le plus jeune pose une ultime question :

— Et vous pensez vraiment que la Vierge peut vous aider à vous en sortir ?

— Il n'y a que la foi qui sauve, nous sommes désespérés. Mais ne craignez rien, je ne vais pas aller m'enchaîner aux grilles du ministère de l'Agriculture.

— Eh bien, courage, mon vieux.

Les deux BMW 1200 RT s'éloignent. Jean voit avec soulagement s'effacer les deux silhouettes sur la route mouillée et reprend sa position d'auto-stoppeur. Dès que s'approche un véhicule, il ôte sa capuche pour pouvoir être identifié. Il est réconforté, un bon test vient d'être réussi, la carte d'identité de Pascal n'a pas soulevé de soupçons. Les voitures, camions et fourgonnettes défilent sans s'arrêter. La chance enfin, au bout de près d'une heure. Une petite Opel s'arrête et le couple qui est à bord lui propose de monter à l'arrière.

— On a eu pitié de vous, avec toute cette pluie, dit l'homme au volant.

Un septuagénaire, peut-être un octogénaire. Soucieux de ne pas trop inonder la voiture, Jean cale sur ses genoux le sac à dos, l'étui à violon et le bâton.

— Et puis vous n'êtes pas tout jeune, ajoute la femme, qui semble avoir le même âge que l'homme.

Elle se retourne pour dévisager le passager.

— Les jeunes, on en a un peu peur, alors on ne les prend pas, mais une personne âgée c'est différent. Entre vieux, il faut s'entraider.

— C'est très aimable de votre part, répond Jean qui opte pour les bonnes manières comme certainement il convient... « entre vieux ».

— Où allez-vous, monsieur, sous cette pluie qui n'en finit pas ? Votre voiture est-elle tombée en panne ?

— Non, je suis un simple marcheur. Je vais à Paris, chère madame, et je vous remercie encore de m'accueillir à bord car depuis hier cette pluie interminable me transperce.

— Nous, on va à Angers, on va vous y conduire si ça vous rend service, dit le conducteur. Et vous, vous venez d'où ?

— Je viens du Gers.

— Je le devinais à votre accent. L'accent du Sud-Ouest est très caractéristique et très chaleureux, je trouve. Et alors, c'est depuis le Gers que vous marchez ?

— Oui, c'est ça.

Un chien factice hoche la tête contre la vitre arrière, comme s'il venait d'approuver ce léger mensonge. Sur le tableau de bord, des photos de jeunes enfants et, accroché au rétroviseur intérieur, un écusson de supporter du SCO d'Angers. Le conducteur a pris l'autoroute et maintient un solide quatre-vingts kilomètres à l'heure exclusivement sur la file de gauche, sans se soucier de tous les véhicules qui le dépassent par la droite en faisant des appels de phares. Une demi-heure plus tard, après une conversation évoquant la pluviométrie dans les différentes régions de l'Hexagone, le couple le dépose à l'entrée d'Angers, près d'un supermarché Carrefour.

— Notre fille et nos petits-enfants habitent juste derrière ce centre commercial Saint-Serge. Un peu plus loin, vous avez le château qui est très impressionnant si vous êtes intéressé. Et un très beau parc, à visiter sans faute, le parc Balzac.

Intéressé ni par le château ni par le parc, Jean fait le tour de l'hypermarché afin de s'abriter et terminer un tout dernier morceau du pâté en croûte quand il est surpris par l'ouverture, derrière lui, du rideau métallique.

— Tu fais quoi, ici, toi ?

Un employé du magasin, un trentenaire de type africain, porteur de belles tresses « rasta », s'est planté devant Jean. Sans attendre la réponse, il enchaîne :

— T'es SDF ?

Ce qui n'est pas à proprement parler une question.

— Oui, répond Jean.

— Je sais ce que tu veux et que je n'ai pas le droit de donner. Ici, on jette les invendables et les périmés dans des conteneurs et on arrose le tout à la Javel, ordre de la direction. Tout ce qui est encore consommable, on a l'obligation de le réserver à des associations.

— Je ne te demande rien, j'avais juste besoin de me reposer et de me sécher.

Le tutoiement est naturel dans le monde du vagabondage...

— Tiens, prends ça, et disparais tout de suite. Tu ne me connais pas. Tu ne m'as jamais vu, on est bien d'accord ?

Jean se retrouve ainsi propriétaire d'une botte de cinq carottes sans doute impropres à être proposées à la vente en raison de leur forme originale, d'un pack de quatre yaourts à la grecque et de quatre pots de Danette au chocolat dont les dates limites de consommation ont été dépassées de quarante-huit heures. Il réussit à caser ces victuailles dans les poches de la parka et décide de poursuivre sa route vers Paris. Il n'est que 16 heures et il n'est pas fatigué, il n'a pas tellement marché depuis le matin. Avec l'aide de sa carte routière, il se repère et longe l'autoroute par des petites départementales ou vicinales.

Après environ deux heures, il parvient à Saint-Sylvain-d'Anjou. La pluie, enfin, a cessé. Sur une aire d'autoroute, une grande station-service, deux restaurants et un hôtel. Dormir dans un hôtel serait tentant, à supposer que le prix d'une chambre soit abordable, ce qui est peu probable. Jean décide d'être économe. S'ajoute le sentiment que choisir le confort serait comme baisser les bras. Ce n'est pas parce que dix jours sont déjà passés qu'un vrai pèlerin peut s'abandonner à la facilité. Une nouvelle fois, il utilise des toilettes de station-service pour se rafraîchir et se raser, puis continue vers une partie boisée du parc André-Delibes, proche du village. Il choisit un emplacement sous un arbre dans un endroit qui semble bien isolé et s'installe pour attendre la nuit. Une carotte, deux yaourts et le pain volé plus tôt constituent le dîner. Le sac de couchage reste encore humide et il préfère s'allonger sur la parka en espérant que la rosée ne sera pas trop forte et que le sac de couchage pourra sécher. La conversation avec le conducteur de car ne l'a pas beaucoup éclairé. Les proches des victimes se constitueront probablement en une association de défense qui, de toute façon, se fera promener. Il est partagé : à la fois intéressé de connaître la cause de cet embrasement et, en même temps, persuadé que ça ne changera rien. Le drame est passé, Hélène et Anne ont rencontré l'enfer et leur souffrance ne s'effacera jamais en lui.

Samedi 21 mai – jour 11

DANS SON SOUS-BOIS, Jean essaie de prolonger son rêve sans ouvrir les yeux. C'est un rêve agréable, pour une fois, le souvenir du dernier dîner à la maison, sur la terrasse. Les carcasses de canard aux odeurs de foie gras, en compagnie d'Anne et d'Hélène. Il navigue dans son rêve, il est avec ceux qu'il aime, heureux, la réalité n'existe plus. Un aboiement lointain le tire de sa somnolence enchantée. Il regagne la station-service et s'offre une petite toilette matinale au milieu d'un groupe d'hommes vulgaires et bruyants, la confrérie cosmopolite des camionneurs. Pour la première fois, il prend le temps de se regarder dans un miroir et se reconnaît à peine. À la disparition de la barbe qu'il portait depuis des années s'ajoute un air éteint, fatigué, morose.

Quelle sale tronche !

Le but est de se rapprocher le plus possible de Paris, il marche une douzaine de kilomètres sur un chemin qui longe l'autoroute A 11, quitte à respirer une abominable quantité de vapeurs d'essence. L'autoroute est très fréquentée dans les deux sens, alors il se concentre sur les pointes de ses deux pieds. Vers midi, ayant atteint une aire de stationnement, il s'assied sur un banc et avale deux carottes et une Danette. Il fait doux, il y a un léger vent, un air qu'en d'autres circonstances il aurait qualifié de tonique. Près de lui vient se garer un Kangoo blanc, conduit par un homme d'une cinquantaine d'années, en jean et T-shirt. L'homme descend de sa voiture et va uriner contre un arbre. En se reboutonnant, il aperçoit Jean.

— Vous attendez quelqu'un ou bien vous faites du stop ?

Comme l'aire de stationnement est déserte, la réponse semble aller de soi. Il devine une aide potentielle.

— Je fais du stop.

— Si ça peut vous rendre service, je vous emmène. Je vais à Luynes, ça vous va ?

— C'est vers Le Mans ?

— Non, vers Tours.

— D'accord, merci, ça me rend service.

— Vous vous dirigez vers où ?

— Je veux aller à Paris, alors Tours ce n'est pas la ligne droite mais c'est une bonne étape déjà, je vous remercie.

— Posez vos affaires à l'arrière et asseyez-vous à côté de moi. Luynes, où nous allons maintenant, c'est juste avant Tours. Je suis le curé de Luynes et aussi d'un village voisin, Saint-Étienne-de-Chigny.

L'homme aux traits de sportif est avenant. Ses cheveux grisonnants sont coupés court. Jean se demande si ce curé en jean qui pisse sur le bord de la route est un imposteur ou un prêtre dans l'air du temps.

— Vous avez un accent du sud de la France. C'est agréable de l'entendre par ici où les gens se piquent de parler le français le plus pur et le plus authentique. Comme si ça pouvait exister !

— Nous autres, dans le Sud-Ouest, nous trouvons que c'est vous, les gens du Nord, qui avez un drôle d'accent.

— Il est établi que le français des Pays de Loire, qui a été imposé par François Ier en 1539, par l'ordonnance de

Villers-Cotterêts, en tant que langue officielle, est la référence. Mais il n'y avait ni la télé ni Internet pour accélérer le mouvement et ça a pris des années pour que les gens s'habituent. C'est surtout la Révolution qui a étendu cet usage du français des Pays de Loire pour éliminer progressivement les patois. Avant cela, un très grand nombre de textes officiels étaient encore en latin, en dépit de l'ordonnance.

— En latin ?

— Parfaitement. D'ailleurs, on a dit la messe en latin pendant quatre siècles ensuite, n'est-ce pas incohérent ?

— Totalement. Ceci dit, permettez-moi, mais le basque comme le gascon, ce ne sont pas des patois, vous savez. Ce sont des langues.

— D'accord avec vous, je m'amusais juste à faire un point d'histoire. Vous êtes basque ou gascon ?

— Je suis gascon. Vous connaissez le Sud-Ouest ?

— Ma foi, non… Et comment se fait-il qu'un homme venu de Gascogne se retrouve sur une aire autoroutière, chez les gens du Nord comme vous dites, à y faire de l'auto-stop ?

L'inévitable question. Dans le cas présent, c'est presque une invitation à la confession, déformation professionnelle, alors prudence. Le secret de la confession a peut-être des limites… C'est encore peu probable, mais il se peut maintenant que tous les corps aient été identifiés et que Pascal Cazals soit déclaré officiellement mort. Quant à Jean Casamayou, dont le corps n'aura pas été identifié ni même trouvé, il doit être signalé comme disparu, donc inévitablement recherché.

— Je me suis lancé un défi : aller au pôle Nord sans argent et sans assistance. Je vis au jour le jour et avance avec ce que me propose le hasard, comme ce matin avec vous. On doit vous appeler comment d'ailleurs ? Monsieur le curé ?

— À l'église, c'est « mon père » ou « monsieur le curé », mais en privé, c'est Franck. J'ai un prénom comme tout le monde.

— Moi, c'est Pascal. Enchanté. Et merci pour votre gentillesse.

Le Kangoo file bon train sur l'autoroute, apparemment l'homme de Dieu compte sur la Divine Providence pour éviter de se faire flasher.

— Vous avez une famille, Pascal ?

— Je suis veuf.

— Un métier ?

— Éleveur de volailles, à Eauze dans le Gers.

— Des enfants ?

— Oui, ils ont repris la ferme et ainsi me laissent vivre mon aventure.

— Vous restez en contact avec eux, quand même, vous les appelez ?

— Non, c'est convenu ainsi, je n'ai pas de téléphone. Je les avertirai quand je serai arrivé à ma destination.

— Qui est ?

— Le cercle polaire, si ça ne vous paraît pas absurde.

— J'ai bien l'impression que le coup de fil, ils vont l'attendre un certain temps... Vous êtes veuf depuis longtemps ?

— Non, c'est récent. Je suis à la retraite, une retraite d'agriculteur c'est peu de chose, vous savez, alors comme la vie est courte, je tente de réaliser un défi : aller rencontrer les Esquimaux et partager un peu leur mode de vie. Surtout, je me suis plongé dans ce voyage pour ne plus penser à la disparition de mon épouse. Essayer d'avancer en étant un zombie, comme un idiot qui avance jour après jour. Vous connaissez cette tirade de Shakespeare qui commence par « *Tomorrow and tomorrow and tomorrow* » ?

— Non.

— C'est dans *Macbeth*. Dans le temps, je connaissais le texte par cœur mais ça ne me revient pas. Macbeth dit que tous nos jours ne font que nous abréger le chemin de la mort. La vie n'est qu'un conte raconté par un idiot et qui ne signifie rien.

— Je connais la pièce, mais ne me souvenais pas de ce texte et vous pouvez imaginer que je n'y souscrirai certainement pas. Mais votre voyage vers les Esquimaux, quel projet stupéfiant ! Sans doute, de là-haut, votre épouse vous accompagne, risque le prêtre.

— Pardonnez-moi, mais je n'en suis pas si sûr. Mon épouse et moi, nous étions très liés mais je ne crois pas, comme vous, à la vie éternelle.

— Vous n'avez donc pas la foi ?

— Non, je l'ai laissée progressivement s'évaporer dans l'adolescence et sans faire d'efforts pour la retenir. D'autant plus que dans le Sud-Ouest, la tendance est un peu à bouffer du curé... Même si on fait appel à l'Église pour les enterrements ou les mariages. Avoir perdu mon épouse est pour moi une douleur insurmontable. Pourquoi Dieu, dont on prétend qu'il n'est que bonté et amour, nous laisserait-il souffrir autant dans cette vie terrestre ?

— Vous voyez, vous évoquez Dieu alors que vous n'êtes pas croyant. C'est une question qu'on me pose tout le temps, vous vous en doutez. Je réponds à mes paroissiens qu'être agnostique n'est pas la bonne option. Sans vouloir aucunement réfuter la multitude des souffrances, dans notre vie terrestre il y a plus de bons que de mauvais moments.

— Peut-être, mais ce n'est pas exactement ce que perçoit l'homme. Il y a des moments de joie, des moments de plénitude, mais aussi tellement de moments de tristesse, de peine, d'accablement. Et plein de moments intermédiaires qui n'entraînent pas une félicité particulière. C'est peut-être dommage, il serait sage, effectivement, de savoir apprécier les moments où l'on ne souffre de rien. La vie coule et on ne se dit pas en permanence : « Tiens, c'est chouette, en ce moment je suis bien car je ne souffre pas. » Quand les malheurs arrivent, la souffrance est ressentie avec plus d'intensité. La guerre, la maladie, la perte d'un être aimé, ça c'est violent. Dieu qui est tout-puissant, pourquoi laisse-t-il faire ? Soit il s'en fout (c'est ma théorie pour le cas où il existerait), soit il n'y peut rien, ce qui ne lui ressemblerait pas selon vous.

À cet instant, Jean pense à la souffrance qu'ont endurée Hélène et Anne. Comment l'accepter ? Comment même l'imaginer ? Comment comprendre ?

— Je ne crois pas à la notion de l'enfer. Et vous non plus, sans doute. Je n'ai jamais assisté à une messe d'enterrement sans que l'officiant ne nous annonce que le ou la défunte « est là-haut, repose en paix, et nous attend puisqu'un jour on ira le ou la retrouver ». Et ceci même lors des obsèques du pire des mécréants !

— Dieu est capable de tout pardonner parce que fondamentalement Dieu est amour. Mais les hommes doivent bien se comporter et mériter son amour, c'est en suivant l'enseignement de Jésus que les hommes gagnent leur pardon.

— Que se passe-t-il pour les malheureux qui n'ont pas mis en lui leur foi ? Comment obtenir ce pardon ?

— Tous les hommes ont été créés par Dieu, ceux qui croient en lui, ceux qui sont agnostiques et ceux qui n'ont jamais entendu parler de lui. Les hommes qui ont une culture différente ont une spiritualité que Dieu connaît. Mon interprétation est que cette diversité témoigne pour nous, hommes au savoir limité, de la complexité de Dieu. Dieu a fixé des limites à ce que nous pouvons comprendre, il faut accepter ce fait. Dieu veille sur tous les humains, sur tous les continents. D'où la prédominance de la foi qui nous conduit à accepter que ce que Dieu fait est juste, même si ce n'est pas toujours facile à avaler.

— Vous annoncez que Dieu est « amour ». Dieu, s'il existe, pourquoi serait-il « amour » ? Pourquoi, tout simplement, ne serait-il pas indifférent ? Pourquoi lui prêter des sentiments humains ? Ce n'est pas un humain. Le rachat par les épreuves, cette idée masochiste, pardon mais cette notion me heurte et même me rebute. Et j'ai des raisons personnelles pour ça. Pourquoi Dieu aurait-il fixé ces limites à notre capacité de comprendre ? Ève et Adam ont dû quitter le paradis. Pourquoi ? Parce que la femme a croqué la pomme, « le fruit défendu », qui était en fait, c'est la Bible qui le dit, le fruit de la connaissance. Non ? Donc est-ce que je me trompe en pensant que, pour les chrétiens, la connaissance et son corollaire, le doute, ne sont pas acceptables ? Ou juste un peu ?

— Tout est dans le mystère de la foi, Pascal. Nous, chrétiens, nous disons « je crois ». Je crois en Dieu le Père tout-puissant, etc. « Je crois. » Nous ne disons pas « je sais ». C'est cette foi, cette croyance qui nous soutient et nous aide à vivre avec les souffrances.

— Moi, je crois plutôt que Dieu, s'il existe, il s'en fout de nous, petits Terriens, accident chimique totalement improbable, perdus au milieu des galaxies. La nôtre, juste la nôtre, la Voie lactée, ne possède rien de moins que cent vingt milliards d'étoiles. Surveiller tout le monde, c'est du boulot. Surtout à des milliards d'années-lumière.

— C'est impressionnant, en effet. Parce que Dieu est impressionnant. Mais vous avez dit, je vous cite : « Je crois que Dieu, s'il existe… » Vous n'avez pas dit : « Je sais qu'il n'existe pas. »

— Je ne suis pas mal à l'aise devant l'idée de ne pas savoir, même si je reste totalement perplexe devant le mystère de la vie. Je suis dans le questionnement. Avec la foi, la réponse au questionnement est excellente. Sans foi, l'homme est dans le doute et cherche autour de la rationalité. Ce n'est pas apaisant pour autant. Vous pensez quoi, vous, du « big-bang » ?

— Théorie scientifique sans aucun doute parfaitement exacte et formulée, soit dit en passant, par un prêtre belge, savant éminent de son temps, le père Lemaître... Il y a eu un big-bang dans la nuit des temps. Dieu qui est éternel existe donc depuis avant le déclenchement du big-bang. De même, l'Église ne conteste pas Darwin.

— Ne conteste plus...

— Oui, depuis trop peu de temps, je vous le concède.

À cent cinquante à l'heure sur l'autoroute, le Kangoo avale les kilomètres. À la hauteur de Langeais, il emprunte une sortie et prend une départementale qui longe la Loire.

— Pour chaque chrétien, savoir que le Christ est présent à son côté doit être un réconfort. Avec la foi, tu n'es jamais seul. Vous non plus, Pascal.

— C'est de la chance, je pense, d'avoir la foi. Sublime béquille... Mais ce n'est pas donné à tout le monde. Pourquoi, d'ailleurs ? Dans mon cas, puisque n'ayant pas la foi, je déclare ne disposer que d'une seule vie, je ne possède pas en moi ce que vous, chrétiens, appelez l'espérance. L'espérance ou l'espoir d'une vie éternelle ?

Jean se retient d'employer le mot superstition. Le prêtre n'a plus le temps de poursuivre la conversation, il gare sa voiture devant une église.

— Je dirai la messe à 11 heures demain ici, nous sommes à Saint-Étienne-de-Chigny. Je vais vous déposer ici. C'est un village très calme et vous serez le bienvenu, si ça vous tente, à la messe dominicale.

Jean remercie son chauffeur devant la jolie église couleur sable au clocher effilé. Bien qu'il ne soit que 13 heures, il décide de s'installer près du fleuve, de reposer ses pieds gonflés en les trempant dans l'eau de la Loire, rester sur place pour attendre le lendemain et éventuellement se rendre à l'office. Une demi-journée de repos pour les pieds, alibi pour un coup de lassitude. Il fait le compte : onze jours maintenant de fuite, de révolte.

Passer l'éponge ? Mais comment serait-ce possible un jour ? Ce destin horrible est insupportable. Comment même avoir envie d'entendre que Dieu est amour ?

Pour essayer de ne plus penser, il s'entraîne un peu au violon et s'offre un pique-nique à base de carottes et de laitages. Les rares promeneurs passent assez loin de lui, comme s'ils se méfiaient de cet intrus qui a débarqué dans leur environnement.

En fin de journée, tandis que la lumière décroît, Jean abandonne son violon et sent alors s'imposer une fatigue morale à laquelle il s'abandonne. La musique a gommé partiellement le film de l'accident. C'est l'heure où les idées se bousculent.

Ai-je assez aimé Hélène ? L'ai-je aimée assez bien ? Quelqu'un a dit qu'il n'y a que « des preuves d'amour ». Ai-je donné toutes les preuves que je pouvais donner ? Je l'espère. Cette vie à deux était un cadeau. Avoir accumulé ensemble tant d'années derrière nous était une chance car on a toujours su trouver des raisons de s'aimer plus et plus encore au fil du temps.

Il est maintenant rassuré sur son choix d'emplacement. À cette heure-là, plus personne ne va passer le long de la berge, alors il reste, là, étendu sur le dos, et s'entraîne à reconstituer mentalement les partitions des morceaux qu'il a joués. Il s'endort enfin, la sangle de l'étui à violon enroulée autour de sa jambe.

Dimanche 22 mai – jour 12

Le bain de pieds dans l'eau fraîche et le repos ont été efficaces, Jean est à nouveau d'attaque pour marcher. Il a cependant décidé d'assister à la messe avant de repartir. Il a apprécié cette rencontre avec ce prêtre, ces interrogations et désaccords sur le rôle de Dieu dans la souffrance des humains. À commencer peut-être par les souffrances endurées par la propre mère de Jésus, puisque l'église se nomme Notre-Dame-des-Sept-Douleurs. Si on ne le chasse pas, il envisage de jouer un *Ave Maria* à la sortie de la messe pour tenter d'améliorer ses finances. Comptant par anticipation sur la générosité des paroissiens, il s'installe à la terrasse du café-épicerie qui fait face à l'église. Avisant un exemplaire de l'édition du dimanche de *La Nouvelle République*, il y recherche, mais en vain, des informations ayant trait à l'accident de son autocar.

À 11 heures, les cloches sonnent le rassemblement dominical et Jean observe avec satisfaction que l'église se remplit. Il y aura du public à la sortie... Il entre dans l'église à son tour et s'assied tout au fond. Le père Franck porte ses habits sacerdotaux, Jean lui trouve une belle prestance, une prestance qui respire l'autorité, ce dont sans aucun doute l'homme est conscient. Lors de son prêche, le prêtre reprend quasiment mot pour mot les propos échangés la veille avec lui dans la voiture. La souffrance, l'incompréhension des hommes et la nécessité absolue de la foi. La foi qui, au cours de la vie terrestre, permet de surmonter les souffrances, cette foi qui conduira l'homme à trouver le chemin pour obtenir la récompense ultime, la vie éternelle. Il s'en amuse et imagine que ce n'était pas l'homélie qui avait été préparée. Après la communion, sachant que la cérémonie se terminera quelques minutes plus tard, il va s'installer sur les marches de l'église et installe devant lui son étui ouvert avec deux pièces jaunes et un euro bien visibles.

Faire abstraction de toute fierté. La fierté, c'est pour les vivants.

Quand les premiers fidèles commencent à sortir, Jean attaque l'*Ave Maria* de Schubert. Il faut capter toute l'attention, pas de timidité. Les chrétiens connaissent et apprécient ce morceau joué à presque tous les enterrements. Quelques pièces de monnaie tombent dans l'étui. Il fait très beau ce dimanche matin, les paroissiens restent un peu pour bavarder devant l'église et certains écoutent le musicien. Le curé apparaît, sans doute a-t-il coutume de venir saluer ses ouailles à l'issue de la cérémonie. Il s'approche de Jean et lui tend la main.

— Merci, Pascal, de nous offrir ce merveilleux moment, vous jouez divinement du violon, c'est le cas de le dire.

Voir leur curé, dans son costume d'apparat, fraterniser avec un vagabond étonne et impressionne. Pour un peu, le prêtre tendrait lui-même l'étui tant il a l'air concerné par ce violoniste talentueux, mais qui « n'est pas d'ici » et fait la manche. Impressionnés, cherchant dans le regard de leur berger un signe d'approbation, presque tous se fendent d'une obole. L'étui se remplit doucement. L'air légèrement distant, Jean s'en félicite en terminant le morceau. Il observe les paroissiens et les trouve assez différents de ceux du Gers. Plus « endimanchés », et dégageant un peu plus de raideur. Des conversations plus feutrées, peu de chaleur apparente.

Lentement, les fidèles se dispersent, remontent dans leurs voitures pour la plupart. Un court embouteillage se forme, les bras aux fenêtres s'agitent et il se retrouve seul avec son nouveau protecteur.

— Pascal, attendez-moi ici pendant que je me change et, si vous acceptez, je vous emmène déjeuner en ville.

— Avec plaisir.

Déjeuner en ville ! Merveilleuse surprise. Encore devoir inventer des bobards, mais quelle importance maintenant ?

En attendant le retour du curé, il fait ses comptes. La recette est remarquable : pour cinq minutes de musique, 20,60 euros récupérés dans l'étui. Les cathos tourangeaux sont peu expansifs, mais généreux. Le pécule remonte. Dix minutes plus tard, le Kangoo s'immobilise à sa hauteur. Il s'y installe et observe que le prêtre n'a pas remis sa tenue « moderne ». Veste grise sur une chemise gris pâle avec son col romain. Seule trace du Franck de la veille, le jean.

— Ce dimanche, nous déjeunons chez les Longueville, des paroissiens très pratiquants qui vous accueilleront avec plaisir et simplicité. Dites-moi plutôt combien vous avez ramassé avec votre musique, vous avez vraiment du talent.

— J'ai gagné autour de 20 euros, c'est magnifique. Permettez que je vous remercie d'être venu vers moi à la sortie de votre office, ça a aidé à remplir la cagnotte. Et j'ai bien aimé votre sermon, il me rappelait quelque chose.

— Notre conversation sur la souffrance ici-bas et vos interrogations m'ont donné l'envie d'aborder ce thème. J'espère bien avoir été entendu, sinon par vous, du moins par les autres.

— Je vous ai écouté avec attention. J'ai pensé que votre épître n'allait pas dans le sens de votre prêche qui a suivi. Dans le prêche, vous reveniez sur la bonté de Dieu et cette notion de pardon. En revanche, si j'ai bien entendu, dans cette lettre de Paul à Timothée, Paul dit que « Jésus va juger les vivants et les morts ». Jésus ou Dieu ? Peu importe d'ailleurs, puisque c'est la même personne si on peut employer ce terme. Il y a plus grave : dès lors que l'on juge, c'est qu'on n'exclut pas la possibilité de condamner. Alors, la notion de pardon ? C'est quand même compliqué avec vous. Vous maniez à la fois la Sainte Carotte et le Saint Bâton.

— Paul, je vous le concède, est parfois un peu radical... Pascal, restez persuadé que Dieu est à vos côtés. Partez à sa recherche au cours de votre voyage, j'espère que vous finirez par le trouver. Je suis content pour votre recette.

— Votre présence amicale à mon côté, lors de la sortie, a été décisive. Merci, Franck.

— J'ai moi aussi ramassé une belle recette avec la quête. On a compté 330 euros environ. C'était un bon dimanche, il y avait du monde.

— Tant mieux pour vous, j'imagine que vous en avez grandement besoin. Je me demande depuis toujours comment l'Église finance son activité. La quête à la messe ne suffit évidemment pas.

— Les quêtes nous aident considérablement mais, comme vous venez de le suggérer, ne suffisent pas. Nous sommes bien dans un État laïc qui applique parfaitement les règles de la séparation de l'Église et de l'État. Contrairement à ce que croient beaucoup de nos compatriotes, les départements et régions ne financent pas l'Église catholique. Le ministère de l'Économie non plus. Nos revenus sont exclusivement les quêtes, les dons, le denier du culte et les legs. Souvent aussi, les besoins amènent l'Église à vendre des biens. C'est comme ça qu'on s'en sort. Un prêtre comme moi doit vivre avec 1 000 euros par mois. Alors, entretenir de bonnes relations avec des paroissiens aisés et parfois bienveillants n'est pas neutre, même si, ne vous méprenez pas, ce n'est qu'une infime partie de ma vie pastorale. Mais je ne crache pas sur une invitation à partager un repas.

— C'est qui ces Longueville ?

— Des paroissiens qui habitent une belle propriété à Luynes, juste à côté d'ici. Lui est magistrat à la cour d'appel de Tours et c'est aussi le maire de Luynes. Son épouse est originaire de Provence et certains la trouvent un peu snob, vous verrez par vous-même. C'est une famille avec cinq enfants, tous viennent ou sont venus au catéchisme.

Quand le Kangoo se gare devant la grande maison dont le toit mélange étrangement ardoises et tuiles plates, Yves Longueville descend de son perron pour accueillir les visiteurs. C'est un homme grand et mince, « raide comme la justice », pense Jean qui s'attendait à un homme plus âgé. Quarante-cinq ans environ, cheveux bruns plaqués en arrière, lunettes d'écaille. Il l'avait déjà repéré à la sortie et s'était dit que l'homme cultivait peut-être une ressemblance avec Chirac.

— Yves, je vous présente Pascal Cazals, ce fermier du Gers dont je vous ai parlé au téléphone et que vous avez eu la gentillesse d'inviter avec moi. Vous l'avez entendu jouer du violon à la sortie de la messe, reconnaissez qu'il ne se débrouille pas mal du tout.

Longueville ne répond pas, un président de cour d'appel ne s'abaisse pas à commenter les éventuels talents d'un vagabond. On ne sert pas d'apéritif chez les Longueville, on passe au repas du dimanche directement. Yves est assis à un bout de la longue table rectangulaire et Mireille, son épouse, face à lui, à l'autre extrémité. Longue, froide, raide elle aussi, les cheveux déjà blancs coiffés en chignon. Mireille Longueville est une personne dont on dit, dans la bonne société tourangelle, qu'« elle a de la classe ». Jean la voit plus comme une ancienne anorexique. De part et d'autre des parents, les cinq enfants dont les âges vont de vingt et un à huit ans, le père

Franck et lui. D'entrée, il a bien senti une franche réserve à son égard de la part de Mireille Longueville. Elle n'a ni tendu la main ni souri, articulant froidement d'imperceptibles mots d'accueil. Elle ne l'a pas non plus placé à table à côté d'elle. Sans importance, il n'est pas le bienvenu auprès de cette dame que dans son village gersois on qualifierait de « mal baisée ». Yves, le premier, engage la conversation avec Jean une fois que la domestique en tenue traditionnelle a desservi la salade d'avocats aux crevettes dont scrupuleusement il a évité de reprendre. Comme il ne demande pas à goûter une seconde rasade de saint-nicolas-de-bourgueil, Chez les Longueville, on aime le bon vin mais avec modération. Le ton employé par le père de famille est probablement proche de celui qu'il adopte pour interroger un prévenu au moment où il s'adresse à lui.

— Alors, monsieur Cazals, M. le curé nous a dit que vous étiez en route pour rejoindre l'Arctique. Un voyage ambitieux et passionnant mais qui va être ardu, j'imagine.

Comme il fait vingt-quatre degrés à l'extérieur, Jean a aussi abandonné son gros pull-over. La chemise en laine à carreaux destinée aux sommets pyrénéens est totalement défraîchie et le pantalon en velours, couvrant les chaussures de tennis, ne vaut guère mieux. Un stylisme inapproprié dans la bourgeoisie tourangelle. Sans trop attendre de lui une quelconque réponse sur la nature et le but de son expédition, le magistrat se lance dans un réquisitoire sur l'état actuel de l'Arctique et énumère les effets néfastes du réchauffement climatique. Les enfants écoutent poliment, ils savent qu'ils peuvent être interrogés à tout moment. Le prêtre semble se passionner, Mireille Longueville un peu moins, plus concentrée sur le service du rôti de veau aux morilles et la tenue des enfants. Pas de coudes sur la table, pas de balancements de chaise, pas de prise de parole intempestive quand parle le *pater familias*. Le catalogue des maux se veut exhaustif : disparition progressive de la banquise, fonte des glaciers du Spitzberg, du Canada et du Groenland, dégénérescence et alcoolisme des populations locales, recherche pétrolière envahissante et polluante, détournement probable à moyen terme du Gulf Stream, ouverture de nouvelles routes maritimes par le Grand Nord, extinction progressive d'une bonne partie de la faune. De quoi décourager le plus curieux des touristes.

Entre ce fat qui pérore et sa femme qui est de plus en plus mal à l'aise en présence d'un intrus, l'ambiance est manifestement plombée. Franck adresse de temps à autre et discrètement des coups d'œil en direction de Jean, signes qu'il interprète comme complices et l'encourageant à profiter du moment.

— Donc, monsieur, vous allez au pôle Nord ? Vous êtes un explorateur ? se risque Stanislas.

— Je fais plutôt du tourisme, à ma façon. J'ai accompli le pèlerinage de Saint-Jacques-de-Compostelle. Je tente aujourd'hui un autre pèlerinage mais dix fois plus difficile. Par mes propres moyens. Je suis un « routard », comme vous dites, vous les jeunes.

— Alors vous êtes comme un vagabond, intervient Joséphine, avec l'esprit de synthèse de ses dix ans.

— Oui, tu as raison, c'est bien cela, on peut parfaitement dire aussi que je suis une sorte de vagabond.

— Mais vous n'êtes pas méchant, intervient Benoît, puisque vous êtes l'ami de M. le curé.

— Les vagabonds ne sont généralement pas méchants, répond le prêtre, prends l'exemple de Charlot, c'est un personnage plein de bonté. Le Christ aussi était une sorte de vagabond.

— Et Gandhi aussi, ajoute Yves Longueville toujours prompt à ramener son érudition.

Cette conversation déplaît visiblement à la mère de famille qui choisit de changer de sujet et s'adresse à l'ecclésiastique :

— Vous savez sans doute, mon père, que dans nombreuses familles provençales, par exemple celle de mes grands-parents à Grasse, on gardait toujours un couvert disponible à table le dimanche et on l'appelait « la place du pauvre ». Cette place était destinée à accueillir une personne dans le besoin. Elle n'était pas toujours occupée, mais parfois cela se produisait.

— Ben, c'est comme aujourd'hui avec le monsieur, coupe Benoît.

Un silence se fait tandis que Mireille Longueville, heureuse de son effet, commence à découper la tarte aux poires. Yves Longueville s'entretient en aparté avec le prêtre et plusieurs anges en profitent pour passer. Jean observe l'attitude du prêtre. Franck joue un autre jeu, il travaille son terrain. Il sait valoriser ces paroissiens en leur permettant de se constituer une bonne conscience. La place du pauvre, cette chaise et cette assiette en plus au bout de la table, ce repas que le passant est invité à partager, tout ceci constitue une posture bien-pensante et confortable pour ce couple de chrétiens pratiquants. Les enfants vont en parler à l'école et attirer sur leur si généreuse famille des regards d'admiration de toute la bonne société locale. Mais penser cela, se dit soudain Jean, n'est-ce pas tomber dans le cynisme ? Accepter ce qui est offert est déjà un grand bien.

— Vous m'offrez chez vous, en famille, un merveilleux repas. Depuis cette « place du pauvre », je vous en remercie de tout mon cœur.

Le curé apprécie l'ironie et dissimule un sourire. Ces paroles aimables ne semblent pas atteindre le cœur de la maîtresse de maison qui pose lourdement devant « le pauvre du jour » une assiette contenant une part de tarte exagérément copieuse.

— Pascal, vous vous dirigez vers où, maintenant ? demande le prêtre.

Question dont il connaît la réponse mais qui pourrait susciter chez les Longueville une réaction de soutien.

— Oui, quelle est votre étape prochaine ? renchérit Longueville en regardant sa femme qui s'impatiente de voir l'intrus évacuer au plus vite le manoir familial.

— Je compte passer à Paris et puis poursuivre vers le nord.

— Pour Paris, il y a des cars pas chers du tout.

(Émilie est intervenue à nouveau).

— Des cars ?

— On peut faire Tours-Paris, à partir de 9 euros.

Jean est surpris et glacé : remonter dans un car ? Il ne l'avait pas envisagé.

— Papa, je peux prendre un billet pour le monsieur sur Internet. Vous voulez, monsieur ?

— C'est une bonne idée, Émilie, vas-y, lui répond le père Franck en souriant, ce qui lui permet d'obtenir de la part d'Yves Longueville une approbation tacite. Mireille Longueville, pour sa part, approuve tellement l'initiative que son geste du bras vers la jeune fille, signifiant « dépêche-toi, que ce type nous débarrasse le plancher au plus vite ! », ne passe inaperçu de personne.

Jean décline la tasse de café pour marquer le fait qu'il est déjà sur le départ. Émilie revient avec un billet dans la main.

— Le départ du prochain car est à 16 heures. Il arrive à la porte Maillot à Paris à 18 heures environ.

Jean remercie et demande à rembourser le billet. Yves Longueville répond que c'est offert et que ce sera une contribution amicale au voyage.

— Stan va vous conduire à Tours au parking des Peupliers, c'est de là que partent les cars.

Une heure plus tard, après avoir abandonné sur place son bâton de marche, Jean s'étonne de ne pas trembler en montant dans le car.

Le stress post-traumatique, comme dans le langage des psychiatres, devrais-je le ressentir ? Si cet autocar prenait feu à son tour ? Je m'en fiche, je suis presque au point de le souhaiter.

Jean s'installe à l'arrière d'un car moderne aux toilettes impeccables, roulant vers la capitale. Pour 9 euros seulement, le rapport qualité-prix est surprenant. Le car possède un accès wifi qu'utilise sa jeune voisine de siège, probablement en train de traiter son courrier en retard. L'observant à la dérobée, Jean attend qu'elle s'accorde une petite pause. Il se tourne vers elle :

— Pardon de vous déranger, mais c'est la première fois que je prends un car et je souhaite vous demander quelque chose à ce propos.

Il a engagé la conversation à voix basse, mais en accentuant fortement ses intonations gasconnes afin de bien manifester qu'il est un peu loin de ses bases, sorte de naufragé dans les plaines du Nord. La jeune fille, une vingtaine d'années environ, le regarde un peu froidement, visiblement peu désireuse de sympathiser.

— Je devrai ensuite aller à Bruxelles. Savez-vous s'il existe un service de cars comme celui-ci, c'est-à-dire très bon marché, qui irait de Paris à Bruxelles ?

— Oui, ça existe. Depuis la gare autoroutière de Bercy, pour 15 euros ou même moins, on va à Bruxelles, je l'ai déjà fait. Ce soir, ce sera trop tard mais demain vous aurez le choix entre plusieurs Ouibus.

La réponse est tout ce qu'il souhaitait obtenir et l'information est précieuse. Ce sera leur seul échange jusqu'à la descente du car à la porte Maillot. Près de Paris, il connaît le bois de Vincennes, un espace vaste et, dans son souvenir, paisible. Il pense essayer d'aller y passer la nuit. Avec son ancien copain de la fac de médecine de Bordeaux, le Breton Le Flem, il a fait de nombreux joggings dans ce bois quand il venait à Paris avec

Hélène. Pour éviter tout risque d'être identifié, il a finalement renoncé à se manifester auprès de son ami vincennois.

Rester un fantôme...

À la station de métro Porte-Maillot, Jean achète un ticket. Pas question de frauder et de risquer de se faire prendre. Sur la ligne 1 qui le conduit à Vincennes, un musicien ambulant portant un violon et une boîte à rythmes pénètre dans la rame à la station Saint-Paul, murmure un vague salut et se met à massacrer *Le Temps du muguet* puis *Un oranger sur le sol irlandais*. Après quoi, il passe parmi les voyageurs avec un gobelet en carton qu'il agite avec un peu de lourdeur sous le nez de ses victimes, avant de grommeler un « bon voyage » et de quitter la rame à Nation. Jean descend à la station Château-de-Vincennes et se retrouve face à l'imposant château médiéval. Il marche en direction du bois dont il atteint l'orée en quelques minutes et s'engage sur un sentier qui longe une avenue. Il s'étonne de constater une circulation automobile anormalement dense et un nombre surprenant de voitures en stationnement dont certaines ont les warnings allumés, alors qu'il n'y a aucune boutique ou résidence dans les environs. Il comprend vite que l'activité de l'endroit est la prostitution. Une voiture de police passe, puis une deuxième. Les flics ne semblent pas concernés par le commerce local. Jean presse le pas, sort de la « zone d'activités » pour s'enfoncer plus avant dans le bois.

Deux kilomètres plus loin, dans la lumière rasante de fin de journée, tout est calme. Il s'assied contre un tronc et voit s'approcher deux types hirsutes. La quarantaine tous les deux, mal rasés, vraiment sales. L'un porte sur lui une grande couverture à carreaux dans laquelle il s'est enveloppé. L'autre, qui s'adresse à lui, est vêtu d'une veste en drap bleu à rayures, deux fois trop grande pour lui, veste qui aurait pu appartenir jadis à un banquier de bonne corpulence. Nu-pieds dans des sandales, un peu édenté, une casquette en toile des New York Knicks qui abrite un crâne dégarni, l'individu n'est pas séduisant. Toutefois, il se montre engageant.

— Tu cherches un coin pour la nuit ?

— Oui, répond Jean, un peu sur ses gardes.

— On peut t'aider. Tu vas avancer avec nous, on crèche ici et on va te trouver un bon emplacement. On est environ quatre-vingts SDF à vivre en permanence dans le bois et les poulets nous fichent la paix si on se tient peinards.

En avançant, Jean constate que des tentes et même des cahutes sont éparpillées sous les arbres, un peu à la manière des campements qu'il avait vus à Notre-Dame-des-Landes. Il n'est pas en confiance, les deux types sont louches et le fait qu'ils marchent derrière lui, comme pour le pousser vers les profondeurs du bois, ajoute au malaise. Un grand gaillard d'une soixantaine d'années, aux cheveux longs, accompagné d'un chien-loup tenu en laisse, s'interpose face au trio et s'adresse à Jean :

— Tire-toi d'ici tout de suite. Tu n'as rien à faire ici à part nous foutre la merde. Et la merde, je n'en veux pas.

Jean le regarde dans les yeux, interloqué de se retrouver pris entre deux feux. Le type dégage une indiscutable impression d'autorité. Il est grand et massif, la peau du visage est tannée, le nez est fort et busqué et ses cheveux gris descendent sur ses épaules. Jean pense que dans une autre vie il aurait pu être un chef « peau-rouge ». Sitting Bull, se dit-il. Un chef, en tout cas, car les deux autres se sont subitement mis en retrait et gardent le silence. Quand cet hercule barre une route, il est clair que personne ne se risque à passer.

— Ces deux minables qui t'amènent ici, ce n'est pas pour tes beaux yeux. C'est pour te dépouiller. Ton violon, ton bel anorak, le contenu de ton sac à dos, ton pognon si tu en as, demain matin tout aura disparu et eux aussi.

Le chien tire sur sa laisse en grognant et fixe les deux clodos qui ont encore reculé, puis finissent par s'éloigner en proférant des insultes lorsqu'ils sont déjà un peu à distance.

— J'imagine que je dois vous remercier, je ne les sentais pas bien ces deux-là. Mais je ne sais pas où me poser, je dois me trouver un endroit pour la nuit, c'est mon problème.

Sitting Bull suit des yeux les deux clochards qui s'éloignent.

— Ne t'inquiète pas pour ces brêles, ici c'est moi l'autorité. Depuis huit ans, je vis dans le bois avec Rex. Toi, tu n'as rien à faire ici, je veux que tu foutes le camp, essaie le parc des Buttes-Chaumont, c'est ouvert la nuit maintenant et c'est moins mal fréquenté que le bois.

— Merci.

— De rien. Casse-toi maintenant !

Jean reprend le métro, trouve le parc des Buttes-Chaumont et constate que les petites portes grillagées y donnant accès sont ouvertes. La nuit est tombée, au premier abord, tout est très calme. Il n'étend pas le sac de couchage tout de suite, s'installe sur une pelouse entre deux buissons à l'abri des regards et s'allonge sur la parka en pensant que la rencontre avec Sitting Bull fut un coup de chance et que tout est loin d'être rose dans ce monde parallèle. Méfiance, le message est passé ; il est un naufragé, mais un naufragé volontaire, comme ce célèbre Dr Bombard, héroïque naufragé volontaire, qui a dérivé pendant soixante-cinq jours sur un bateau pneumatique dans l'océan Atlantique, démontrant qu'on peut survivre en totale autonomie. Les clochards, eux, sont des naufragés sociaux involontaires, sans travail, sans famille, sans amis. C'est la société qui les rejette.

Dans mon cas, c'est l'inverse. Personne ne me rejette. Je me mets à l'écart.

Le dîner se résume à deux carottes. Il n'a pas faim, le déjeuner était magnifique. Une nouvelle fois il s'interroge sur ce qu'il est en train de faire. Retourner dans son village, mettre en vente la maison, laisser le cabinet en déshérence et acheter un billet d'avion pour le Grand Nord serait simple et raisonnable. Mais l'homme qui a fui est une sorte de fantôme et les fantômes sont dispensés d'être raisonnables. Alors retourner au village n'est pas une option. Continuer vers le nord en est une.

Une option absurde, comme l'est la définition de l'existence dans ce texte de Macbeth dont je ne parviens pas à me souvenir.

Obnubilé par ces pensées qui tournent en boucle, il ne peut s'endormir. Une partie du texte de Shakespeare remonte alors à la surface :

Éteins-toi, courte bougie. La vie n'est qu'une ombre qui marche, c'est un conte raconté par un idiot et qui ne signifie rien. Comme un comédien qui s'agite pendant une heure.

D'un coup, la léthargie vient.

L'idiot, ce malheureux imbécile dont parle Shakespeare, c'est moi.

Lundi 23 mai – jour 13

Jean a passé une nuit sur le qui-vive, à l'affût d'éventuels détrousseurs de médecins en errance. Des chiens se sont approchés par moments. À 7 heures du matin, il a sans doute calmé ses angoisses puisque le sommeil l'a soudainement gagné. Étourdi, à demi conscient, il se demande où il se trouve, dans quel âge de sa vie. Une lumière qu'il juge étrange lui interdit d'ouvrir les yeux en grand. Il respire fort et se secoue. Doucement, sa vision se précise sur cette sorte de pénombre arborée. Il va s'asseoir sur un banc et sort son violon. Jouer pour s'évader. De plus en plus nombreux, des passants le croisent et, à sa grande surprise, certains s'arrêtent pour l'écouter. Encouragé, il ouvre l'étui devant lui, par terre. Le Parisien passe pour ne pas être très généreux, toutefois l'exercice lui rapporte 8,40 euros et lui ouvre l'appétit pour un petit déjeuner.

Vers 9 h 30, il s'assied dans une brasserie voisine. La salle se vide peu à peu des jeunes qui vont au boulot, remplacés par des retraités, des chômeurs et des amateurs de courses hippiques. Après avoir avalé un double espresso accompagné de deux tartines, il emprunte un exemplaire du *Parisien* posé sur le comptoir, y cherchant en vain des nouvelles. Il se sent sale.

Sa barbe a poussé et certains vêtements commencent à sentir mauvais. L'expérience de la veille a été instructive : avant tout, ne pas avoir l'air d'un SDF. À défaut de pouvoir se doucher, il s'offre une petite toilette dans les W-C de la brasserie. Il est fatigué, amaigri, une vraie tête d'enterrement, ce qui serait assez approprié. Avant de repartir vers le nord, se laver, laver les vêtements et si possible trouver des vivres pour la route. La serveuse lui indique une laverie automatique.

Une demi-heure plus tard, il revient avec un premier lot de vêtements lavés, qu'il revêt dans les toilettes, et à nouveau se rend à la laverie avec le reste des affaires sales. L'étape suivante sera de trouver des douches publiques. Les pages jaunes du répertoire téléphonique disponible au comptoir lui désignent un établissement, gratuit de surcroît, rue du Renard près de l'Hôtel de Ville. L'accueil est froid, mais il se réjouit de ne pas avoir à justifier de son identité. C'est sale, étroit, mal aménagé, mais il n'a jamais autant apprécié une simple douche. Il ressort propre et rasé, soulagé, ragaillardi.

Pourquoi ne pas tenter sa chance sur un quai de métro, regonfler un peu son pécule avant de filer vers Bruxelles ? Au passage, il repère l'emplacement de la gare routière et se renseigne sur les horaires. Un car partira à 17 heures le soir même et n'est pas complet. Une fois sur le quai du métro, à la station Bastille, Jean sort le violon de sa housse et pose à ses pieds l'étui dans lequel il a placé quelques pièces de monnaie. Avant de se lancer, il temporise, intrigué par le manège de deux autres « musiciens du métro » qui, depuis son arrivée, l'observent à distance. L'un porte un accordéon et l'autre trimbale une sorte de caisse à roulettes. Il a un mauvais pressentiment, cette présence est probablement hostile. Les deux types ne le lâchent pas des yeux. Peut-être a-t-il choisi un emplacement « réservé » ? Il n'a pas même commencé à jouer quand trois agents de la RATP en uniforme lui demandent son accréditation. Une femme d'une quarantaine d'années, sans doute la supérieure hiérarchique, et deux jeunes baraqués à son côté font bloc autour de lui.

— Vous ne l'avez pas ?

— Non. Pardonnez-moi. Il en faut une, c'est ça ?

La réponse faussement naïve déplaît, mais comme Jean se montre courtois, la femme le dévisage et prend le temps de répondre :

— Les musiciens ne sont autorisés que dans les couloirs et ils doivent avoir été préalablement enregistrés par la RATP à la suite d'une audition. Renseignez-vous, passez l'audition.

Jean range son violon calmement, rassuré de s'en tirer sans avoir affaire aux flics. Puisque jouer dans le métro ne lui est pas autorisé, il gagnera à pied la gare autoroutière de Paris-Bercy. Il aura du temps pour se reposer en attendant l'heure du départ. Les deux musiciens aperçus plus tôt ont disparu au moment de l'intervention des agents de sécurité. Il les a oubliés et emprunte un couloir qui mène vers une sortie. Le couloir est désert. Il marche calmement avec le sac à dos et son étui à violon en bandoulière quand subitement, par-derrière, quelqu'un tente de lui arracher le violon. Il a le réflexe de résister et s'accroche des deux mains à la sangle. En se retournant, il reconnaît les deux mêmes types. Un coup de poing sur le menton le projette au sol. Sa seule idée : protéger son violon, alors il se couche sur l'étui, faisant barrage de son corps. Les coups de pied pleuvent et l'un des deux assaillants continue de tirer sur la sangle de toutes ses forces. Jean a l'impression que quelques silhouettes de voyageurs passent près de la rixe, mais il n'a pas assez de souffle pour appeler au secours. Au sol mais ne pouvant pas se défendre, il espère que les coups épargnent l'instrument.

— Arrêtez, j'appelle la police !

Une voix de femme vient de hurler ces mots. Les coups cessent, Jean se retourne et voit que trois ou quatre personnes, cette fois, sont plantées devant lui, faisant fuir les deux agresseurs. Lui est sonné. Son arcade droite saigne et il ressent une grande douleur dans les côtes. On l'aide à se relever. La jeune femme qui est intervenue en premier est une Africaine flanquée d'une poussette où se trouve un gamin. Elle lui tend un foulard pour essuyer son visage et colmater l'arcade.

— Vous saignez aussi de la bouche. Peut-être vous ont-ils cassé des dents.

Jean passe la main sur sa mâchoire et dans sa bouche. Aucune dent ne semble avoir été cassée.

— Accompagnez-moi à l'hôpital de la Pitié-Salpêtrière, c'est seulement à deux arrêts, propose la femme. Je vais vous mener aux urgences pour vous faire soigner. Je suis infirmière.

— Je viens aussi, dit un homme très âgé qui ressemble à un vieux phoque avec ses yeux cernés, sa moustache dispersée et son absence de menton. Laissez-moi porter vos affaires. On ne peut pas vous laisser dans cet état. Les deux types auraient pu vous tuer. Vous semblez salement amoché.

Deux stations plus loin, le quatuor improvisé descend de la rame. La jeune Africaine avec son enfant dans la poussette, le nonagénaire qui porte le sac à dos et l'étui à violon et lui qui a du mal à se tenir debout. La tête enturbannée dans un foulard rose pâle, il appuie de la main pour comprimer son arcade sourcilière.

— Je vais y arriver, allons doucement, dit Jean.

La jeune femme lui enserre le torse sous l'épaule droite pour l'aider à avancer.

— L'autre côté, demande Jean qui grimace, mes côtes sont très douloureuses à droite, mettez-vous à ma gauche, je vous prie.

Le vieux phoque déjà bien chargé récupère la poussette sous les protestations du gosse.

— Franklin, sois sage et reste assis ! Tu vois bien que j'aide le monsieur blessé.

À l'entrée de l'hôpital, les deux vigiles en faction ne s'écartent qu'après avoir fouillé le sac à dos et l'étui à violon. Ceci a le don d'agacer l'infirmière qui précise que c'est une urgence. Puis elle récupère son petit garçon qui en avait profité pour quitter la poussette et aller lorgner les gâteaux exposés dans la boutique voisine de l'entrée.

— Il faut marcher un peu, monsieur. Trois minutes et on sera au bâtiment Gaston-Cordier, c'est celui des urgences.

— Vous êtes infirmière ici ?

— Non, je travaille à Necker, mais je connais bien cet hôpital-ci, c'est ici que je suis venue étudier. Il y a bien une navette pour rejoindre les urgences, mais elle passe tous les quarts d'heure. Vous vous sentez capable de marcher ?

— On marche, répond Jean sans desserrer les dents.

— Vous êtes un musicien du métro ?

— Pas du tout, je suis un musicien d'orchestre. Je dois aller à Bruxelles ce soir, on a le concert dans une semaine et les répétitions commencent.

Le mensonge est venu tout naturellement. Devant ces personnes compatissantes, il n'a pas envie d'assumer son statut de vagabond.

— J'espère que vous n'allez pas être trop handicapé pour travailler, dit le phoque.

Jean progresse péniblement vers le bâtiment des urgences. Son genou aussi lui fait mal et sa lèvre inférieure, ouverte, saigne copieusement.

— Merci de ce que vous faites, madame.

— Mon métier c'est infirmière, alors c'est normal. Je m'appelle Angélique. Angélique Fall. À Necker, je travaille au service d'urologie.

Dès son arrivée aux urgences, il se laisse tomber sur la chaise que lui laisse spontanément un adolescent. L'endroit est loin d'être rassurant. Il est bondé, certains sont assis à même le sol. Plusieurs patients ou accompagnateurs se montrent agressifs, c'est à qui hurlera le plus fort. Assiégées, les deux malheureuses préposées à l'accueil sont protégées de l'envahissement par la hauteur du comptoir d'où seuls émergent leurs visages. Jean comprend qu'il lui faudra être patient. Mais sa vraie crainte est qu'une fois pris en charge, il devra répondre à un questionnaire d'identité. Se dévoiler. Mieux vaudrait s'en aller et tenter de se soigner seul.

— Madame, je ne voudrais pas vous embêter plus longtemps, vous avez été merveilleuse en m'accompagnant jusqu'ici. Je vois bien qu'on en a pour une éternité. Alors ne restez pas, je vais me débrouiller. D'autre part, ne me demandez pas pourquoi, mais je n'ai aucun document d'identité et pas non plus de carte de Sécu. Rentrez chez vous avec votre garçon, vous m'avez déjà tellement aidé.

Angélique ne semble pas d'accord.

— Mon pauvre monsieur, je vais voir comment on peut vous soigner sans attendre trop longtemps. Je serai de retour dans quelques minutes. Sinon on ne va pas s'en sortir. Gardez-moi la poussette. Je ne vous abandonne pas comme ça. Pour la carte de Sécu, on se débrouillera. Vous allez m'attendre ici un moment, je vais voir si je trouve des collègues.

Elle prend l'enfant dans ses bras et, malgré les vociférations d'une des réceptionnistes, ouvre une porte du hall et disparaît dans un couloir. Elle n'a pas cru à la thèse du « musicien d'orchestre et du concert à Bruxelles » alors qu'elle a bien assisté à une bagarre entre racailles et que Jean est bien, à ses yeux, un de ces malheureux qui hantent le métro. Angélique Fall a la compassion chevillée au corps, c'est sa nature même. Face à Jean, le vieux phoque monte la garde, debout. Avec un mouchoir, il tamponne alternativement et doucement l'arcade et la lèvre qui continuent de saigner.

— À votre accent, monsieur, je crois reconnaître le Sud-Ouest.

— Vous ne vous trompez pas, je suis du Gers.

À ce moment, la mère de Franklin réapparaît.

— Suivez-moi, prenez toutes vos affaires et venez. Vite et discrètement.

Avec son petit garçon dans la poussette, la jeune femme conduit les deux hommes à travers un couloir surchargé de patients assis ou allongés sur des lits à roulettes. Le groupe franchit une porte battante, monte dans un ascenseur et reprend un couloir au premier étage. Dans une chambre vide, une infirmière les attend. Même âge qu'Angélique et sourire réconfortant.

— Voici Aimée, elle est sénégalaise comme moi. Entre filles du Sénégal, on s'entraide toujours. Elle va vous soigner tout de suite, mais on doit aller vite, il ne faudrait pas qu'un médecin passe par ici.

Avoir peur de rencontrer un médecin est bien un comble.

Aimée a préparé des compresses, du produit désinfectant et de quoi recoudre.

— On va commencer par votre arcade, mais je ne vais pas recoudre, je vais vous strapper. N'ayez pas peur, ça tiendra mais il ne faudra pas y toucher pendant une semaine, d'accord ? Et ensuite vous désinfecterez tous les jours à la Betadine.

Jean acquiesce, il se laisse faire.

— Vous avez reçu des coups aussi sur les paupières, vous aurez tout intérêt à consulter un ophtalmo.

Aimée se tourne vers le « phoque » :

— Vous entendez bien, il ne faudra jamais dire que vous êtes venus ici et que je me suis occupée de votre ami. Je n'ai pas le droit de faire ce que je fais. C'est uniquement parce que Angélique m'a dit que les urgences étaient saturées.

— Pas d'inquiétude, madame, on gardera tout ça pour nous.

Jean, assis et immobile, laisse examiner son arcade. Il a placé le foulard sur sa bouche pour en contenir le saignement. Il émet un grognement d'approbation en levant le pouce en direction des deux femmes lorsque la pose des straps est achevée. Aimée prend du fil et une aiguille et s'attaque à sa lèvre inférieure.

— Vous allez certainement avoir un peu mal, je n'ai pas l'habitude de faire ça, ce sont les médecins qui posent les points de suture.

Jean a posé des milliers de points de suture et constate en effet que la gentille Aimée a un fort potentiel de progression dans ce domaine.

— Vous êtes soigné pour ce qui est de votre visage, monsieur. Après ceci, il vous faudra consulter votre médecin et vous devrez passer des radios. Vous pourrez marcher et rentrer chez vous ?

— Pas de problème, répond Jean, je me sens déjà bien mieux.

C'est un mensonge et il le sait bien. Non seulement ses côtes restent très douloureuses, mais les coups dans les jambes lui font mal et les chocs subis à la tête créent une sensation d'étourdissement.

— Alors on y va, dit Angélique, après avoir subtilisé une boîte de Dafalgan 500 et un flacon de Betadine qu'elle glisse dans la poche latérale de la parka.

En sortant du pavillon des urgences, Jean s'efforce de marcher droit et de masquer sa douleur. Il a repris son étui à violon mais le vieux phoque continue de porter le sac à dos.

— Merci beaucoup, Angélique, vous avez été tellement formidable.

Se sentant beaucoup trop affaibli pour aller jusqu'à la gare routière prendre un car dans la foulée, Jean improvise :

— Je vais reprendre le métro et retourner chez moi à Bastille. Je n'irai à Bruxelles que demain, je vais d'abord me reposer.

Jean réfléchit. Il est 17 heures environ et il faut décider où et comment passer la nuit. Quitter Paris le soir même est au-dessus de ses forces. Si la lèvre suturée ne se fait presque plus sentir et si la sensation de vertige s'efface doucement, la souffrance au niveau des côtes est de plus en plus forte. Elle se double d'une forte douleur à la face, résultat du dernier coup de pied qui a touché la partie gauche du front, par chance en évitant la tempe.

Malgré la douleur ou en raison de celle-ci, Jean choisit de revenir à l'hôpital, seul havre plausible pour l'instant. Dans le hall d'accueil, il avait repéré, sur le plan, l'existence d'une église Saint-Louis, ouverte au public et dont la fermeture du soir se fait à 17 h 45. Il reprend son chargement et entre à nouveau dans l'enceinte de l'hôpital. Après un réexamen de ses bagages par un des vigiles, il achète une bouteille d'eau et un paquet de biscuits. Sur le plan, l'église ne semble pas loin. Cinq minutes à peine. L'église est bien ouverte, presque déserte. C'est un bâtiment imposant mais plutôt dénudé, il y a peu de bancs à l'intérieur. Les messes ne doivent pas accueillir un imposant public. Aux quatre coins de l'édifice se trouvent des confessionnaux. Jean s'installe devant un autel dédié à mère Teresa et dévisage la grande photo de la sainte femme sous laquelle finissent de se consumer des cierges.

Comme mère Teresa, je peux faire abstraction de ma vie personnelle et, pourquoi pas ? faire profiter d'autres de mon savoir-faire... Mon premier réflexe a été de vouloir me mettre à l'écart de la société, mais j'ai beau me dire que je suis déjà mort, j'ai beau vouloir demeurer un solitaire, je ne peux m'extraire du monde. Sauf par le suicide. Pour un suicide en douceur, les médicaments qui feraient le job, je les connais. Et puis il y a le TGV, rapide, efficace et pas cher... Mais je ne vais pas me suicider, ce serait minable. Et puis quelque chose me dit que c'est trop tard. Je vais chez les Esquimaux. J'ignore comment, mais j'y vais. Je suis plus que jamais cet imbécile qui marche et s'agite.

Jean avise un des nombreux confessionnaux et s'y enferme pour être dissimulé dans l'éventualité d'une ronde. Une heure plus tard, la ronde survient, rapide et superficielle. La cachette est bonne, il n'est pas repéré. Alors, seul dans cette immense église avec ses murs blancs, il s'installe sur un banc mais le sac de couchage n'en fait pas un lit moelleux. La position allongée reste inconfortable et les douleurs se ravivent. Il sait qu'il ne trouvera pas le sommeil, au mieux quelques rares tranches de quelques minutes, comme les navigateurs dans une traversée. La position assise ne le calme pas mieux, il va ce soir-là au bout de ses forces.

Uriner dans un recoin de la nef n'est pas ce dont, cette nuit-là, il est le plus fier, mais il n'y a pas d'autre option. Saint Louis qui n'avait ni eau courante ni toilettes fermera les yeux. Et mère Teresa, habituée aux bidonvilles, aussi...

Mardi 24 mai – jour 14

À LA GARE ROUTIÈRE, le prochain Ouibus pour Bruxelles doit partir à 14 heures et coûte 15 euros. Jean achète un billet et fait ses comptes. Lui restent exactement 78,64 euros. Il monte parmi les premiers lorsque les portes de l'autocar s'ouvrent et va s'asseoir au fond près d'une fenêtre. À peine installé, il voit venir vers lui, par l'allée centrale, un personnage extraordinaire. Un homme jeune encore, entre vingt-cinq et trente ans, de type asiatique, roulant assis sur un skateboard qu'il actionne avec ses deux mains gantées. Assis, mais sans jambes, avec deux moignons à la place des membres inférieurs. Un cul-de-jatte sur un skateboard. L'homme choisit le siège voisin et s'y élève souplement à la seule force des bras, négligeant la main tendue.

— J'y arrive très bien tout seul, ne vous inquiétez pas, j'ai l'entraînement pour ça. Par contre, je vais sortir ma tablette et ensuite, si vous pouviez mettre mon sac à dos dans le rack au-dessus de nous, ce serait sympa de votre part.

Jean se relève et place le sac à dos du jeune homme à côté du sien. Il a gardé l'étui à violon sur ses genoux. Son étrange voisin engage la conversation :

— Merci pour le sac. Vous vivez à Bruxelles ?

— Non, je voyage et je passe par Bruxelles.

— Vous connaissez ?

— Non, première fois que j'y mettrai les pieds.

L'infirme aux mains gantées semble satisfait de cette prise de contact et commence à regarder un film sur sa tablette quand démarre l'autocar.

Au bout d'une heure, il se tourne vers Jean.

— Que faites-vous dans la vie, monsieur mon voisin. Musicien ?

— Je suis médecin, je suis très habitué à rencontrer des personnes handicapées.

— Alors puisque vous vous y connaissez, mon handicap, aimeriez-vous savoir quelle est son origine ?

— Vous êtes peut-être ainsi de naissance ?

— Et non, erreur, vous avez devant vous un accidenté miraculé.

— Accidenté ? Comment ça ?

— J'avais douze ans quand j'ai perdu mes jambes. Avec des copains de l'école, on avait l'habitude de jouer, sur une voie de chemin de fer, à celui qui se dégagerait le dernier lorsque le train arrivait. C'était à la campagne.

— C'était carrément insensé comme jeu. Comment est-il possible que ni vos parents ni la police ne vous aient empêchés ?

— Ils ont essayé, mais on était des enragés et on recommençait ces concours chaque fois qu'on pouvait. Jusqu'au jour où j'ai trébuché devant la loco. Les deux jambes broyées au niveau des genoux. Le miracle, ce sont les chirurgiens qui l'ont fait. Double amputation, mais vie sauvée.

— C'est vrai, c'est une sorte de miracle. Le miracle, je crois aussi que c'est la forme physique et mentale qui émane de vous.

— Et vous alors, avec votre violon et votre visage esquinté, vous êtes un vrai médecin ou un musicien ambulant ? Vous remarquerez que j'aime bien ce mot « ambulant ». Dans ma bouche, il prend un sens quand même un peu particulier.

— Je suis aussi violoniste, mais mon métier c'est médecin généraliste. Les marques sur mon visage, c'est le résultat d'un tabassage que j'ai subi hier dans le métro.

— Un tabassage ?

— Des voyous qui en avaient après mon violon.

Le car pénètre en Belgique sans marquer d'arrêt. Pas de contrôle d'identité, Jean est soulagé et poursuit la conversation avec son voisin de siège. L'homme est d'une famille vietnamienne installée à Bruxelles où elle possède trois restaurants... japonais. Il dit s'appeler Éric Nguyen Hoang Xuan mais serait surtout connu sous son surnom, « Skateur Éric ». Il se présente comme un épicurien et cite à plusieurs reprises la *Lettre à Ménécée*. Jean ne connaissait pas ce texte, mais écoute avec attention cette leçon de philo inattendue.

— Pour Épicure, les dieux existent bel et bien mais ils sont dans leur monde à eux et ne se préoccupent pas de ce qui se passe chez les humains. Les drames que nous subissons en ce bas monde ne sont pas de leur fait. Donc on peut penser que si ce personnage du Dieu judéo-chrétien existe, ou si quelque force divine surnaturelle existe (et c'est ce que je crois pour ma part), ce n'est pas pour autant que nos sordides et ridicules histoires humaines le concernent.

— J'ai rencontré récemment un prêtre qui pensait que les épreuves que nous subissons étaient voulues par Dieu, comme pour nous tester. Selon lui, Dieu est partout à la fois, tout le temps, voit tout, contrôle tout. J'aime mieux votre version, c'est du reste ce que je lui ai dit. Dieu, ou la force surnaturelle à laquelle vous croyez, ne se préoccupe ni de vous ni de moi. Je vis, je meurs, la Terre et les milliards de galaxies continuent de tourner...

— Vous évoquez la mort. Épicure aborde aussi la question de la mort, avec un point de vue intéressant. Les hommes en général craignent la mort, elle plane au-dessus de nos têtes, comme l'épée de Damoclès. Mais pourquoi la craindre ? Certes, elle viendra un jour et on ne sait ni le jour ni l'heure. Pourquoi alors cette crainte ? Quand tout est éteint subitement, on ne sent plus rien. C'est la mort de la mort. Votre compatriote Gaston Bachelard avait utilisé une très belle image pour évoquer la mort. Celle de la chandelle qui se consume et finit par s'éteindre.

— Ma mère qui était prof de littérature anglaise m'avait fait apprendre par cœur un extrait de *Macbeth* de Shakespeare dans lequel lui aussi avait évoqué la flamme d'une bougie pour signifier la vie. Le texte, un soliloque dont je ne me souviens malheureusement pas bien. Par bribes, ça me revient : en anglais, c'est « *Out ! Out ! Brief candle !* »...

— Ce qui se traduit ?

— Éteins-toi, maigre chandelle.

— Quand s'éteint la mèche, c'est fini et plus rien ne peut y remédier. Rien de rien. La chandelle a brillé, éclairé, réjoui, etc. au temps de sa vigueur, de la durée de vie de sa flamme. Puis elle a faibli et la flamme s'est éteinte. Parfois avec un dernier éclat. Et puis, pfff...

— La souffrance, vous savez bien qu'elle existe et que, malheureusement, elle occupe une partie de la vie. Parfois elle est lourde, parfois même impossible à supporter. Vous dites que la mort est neutre. Elle arrive et on ne vit plus, donc tout va bien... après. Mais avant et pendant ? Une agonie, vous conviendrez que c'est épouvantable.

— Oui, et la mort délivre une fois qu'elle est là.

— Une fois qu'elle est là... Au bout de combien de temps ? Admettons. Mais il y a bien autre chose, sinon tout serait trop simple : la douleur parfois intense et inconsolable de ceux qui restent, vous en pensez quoi ?

— Épicure s'explique là-dessus. Douleur forte mais courte, il faut serrer les dents. Si ça se prolonge, la douleur est installée et elle devient ou doit devenir supportable, l'idée est de s'habituer.

— S'habituer ? Épicure ne devait pas savoir ce qu'est une douleur morale installée qui devient en plus une douleur physique qui vous serre le ventre et fait s'enfoncer le plexus.

— Je crois que si, car il a aussi écrit que ce type de douleur super oppressante que vous évoquez, on devait parvenir à la surmonter en se concentrant sur le souvenir des moments heureux. Je suis passé par là, vous pensez bien.

— Je ne doute pas un instant des moments affreux que vous avez dû endurer. Donc une partie de votre solution serait passée par Épicure ? Je ne connaissais pas grand-chose de ce philosophe et croyais que la philosophie épicurienne était juste de profiter de la vie. Rechercher les plaisirs en toutes circonstances. Être ce qu'on appelle un jouisseur.

— Vous pouvez le définir ainsi, à une condition très précise et fondamentale, savoir jouir avec la modération appropriée. Épicure prêche ce que les philosophes appellent l'ataraxie, c'est-à-dire l'absence de troubles de l'âme. C'est l'essentiel de son message. Savoir que l'on est vivant est déjà une source de bonheur et c'est le chemin vers cette ataraxie. Épicure nous met en garde contre les désirs non nécessaires : richesse, possession, orgueil, besoin de reconnaissance. Ceux-ci, ne pouvant jamais être totalement satisfaits, finissent par polluer la tête, ils sont à bannir. Il faut se concentrer sur des désirs naturels : manger, boire, sexe, culture, affection, amitié. Le tout, je répète, dans la modération afin de ne pas basculer dans des manques et des frustrations ou, à l'opposé, dans l'ascétisme.

— Pour vous et Épicure, le bonheur est dans la modération ? Dans le contrôle ?

— Pensez à cette maxime prêtée à saint Augustin : « Le bonheur est de continuer à désirer ce que l'on possède déjà. »

Oui, mais quand on n'a plus rien...

— Pour vous, la modération est une vertu. Même dans l'amour ?

— Parfaitement. Vous trouvez ça choquant ?

— Oui. Carrément. Je suis partagé à propos de ce que vous prônez. La sagesse qui se manifeste par de la modération en tout est antinaturelle. L'homme a besoin d'excès et de coups de folie. Le gentil Diogène et son tonneau, son « Ôte-toi de mon soleil... », c'est certainement amusant, mais, avouez-le, pas très salivant.

— L'exemple de Diogène c'était tout à fait autre chose, cet homme n'avait rien d'un épicurien. Mais à sa façon, selon moi en tout cas, il faisait sienne la maxime de saint Augustin que je vous ai citée plus tôt.

— Je veux bien l'admettre. Mais je vous ai parlé de l'amour. La modération, c'est un parfait « tue-l'amour » à mes yeux. La philosophie, c'est donc votre domaine ?

— J'ai fait un master. J'enseigne la philo à Louvain et suis thérapeute dans un centre de rééducation pour les accidentés, et ça m'a semblé naturel et nécessaire de m'y plonger dès que j'ai compris, donc très jeune, que je devrais vivre avec mon physique un peu restreint. Et vous, monsieur l'étrange voyageur, médecin et bagarreur, comment est votre vie ?

— J'ai choisi provisoirement de devenir un simple voyageur qui se dirige vers le pôle Nord. Vous êtes amputé des jambes, moi des gens que j'aimais.

— Votre famille ?

— Toute ma famille. Disparue dans un accident. Pour des raisons qui me sont propres, j'ai décidé de tout plaquer. Mon boulot, mon mode de vie, mon confort de médecin installé. Et j'ai pris la route sans rien d'autre que ce que j'ai sur moi.

— Un peu d'argent ?

— Pratiquement pas.

— Vous fuyez pour continuer à vivre.

— Je ne sais pas…

— Je vous trouve admirable, vous vous lancez à l'aventure, vous testez vos limites.

— Je ne vois pas les choses ainsi.

— Et vous savez où dormir ?

— Non. C'est mon souci de chaque jour. Mais j'arrive toujours plus ou moins à trouver un lieu. Le voyage est à l'image de la vie, une sorte de jeu de hasard.

— Essayez la gare du Midi, je pense qu'on vous y laissera tranquille. C'est juste à côté de notre point d'arrivée. Et pour manger quelque chose ce soir, allez au restaurant *Yukiko*, rue du Marché-aux-Poulets. C'est central, près de la Grand-Place, c'est à une petite demi-heure de marche pas plus. Là, vous dites que c'est Skateur Éric qui vous a envoyé. Ma grand-mère sera certainement derrière sa caisse.

— Skateur Éric… Merci, je le ferai.

— Votre pôle Nord, vous savez par où passer pour y aller ?

— Non, je ne sais pas encore. J'improvise et j'en suis encore très loin. Je crois que je vais commencer par le plus proche, Danemark et Suède.

— Et pour aller au Danemark, vous avez une idée ?

— Non.

— Si vous aimez prendre des autocars, c'est le rapport qualité-prix idéal. Il y a des cars vraiment pas chers qui partent de Bruxelles. Des cars comme celui-ci. Je vais vous trouver l'info.

Si j'aime les cars ?

Éric interroge Google sur sa tablette et lui montre le résultat obtenu.

— Je trouve un résultat à moins de 50 euros depuis la gare du Nord jusqu'à Rodby, la toute première ville à la frontière sud du Danemark, face à l'Allemagne. Ce sont des cars Eurolines. On traverse un bras de mer sur un ferry sans quitter le car entre le nord de l'Allemagne et le sud du Danemark.

— Merci, si ce n'est que 50 euros, je peux encore m'offrir cette dépense.

— Vous avez un départ demain soir tard, à 22 h 45. Je vous conseille d'acheter votre billet dès le matin. Les guichets se trouvent à la gare du Nord.

— C'est loin de notre point d'arrivée de ce soir ?

— Pas vraiment. Il y a des trams. Si vous marchez, il faut passer par la Grand-Place et continuer, ce sera indiqué.

À la descente du car à la gare routière, Jean voit son étonnant interlocuteur manœuvrer son skateboard et slalomer sur le bitume au milieu de la foule. Éric se retourne avec un sourire et, le pouce levé, disparaît. Jean se fait indiquer l'itinéraire pour la Grand-Place qu'il atteint après une heure de marche douloureuse. En approchant de sa destination, un panneau indique la direction du Manneken-Pis. Se souvenant avoir entendu parler de cette statue iconique de la ville, Jean se met à sa recherche. Sa déception est forte lorsque, devant la statue de ce petit bonhomme, il constate qu'elle ne mesure pas plus de soixante centimètres de hauteur et qu'elle est d'une singulière banalité. Arrivé devant l'entrée du restaurant *Yukiko*, il décide de patienter car le service est en cours et les tables presque toutes occupées. Il va s'asseoir sur les marches d'un bâtiment de la Grand-Place et réalise qu'il est en train de faire du tourisme sans éprouver de sentiment de culpabilité. Il est ébloui par la dimension de la Grand-Place et la magnificence des bâtiments au style néogothique couverts de dorures. Il fête, avec le petit pot de compote qui restait, son évasion du territoire national. Ce passage à l'étranger accentue le sentiment d'une déconstruction déjà entamée

Vers 22 h 30, après le départ de plusieurs groupes de dîneurs, Jean pousse la porte du restaurant *Yukiko* et se heurte au regard soupçonneux d'un serveur. Il dit venir de la part de Skateur Éric, ce que l'autre semble ne pas comprendre. Toutefois, une femme asiatique plutôt âgée, assise derrière la caisse, a reçu le message. Elle appelle le serveur, lui donne des instructions et fait signe au visiteur d'aller dans la cour, à l'arrière de l'établissement. Jean devine qu'on va lui offrir des restes, ce que le restaurant ne peut servir le lendemain. C'est ainsi qu'après avoir regagné la gare du Midi avec une boîte en carton du restaurant *Yukiko*, à soixante-six ans bien sonnés, il découvre sushis et makis, expérience gastronomique que ses papilles gasconnes apprécient. La très mauvaise surprise est que la gare se révèle inhospitalière. Récemment rénové, l'espace ne dispose pas de recoins. Assis contre la vitrine d'une boutique de presse, il est surpris, un peu avant minuit, par le volet qui, dans son dos, se met à descendre. Autour, les restaurants et les boutiques ferment ou ont déjà fermé. À l'exception du parking souterrain, il ne voit pas où tenter de s'installer, dernière option qu'il abandonne lorsqu'il croise deux maîtres-chiens en patrouille. Une bribe de leur conversation lui apprend que la gare fermera à partir de l'arrivée du dernier train, celui qui entre en gare à 1 h 05. Il faut trouver un autre lieu pour la nuit.

Jean décide d'essayer l'autre gare, la gare du Nord, là où le lendemain il achètera son billet pour le Danemark. Il se repère grâce aux plans affichés çà et là. Plus d'une heure de marche, cette fois, marche à nouveau lente et difficile avec une fatigue et des douleurs qui se sont ravivées. Il repasse près de la Grand-Place et traverse l'animation nocturne de la place de Brouckère, trouve un banc et avale encore quelques sushis. Sur la place, il remarque l'entrée d'un hôtel de luxe, le *Métropole.*

L'idée lui vient de se procurer un plan des rues en se faisant passer pour un client auprès de la réception. Dans les grandes villes, les hôtels disposent en général de ces plans en grande quantité. Il suffit de les arracher un par un du bloc auquel ils sont fixés. À l'entrée, aucun chasseur en costume d'amiral ne veille pour interdire le passage aux indésirables. Dans le hall de l'hôtel, Jean passe inaperçu parmi les allées et venues, dissimule derrière un fauteuil son sac à dos et son étui à violon, puis retire sa parka et son pull-over. Les mains dans les poches, s'efforçant de prendre l'air à la fois décontracté et assuré qu'aurait un vrai client de palace, il prend place dans une file face à la réception. Quand vient son tour, il s'adresse à une jeune employée :

— Mademoiselle, j'aurais juste besoin d'un plan de Bruxelles.

Tout simple. La jeune fille le regarde à peine. Elle ouvre un tiroir et lui tend un plan. Prestement, il regagne la rue et prend la direction de la gare du Nord, qui n'est plus qu'à deux pas.

Mercredi 25 mai – jour 15

Vers 1 heure et demie du matin, sous une forte pluie, Jean atteint la gare du Nord. Le spectacle qu'il y découvre le terrifie. Dans le grand hall d'entrée, c'est la cour des Miracles. En pire. Près de deux cents sans-abri sont venus s'y réfugier, une foule loin d'être paisible. Même à distance il perçoit des cris, des bousculades. Pénétrer dans ce cloaque humain est hors de question. Une première option est d'aller dans la salle d'attente de la compagnie Eurolines en espérant la trouver ouverte. Pour y parvenir, il est amené à enjamber d'autres malheureux blottis cette fois à l'extérieur de la gare, dans leurs sacs de couchage ou sous des couvertures. Malheureusement, le bureau Eurolines et sa salle d'attente sont fermés pour la nuit. Perplexe, il reprend la direction de la place de Brouckère. En route, il croise des rails de tramway et un abribus. Il s'assied sur le banc de l'abribus et décide d'y attendre, protégé de la pluie, le lever du jour.

Avec l'humidité et l'immobilité, les douleurs se réveillent, implacables. Trouver une position allongée aisément supportable relève de l'impossible. S'allonger dans le sac de couchage, ou même au-dessus, serait moins inconfortable mais Jean est pris d'angoisse : si des policiers le contrôlent et l'embarquent, il va rater son départ pour le Danemark. Les autorités vont forcément appeler en France et apprendre que Pascal Cazals est mort dans un accident de car. Les ennuis vont s'enchaîner, il faudra abandonner le pôle Nord et endurer l'humiliation d'une reconduite à la maison, à l'image d'un enfant fugueur.

J'ai fui parce que je ressentais aussi le besoin de m'imposer une souffrance, sans doute plus supportable que celle qui m'aurait attendu au village. Je n'ai jamais évacué de ma mémoire ce moment horrible où les gendarmes sont venus nous annoncer la mort de Thomas, fauché par un automobiliste irresponsable. Hélène a été extraordinaire, elle a repris le dessus la première pour qu'Anne et moi puissions continuer à vivre. On a surmonté sans oublier. Du décès d'un enfant, on ne se remet pas mais on doit faire face. Alors pourquoi aujourd'hui je n'essaie pas au moins de faire face ? Pourquoi je m'inflige en plus cette itinérance ? Il y a de l'absurde et de l'orgueil mêlés. De l'absurde, toujours cette citation de Shakespeare dont je ne parviens pas à me souvenir correctement... Il y avait mention de « walking shadow, *une ombre qui marche » ou « qui passe »... Quand j'étais confronté aux souffrances des autres, j'arrivais parfois à ne plus penser. C'est bien la motivation de ma fuite : fuir pour essayer de ne pas penser. Un idiot ne pense pas, il marche.*

Il est nerveux, inquiet, aux aguets. Une voiture de police vient de passer, heureusement sans lui prêter attention. Au bout d'une heure, las de frissonner au moindre véhicule qui passe, il va marcher dans les rues désertes et, quand la pluie commence à tomber plus fort, retourne à son abribus. Lutter contre le sommeil, se remémorer les noms de toutes les personnes qui étaient dans le car, imaginer ceux ou celles qui auraient survécu comme lui.

Pourquoi revenir pour des cadavres ? Pour retrouver qui ? Mon beau-frère Pascal et son épouse Corinne sont morts eux aussi. Leurs deux fils vont hériter de leur ferme, ils n'ont pas besoin de moi. Les amis les plus proches étaient tous dans ce putain de car. Les Audubert, les Nallet, les Coste, Maurice Clay, Bernard et Fanchon Labadie... Pierre Navarro qui m'accompagnait parfois avec son violoncelle, Suzy Rodriguez, la grande amie d'Hélène à l'atelier de flamenco...

À l'évocation de ces noms, les visages apparaissent, ceux d'une vie sociale intense qui s'est consumée en quelques secondes. Dans sa gorge, une boule se forme bloquant la respiration.

Bien sûr, je suis un lâche. Je devrais aller m'écrouler de douleur à la morgue. Identifier un bracelet ou un pendentif. Oui, c'est bien Hélène ma femme, oui c'est bien Anne ma fille... Et après ? Déprimer dans la maison familiale ? Je préfère le faire en fuyant.

Étonné d'avoir dormi, il ouvre les yeux, allongé sur un côté, celui où il a le moins mal. Il est 6 heures du matin, il n'y a pas eu de contrôle d'identité. Il reprend le chemin de la gare du Nord. Depuis 7 heures, l'activité des cars a repris mais la vente de billets n'ouvre qu'une heure plus tard. Dans la salle d'attente, les toilettes sont payantes, 50 centimes. Impossible de frauder, une « dame pipi » est bien à son poste. Il y va donc de ses 50 centimes et en profite pour remplir sa gourde. Un couple de jeunes gens est assis à proximité et le garçon s'adresse à lui avec un fort accent local :

— Pour le Danemark, savez-vous si c'est ici qu'on achète les tickets ?

— Je crois que oui, j'attends moi aussi, mais ce n'est pas encore ouvert.

Les deux jeunes se penchent sur leur tablette. Jean choisit un moment où ils ont l'air de se détendre pour s'adresser à eux, en se disant que les tablettes des autres lui sont fort utiles :

— Pardon si je me permets de vous déranger, mais pourriez-vous me rendre un service, grâce à votre tablette ?

Le garçon et la fille sont probablement des étudiants. Ils dévisagent un moment ce vieux monsieur courtois.

— Que peut-on faire pour vous aider ? demande la jeune fille.

— Je suis violoniste, mais je ne connais pas Bruxelles. Je voudrais bien trouver l'adresse d'un luthier pour acheter des accessoires dont j'ai besoin avant de partir au Danemark.

— On va voir, OK. Je cherche. « Luthiers à Bruxelles », c'est ça ?

— Sans doute, oui.

S'il veut pouvoir continuer à jouer, il doit impérativement faire remécher son archet dont le crin donne des signes de fatigue. Autour du cercle polaire, les luthiers compétents doivent être rares... Et puis cette recherche va avoir l'avantage de le maintenir occupé durant cette longue journée à tuer en attendant le départ. Google fournit instantanément des adresses et un plan des rues. Apparemment, la profession se regroupe dans un même quartier entre la gare du Midi et la Grand-Place. Il note quelques adresses avec soin. Quand s'ouvre la vente des billets aux voyageurs, il est le premier à se présenter.

— S'il vous plaît, quel est le premier point d'arrivée au Danemark ?

— C'est Rodby, à l'arrivée du ferry. Vous voulez aller à Rodby, c'est ça ?

— Oui, à Rodby, c'est ça, s'il vous plaît.

— Avez-vous plus de soixante ans ?

— Soixante-six.

Il achète son billet pour 42 euros, prix consenti aux seniors. Le départ aura lieu à 22 h 45. Il a payé en liquide, satisfait de ne pas avoir à justifier d'une identité. Vers 10 heures du matin, les luthiers auront probablement ouvert, il se lance à la découverte de leur fief. La première boutique où il pénètre est peu éclairée et garnie de tentures en velours grenat, évoquant les rideaux de scène d'un théâtre. Des instruments à cordes sont disposés sur de longues tables. Dans un fauteuil, un homme, plus âgé que lui, portant une épaisse tignasse blanche et une barbe à l'avenant, est plongé dans la lecture de *La Libre Belgique*. Jean pense au Père Noël. Pendant un moment, l'homme ne bouge pas puis très lentement pose devant lui son journal et, en silence, lève les yeux vers le visiteur.

— Bonjour et pardon si je vous dérange, j'ai un archet qui commence à s'abîmer et je crois qu'il aurait besoin d'être reméché. Combien ceci peut-il me coûter ? Pour ne pas vous mentir, soyons francs, je n'ai pas vraiment d'argent.

— Pas vraiment ou pas du tout ?

— Pas du tout.

Il n'a le choix que de faire un peu pitié et essayer d'obtenir la réparation gratuite. Même si ce genre de travail ne coûte pas excessivement cher, il ne possède plus que 36,14 euros après l'investissement dans le billet d'autocar. Sans bouger de son fauteuil, l'homme désigne du menton la porte par laquelle il est entré.

— Qu'est-ce qui est écrit sur la porte ?

Surpris par la question, Jean regarde la porte. Peut-être, par inattention, serait-il entré dans la boutique voisine ? Pourtant, il voit qu'il est bien dans celle du luthier et ne comprend pas où le commerçant veut en venir.

— Je vous repose la question : il y a quoi sur la porte ?

Il comprend maintenant la provocation mais ne sait quoi répondre.

— Je vais vous le dire : il est écrit « luthier ». « Luthier ! » Vous savez lire ? Vous êtes ici chez un maître luthier et certainement pas dans la boutique d'un bienfaiteur pour tous les traîne-savates de la planète.

— Je ne suis pas un clodo !

— C'est vous qui le dites ! Vous devriez vous regarder dans une glace, vous ressemblez à Quasimodo, avec votre visage tuméfié. La porte est derrière vous, vous la refermerez sans la claquer si ce n'est pas trop vous demander. Au revoir, disparaissez !

Quasimodo ? Oui, parfois le Père Noël est une ordure.

L'accueil du deuxième luthier chez lequel il se rend est plus courtois mais tout aussi négatif. À sa troisième tentative, il tombe sur un jeune type qui garde le magasin en l'absence de son patron.

— Je ne sais pas encore bien remécher, je suis ici en stage, le patron ne sera jamais d'accord pour que je le fasse gratis. Mais allez tenter votre chance chez mon oncle qui est aussi luthier mais à Uccle. Il s'appelle De Spiegelaere. Il est vraiment très sympa.

Jean se fait indiquer comment se rendre dans ce quartier du sud de la ville et reprend sa pérégrination. Marcher reste difficile, les douleurs s'effacent très lentement. Le manque de sommeil et toute la fatigue accumulée pèsent.

Sentant la faim le gagner, il s'offre une halte sur un banc pour terminer le reste des sushis de la veille. Puis reprend sa lente marche et, grâce à son plan, atteint la boutique de l'oncle. Comme son neveu l'a décrit, l'homme s'avère bienveillant. Il est intrigué par ce visiteur, impressionné par la qualité de l'instrument qui possède des cordes en boyau de mouton, les plus chères mais aussi celles qui offrent le son le plus pur. Son visiteur doit être un violoniste de bon niveau.

— Vous habitez Bruxelles ?

— Non, je suis de passage.

— Pardonnez mon indiscrétion, mais vous êtes professeur ?

— Non, je suis un simple amateur même si j'ai joué jadis avec l'orchestre national de Bordeaux-Aquitaine, dirigé par Roberto Benzi. Mais pour vous avouer la vérité, je suis sans travail et ma seule source de revenus, pour l'instant, c'est cet instrument avec lequel je joue sur les marchés ou devant les églises.

— Pour un amateur, vous avez un instrument absolument magnifique, c'est une fabrication de Mirecourt, non ? Ce n'est pas de la fabrication asiatique comme on en voit partout. Il vaut une fortune votre violon, monsieur. Monsieur ?

— Cazals. Pascal Cazals.

— Je vais vous faire le reméchage de votre archet qui en a effectivement besoin. J'ai reçu de très beaux crins de cheval la semaine dernière, vous serez le premier à en profiter. Repassez en tout début d'après-midi, car maintenant je ferme pour mon déjeuner. Vous pouvez laisser vos bagages. Cet après-midi, ce sera fait.

Le luthier a une tête d'honnête homme, mais Jean répugne à laisser son violon. Il existe un marché très actif d'instruments anciens de prestige et c'est mieux d'éviter tout risque.

— Monsieur, je serai heureux de rester auprès de vous, tout à l'heure, pour voir comment vous vous y prenez, ce type de travail m'a toujours passionné. Et d'abord, vous allez me prendre combien ?

— Rien, mon neveu m'a téléphoné à votre sujet, ce sera ma bonne action du mois. Ne soyez pas inquiet, j'ai du temps, ce sera un plaisir de travailler sur votre archet.

Deux heures plus tard, le luthier lui remet en main un autre violon.

— Puisque vous restez, alors prenez ce violon, il est moins extraordinaire que le vôtre mais il a un bon son. Et jouez pour nous deux, ce sera votre moyen de paiement. Paiement en nature ! On va bosser en musique. Installez-vous dans la véranda.

Jean repère une rangée de partitions et en choisit une.

— L'allegro final du *Concerto pour violon* de Tchaïkovski ? Je le connais encore un peu, j'aime tant cet allegro. Je vais faire de mon mieux, soyez indulgent.

— Il faudra aussi trouver d'autres morceaux car avec votre archet j'estime en avoir pour trois bonnes heures.

La boutique donne sur une grande véranda qui s'ouvre sur un petit jardin. Jean s'installe, la partition devant lui, et commence à jouer presque de mémoire ce morceau que son grand-père a si souvent interprété. Avec l'autorisation du luthier, il choisit d'autres partitions et le récital privé ainsi improvisé se poursuit tandis que l'artisan travaille. Quelques clients entrent dans la boutique et certains, ravis, s'installent dans la véranda pour profiter de la musique. Quand le luthier De Spiegelaere annonce avoir terminé, il lui tend l'archet réparé.

— Surtout ne laissez pas votre archet tendu quand vous ne vous en servez pas. Nettoyez-le régulièrement avec un chiffon doux et sec.

— Oui, vous avez raison, il faut toujours y veiller. Merci mille fois, je me souviendrai de vous et j'espère pouvoir un jour revenir et vous payer.

— N'y pensez pas, mais si un jour vous revenez nous jouer de la musique, sachez que vous serez le bienvenu. Avant de partir, prenez quelques partitions, je vois que vous en manquez.

— *Les Vingt-Quatre Caprices pour violon* de Paganini, je peux ?

— Si vous vous sentez capable de vous y attaquer, allez-y et bon courage. Prenez aussi ces sonates et partitas de Bach. Et le *Concerto pour violon en mi mineur* de Mendelssohn.

En arrivant vers 19 heures dans la salle d'attente des cars, il est surpris par l'affluence. Comme aucun siège n'est disponible, il se rend à côté dans la gare ferroviaire où la cour des Miracles ne siège pas encore. Il achète un sandwich pour

2,40 euros. Le barman accepte de remplir la gourde avec l'eau du robinet et Jean retourne chez Eurolines. Le coût des toilettes le choque mais il débourse à nouveau ses 50 centimes et s'endort sur son siège après avoir englouti son jambon-beurre. À 22 h 15, la nuit est tombée et le départ enfin annoncé. Les passagers s'alignent le long du car. Simple vérification des billets au moment de monter par la porte avant. Jean dépose son sac à dos dans la soute, insistant pour conserver son violon. Entré parmi les premiers, il choisit un siège près d'une fenêtre. La place à côté de la sienne est prise par un jeune Maghrébin de vingt-cinq ans environ qui a gardé sur la tête un bonnet noir en laine comme si c'était le plein hiver. Jean trouve son propre siège assez peu confortable et regrette que le car ne possède pas de toilettes. Les cars empruntés précédemment, celui de Tours et celui de Paris-Bercy, étaient mieux équipés.

Quatorze heures seulement jusqu'à Rodby et je serai en Scandinavie. Ce sera dans ma fuite une étape vraiment décisive.

Deux heures plus tard, le car s'arrête sur une aire de station-service. Le chauffeur annonce qu'on est à Eindhoven et que la pause durera trente minutes. Tous descendent pour marcher un peu à l'air libre. Dans la station-service, les toilettes sont de nouveau payantes : 70 centimes. Devant cette inflation galopante, Jean préfère aller uriner « à la française », sans attirer l'attention, un peu plus loin, au milieu des camions sagement alignés. Les passagers déambulent à l'intérieur ou autour de la station-service. La clientèle du car est encore plus variée qu'il ne le pensait. Des Occidentaux, nombreux, surtout des jeunes. Mais aussi des Turcs, des Maghrébins, des gens d'Europe de l'Est, des Africains, des Asiatiques. Très peu d'adolescents et pas d'enfants en bas âge.

Le car quitte bientôt Eindhoven et ses toilettes sans doute dorées à l'or fin. Tous les autres passagers semblent endormis. À l'arrêt suivant, à nouveau dans une station-service, Jean apprend qu'il est arrivé en Allemagne, à Duisbourg. Les passagers qui ont les moyens vont dans la boutique, acheter de quoi se restaurer ou se rafraîchir. Le jeune Maghrébin, silencieux jusque-là, s'approche et lui demande dans un mauvais anglais s'il sait où l'on se trouve. Jean lui demande si par hasard il ne parle pas français.

— Je suis d'Algérie. Oui, je parle le français.

— Nous sommes en Allemagne, à Duisbourg. Et tu vas où avec ce car ?

— Je vais à Malmö.

Le type articule assez mal ce mot dont peut-être il ignore l'orthographe.

— Ce n'est pas au Danemark. C'est en Suède, Malmö.

Le jeune homme connaît probablement assez mal la géographie de l'Europe du Nord et le regarde avec un air ahuri. Jean préfère déambuler, le temps viendra pour le cours de géo.

Jeudi 26 mai – jour 16

IL FAIT JOUR quand il ouvre les yeux, le car est en train de manœuvrer devant la gare routière de Hambourg, un bâtiment ultramoderne et impeccablement propre avec affichage électronique des horaires, comme dans un aéroport. Le chauffeur annonce une heure d'arrêt et souhaite une bonne fin de voyage aux passagers car il cède le volant à un autre conducteur. Attenant à la gare routière, un McDonald's flambant neuf et un autre établissement du même type proposent des petits déjeuners. On est à des années-lumière de la gare du Nord de Bruxelles et de sa répugnante saleté. Après l'inventaire de sa poche, Jean décide de faire l'impasse sur le petit déjeuner. En revanche, impossible dans cet endroit bondé de boycotter les toilettes à 70 centimes. Pisser devient un luxe. À une centaine de mètres de la gare, il repère une pharmacie dont l'enseigne attire son attention : *PHARMACIE INTERNATIONALE.* Comme il dispose d'un peu de temps, Jean s'y rend pour vérifier la solidité des straps qui protègent son arcade. Son jeune voisin de siège lui emboîte le pas.

— Je peux marcher avec vous ?

— Si tu veux. Je vais dans cette pharmacie là-bas. Comment t'appelles-tu ?

— Anzar.

— Tu es d'où ?

— Anzar, c'est un nom kabyle. Je suis de Kabylie. Ma famille est de Tizi-Ouzou. Et vous, vous vous appelez comment ?

Le gars ne sait pas où se trouve Malmö, ne parle pas un mot d'anglais. Il a l'air gentil mais, en cas de contrôle de police, Jean se demande s'il sera en mesure d'expliquer son itinéraire. À propos de police, il réalise qu'il a franchi la frontière néerlandaise, puis la frontière allemande, sans le moindre contrôle. C'est tout « bénef ».

La *Pharmacie internationale* n'a rien de vraiment international, on n'y parle que l'allemand. Devant un miroir, il vérifie ses straps. La plaie n'est pas encore tout à fait cicatrisée, mais le prix d'une boîte de straps neufs doit être prohibitif, en tout cas pour sa maigre bourse. Il renonce.

Quand le car redémarre, de nombreuses places sont maintenant libres. L'autoroute traverse des terres agricoles et des forêts. Jean observe que le soleil se trouve à sa droite, on va bien vers le nord-est. Il observe les églises aux clochers rouges et pointus, l'absence de poteaux électriques et d'affichages publicitaires et les immenses forêts d'éoliennes. Une heure environ après avoir quitté Lübeck, le car pénètre dans la zone maritime de Puttgarden, dernière ville allemande avant la traversée en ferry. Le chauffeur coupe son moteur et se rend avec une liasse de papiers dans un bureau de la société Scanlines avant de revenir à son volant trois minutes plus tard. Le car embarque à l'intérieur d'un ferry, sous la surveillance discrète de policiers allemands, uniquement intéressés par les voitures particulières, au grand soulagement d'un Jean plutôt étonné par la rapidité de la procédure. Dans la spacieuse aire de parking située au niveau inférieur du navire, le car se range à côté des camions. Les passagers sont invités à quitter leurs places pour monter sur le pont et se promener (ou dépenser leur argent) dans la galerie commerciale. Alléluia ! Les toilettes, enfin, sont gratuites. La galerie commerciale porte bien son nom. On y trouve des boutiques duty-free d'alcool et de tabac, des magasins de vêtements, des cafétérias et un bureau de change. L'euro n'a pas cours au Danemark. Une fois l'opération de change effectuée, sa fortune se monte à 278 couronnes… Sur le pont supérieur, il découvre un ciel couvert, contrasté. L'orage menace. Le chauffeur de l'autocar est accoudé au bastingage et engage la conversation en anglais :

— C'est magnifique avec cette lumière, vous ne trouvez pas ?

Jean acquiesce.

— Je fais ce trajet cinq fois par semaine et à chaque voyage je ressens la même fascination. Dix-huit kilomètres de traversée, le plus souvent sur une mer d'huile, des ferries qui se croisent 24 heures sur 24. Un paysage à la fois apaisant et stimulant. Le meilleur oxygène du monde pour vos poumons.

Le chauffeur gonfle sa poitrine avec gourmandise. Jean, lui, est plus dubitatif à propos de la pureté de la Baltique où quelques bâtiments de guerre allemands puis soviétiques ont sombré au cours du siècle passé. La côte danoise se rapproche et les passagers regagnent leurs sièges. Une fois le ferry amarré, le volet de sortie s'ouvre, libérant le trafic. Jean se détend, il a réussi à mettre le pied en Scandinavie. Pas encore chez les Esquimaux, mais c'est une belle avancée. Aurait-il pensé se retrouver là après sa première nuit à la belle étoile, il y a deux semaines à peine ? Lorsque le car a roulé une centaine de mètres, Jean s'approche du chauffeur pour lui demander quand on sera arrivés à l'arrêt de Rodby.

— C'est ici, vous pourrez descendre après les contrôles de police.

Le chauffeur manœuvre pour se garer en obéissant aux signes que font trois policiers porteurs de gilets jaune fluo.

L'un d'entre eux monte dans le car, un grand gaillard dont les longs cheveux blonds débordent de la casquette. Le policier emprunte l'allée centrale et commence à vérifier toutes les identités. Assis à la sixième rangée, Jean sent une sueur glacée lui escalader le dos.

Pourvu que le Viking ne m'interroge pas. Que vais-je répondre s'il me demande où je vais, étant donné que je n'en ai pas la moindre idée. Je risque de me troubler, de bafouiller et de montrer trop de fébrilité. Un policier a de l'instinct pour repérer les gens qui sont en fuite, c'est son métier...

Toujours assis à ses côtés, Anzar semble serein. Le policier s'adresse d'abord au jeune homme qui présente son passeport. Le policier le feuillette brièvement et le rend sans mot dire, puis se tourne vers Jean qui tend la carte d'identité de Pascal d'une main dont il est le seul à percevoir le tremblement. Le cerbère regarde la carte, regarde Jean, rend la carte et passe à la rangée suivante.

Il est le seul passager pour Rodby. Le chauffeur descend pour ouvrir le compartiment à bagages et lui rendre son sac à dos. La pluie, une fois de plus, s'est mise à tomber. Un panneau indique : *Rodby 4 km*. Jean est seul, déstabilisé, dans une sorte de *no man's land* faiblement arboré, alors qu'il avait imaginé débarquer dans une petite ville portuaire pleine de vie. La seule construction en vue se trouve à un peu moins d'un kilomètre. Ce bâtiment gris en forme de parallélépipède dont il s'approche est un hôtel. L'enseigne indique « *Stop and Sleep* ». Apparemment, les chambres sont disposées sur deux niveaux, sur la longueur de cette construction sans fantaisie. Après être entré par un sas donnant sur le parking, Jean pousse une porte vitrée et se retrouve face à un homme d'une soixantaine d'années assis devant un ordinateur, dans une salle déserte qui semble faire office de réception, de salon et de restaurant. Très modestement meublé, le lieu n'évoque pas l'hôtellerie de luxe, plutôt l'auberge de jeunesse. Au danois du bonhomme, Jean ne peut opposer qu'une grimace. L'homme reprend en anglais :

— Vous désirez ?

Jean a un assez mauvais accent mais de bons restes de son éducation et de son séjour au Soudan.

— J'arrive de Bruxelles et je viens de descendre du car. À cause de la pluie, je souhaite me mettre à l'abri un moment si vous le permettez. Comme vous êtes la seule construction en vue, j'ai pris la liberté d'entrer.

L'homme regarde Jean et ses bagages.

— Vous allez où, comme ça ?

— Je voudrais aller à Copenhague.

— Et pourquoi donc n'êtes-vous pas resté dans le car ? Il allait à Copenhague, le car qui vient de passer, c'était le vôtre, non ?

Jean en reste bouche bée, constatant la bévue qu'il vient de commettre. Arrimé à son désir d'arriver au Danemark, il n'a pas même cherché à savoir s'il aurait pu aller plus loin avec le car, sans doute pour un supplément modeste qu'il avait encore les moyens de payer.

— J'avais très peu d'argent, j'ai choisi Rodby parce que c'était le point le plus proche pour arriver au Danemark.

— OK, OK, installez-vous dans le salon et faites sécher votre parka. Je vais vous faire un thé ou un café. Que préférez-vous ?

— Un café, merci beaucoup.

L'homme apporte un café et s'assied en face de Jean qui le boit en silence. Les deux hommes s'observent discrètement. Jean est un peu plus âgé. L'hôtelier est assez grand et mince. Son front est légèrement dégarni. L'homme a dû être sportif.

— Vous êtes musicien, je vois un violon ?

— Oui, mais je suis avant tout médecin.

— Médecin ? En France ?

— Dans le Sud-Ouest. Vous connaissez cette région ? Je m'appelle Pascal Cazals.

— Moi, c'est Karl Nyborg. Non, je ne suis jamais allé en France. Vous allez faire quoi à Copenhague sans argent et avec votre violon ? Pour donner un concert ?

— Je viens de perdre mon épouse, je suis veuf. Même si ça vous semble étrange, je me suis attaché à un défi, celui d'aller au pôle Nord. Je suis sur ma route et j'espère pouvoir continuer. Votre pays est juste une étape.

— Le pôle Nord ? Vous voulez aller au pôle Nord ?

— Oui, c'est le projet dans lequel je me suis lancé. Aller là-bas pour soigner les populations.

— Ce n'est pas la porte à côté ! Vous comptez faire comment ?

— Je ne sais pas. Pas encore.

— Il vous faudra passer en Suède, remonter toute la route du Nord et de là entrer en Norvège. Le cap Nord est le terminus de la route.

— Je vais faire du stop. Je n'ai pas les moyens de voyager autrement.

Nyborg ne pose pas de questions à propos du visage pourtant toujours tuméfié, Jean apprécie cette discrétion.

— Donc, si ce que vous me dites est la vérité, vous n'avez pas d'argent et vous voulez aller au pôle Nord. Vous êtes un cas, vous ! Restez dormir ici ce soir, j'ai de la place. Je vais vous attribuer une chambre. Dans une heure, on aura l'arrivée d'un car de jeunes joueurs de foot qui vont faire un tournoi à Amsterdam, mais l'hôtel ne sera pas plein. C'est un relais pour les passagers du ferry et il est rare qu'ils restent plus d'une nuit. En été, on a beaucoup de boulot. L'hiver, un peu moins...

La salle de restaurant ressemble à une cantine de lycée avec ses longues tables. Jean partage le dîner d'une trentaine d'ados, garçons et filles, joyeux et bruyants, tout à leur joie de leur excursion sportive. Cette nuit-là, grâce à l'étonnante hospitalité de Nyborg, il prend une douche, mange à sa faim et dort dans de vrais draps. Pourtant, le sommeil ne vient pas tout de suite, l'épouvante, encore elle, ne le lâche pas. Il se revoit accroché, pitoyable, à la vitre explosée du car, hurlant le nom d'Hélène.

Vendredi 27 mai – jour 17

Depuis le début de son errance, Jean n'avait pas bénéficié d'un tel hébergement, même si la chambre spartiate n° 17 du « *Stop and Sleep* » de Rodby ne peut se comparer à une suite de l'*Hôtel de France* à Auch. Le lit est étroit, le sommier en bout de course et la salle de douche minuscule, mais il apprécie à sa juste valeur cette hospitalité spontanée. Paradoxalement, le fait de se retrouver dans un lit, après avoir dîné et pris une douche bien chaude, l'a perturbé. Il avait oublié les sensations que procure un simple confort de base. Ses doutes sur le bien-fondé de sa fuite l'ont à nouveau tourmenté, mais sans le détourner de sa décision. Le simple fait d'avoir gagné la Scandinavie est une étape essentielle qui vient renforcer sa motivation. Le repos a permis aux douleurs de s'atténuer.

Karl Nyborg et son épouse Veronica, petite femme rousse aux cheveux frisés, l'ont invité à prendre un petit déjeuner. Le buffet du « *Stop and Sleep* » est garni de saumon fumé, de jambon, de fromage, de pommes et de pain. Il est tenté de se servir copieusement, d'enfouir dans ses poches des provisions pour la route. Mais il s'en garde par respect pour ses hôtes.

— Pascal, est-ce que ça vous convient si on vous emmène en voiture jusqu'à Maribo ? C'est à un petit quart d'heure d'ici en voiture, c'est dans votre direction. Veronica et moi, nous avons quelques courses à y faire. On vous y déposerait et ensuite vous pourrez quitter notre île, Lolland, et passer sur Seeland, celle où se trouve Copenhague. Entre les deux îles, il n'y a qu'un petit bras de mer que la route nationale franchit par un pont qu'on appelle « l'Ancien Pont ». Il vous mènera à Vordingborg. C'est le point d'arrivée sur Seeland. Avez-vous passé une bonne nuit ?

— Oui, vraiment, merci pour la chambre. Dans ma situation, c'est un bonheur absolu. Je vous suis très reconnaissant.

Le couple Nyborg l'abandonne sur la route nationale à la sortie de Maribo, devant un poteau indiquant : *Vordingborg 32 km*. Après la remontée d'optimisme due au petit déjeuner, Jean se sent envahi par une détresse morale et physique. Il n'a pas de carte routière, il ne parle pas la langue. Copenhague semble bien loin, encore cent cinquante kilomètres environ. Son idée de gagner le Pôle était jusqu'à cet instant le faux nez de sa rage. La suite du voyage, elle, est concrète, face à lui. Il est au pied du mur. Un vol d'oies au-dessus de sa tête attire son attention. Les oies volent en une seule ligne et il se demande comment on détermine les positions en vol, dans un tel groupe, au moment du décollage. Il existe un consensus à propos de la désignation du leader. Mais les autres ? L'oie qui ferme la colonne a-t-elle sa propre mission ? Sans doute son père aurait-il répondu à cette question.

Nyborg a dit qu'au Danemark l'auto-stop ne marchait pas bien mais que c'était quand même possible hors autoroute. Marcher le long de l'autoroute qui remonte jusqu'à la capitale est, en revanche, formellement interdit. Nyborg a même parlé de prison pour celui qui se ferait prendre.

La route nationale est bordée sur un côté par une piste cyclable parfaitement bitumée. De part et d'autre de cette piste ne subsistent que deux étroites bandes de terre, herbeuses et bosselées. Parfois même une glissière vient s'ajouter. L'espace laissé au marcheur est réduit. Jean ne voit d'ailleurs aucun autre marcheur à l'horizon et progresse sur le territoire des vélos. Il constate avec soulagement que ses genoux ne lui font presque plus mal. C'est un peu moins vrai pour ses côtes. La route longe des forêts de hêtres et des champs d'éoliennes, comme il en a vu dans le nord de l'Allemagne, et surtout des cultures de céréales. Les fermes ressemblent à de grandes maisons d'habitation. Elles sont le plus souvent pimpantes et donnent le sentiment d'un confort bien supérieur aux fermes gersoises ou landaises. Nombre de ces bâtisses ont des chevaux à proximité et la diversité des toitures, alternant chaume, tuile rouge et ardoise noire, ne laisse pas d'étonner. La circulation est assez dense. Elle le devient aussi sur la piste cyclable, l'obligeant à faire des écarts. Le cycliste danois fonce tout droit, imperturbable, et ne semble pas du tout disposé à croiser un misérable piéton.

Vers 14 heures, la pluie recommence à tomber. Il s'arrête devant une grande maison aux murs jaune poussin, aux balcons et volets bordeaux et au toit en tôle ondulée, option architecturale plutôt incongrue. Sous un auvent, une table où sont disposées des pommes, des fraises, des carottes. À côté de ce petit étal, un carton avec quelques mots en danois écrits au feutre noir et une soucoupe. Le carton doit sans doute inviter les passants qui se servent à laisser quelque argent. Il est bien tenté de ne rien payer, mais craint d'être observé. Il se contente de deux pommes et fouille dans sa poche de pantalon. Il a oublié le taux de change de la couronne par rapport à l'euro et laisse quelques pièces, celles qui dans sa main lui semblent les plus petites. Personne ne se manifestant, il s'assied un moment puis reprend ses bagages. Vordingborg est encore à vingt kilomètres.

La pluie cesse au fur et à mesure que monte le vent, Jean mange ses pommes en marchant. Aux environs de 19 heures, le soleil est encore haut dans le ciel et il atteint le vieux pont. « Quatre kilomètres seulement », avait dit Nyborg. Ce seront quatre éprouvants et interminables kilomètres pendant lesquels le marcheur solitaire a nettement l'impression de ne pas être à sa place. La route est à deux voies, bordée sur un côté par une voie ferrée et de l'autre par l'inévitable piste cyclable. Il doit à chaque fois se coller contre le grillage pour ne pas se faire heurter par des cyclistes aveugles. Effet de la terreur due à ces vélos ou simple phénomène naturel, il sent apparaître dans son intestin des signes exigeant un soulagement rapide. Sur ce pont, c'est tout simplement impossible, alors il serre les dents.

Une heure plus tard, ayant enfin franchi ce pont si hostile, il est à l'entrée des faubourgs de Vordingborg et son mal de ventre n'a fait qu'empirer. Pour le routard, trouver des toilettes au moment nécessaire est un sérieux problème. Vordingborg est une grosse bourgade aux abords constitués de maisonnettes individuelles à petits jardins en façade et potagers à l'arrière. Des résidents circulent à pied ou en voiture, des enfants font du vélo et des adultes jardinent. Il n'y a aucun endroit propice à se cacher, il est contraint d'avancer vers le centre-ville et de chercher un café aux salutaires toilettes. Peut-être aussi un lieu lui permettant de passer la nuit.

Le centre de la ville est enserré dans un boulevard circulaire sur lequel le trafic est à sens unique. Exactement comme à Eauze, un boulevard circulaire et tous les commerces dans le centre, plus ou moins regroupés dans deux rues piétonnes. Dans la première rue, il a le choix entre plusieurs cafés et choisit le plus petit et le moins éclairé, le *Café Annen*. Un café de pauvres, se dit-il en y entrant. Des banquettes et des tables en bois usées, presque aucun éclairage, et quelques poivrots éclusant leur bière. Assis sur une banquette, un jeune fume une cigarette. Ou un pétard... Jean commande une pression à la femme brune qui officie derrière le bar, pose ses deux bagages et demande s'il peut les abandonner quelques instants. La femme acquiesçant, il fonce aux toilettes. Quand il en revient, la femme brune dépose devant lui le verre de bière. Tout en spéculant sur le prix de cette bière salvatrice, il observe l'étrange serveuse. Une quarantaine d'années, deux anneaux métalliques plantés l'un dans un sourcil et l'autre dans une narine, et une coiffure « afro » lestée de mèches rouges et vertes. Le « marcel » qu'elle porte laisse apparaître des tatouages colorés le long du cou et des bras. Avec une voix toute douce et un gentil sourire, elle lui demande 22 couronnes. Il les lui tend, sentant peser sur lui des regards curieux. Engager la conversation et demander des suggestions pour passer la nuit serait peut-être une bonne idée, mais Jean y renonce quand l'un des soûlots, plus éméché que les autres, le prend par l'épaule et l'entreprend en danois. Il essaie de se dégager en douceur jusqu'à ce qu'un des autres buveurs, un gros type avec un catogan et un ventre d'amateur de Tuborg, attrape son collègue par le col.

Jean reprend ses bagages. Quand il retrouve la rue, il est environ 21 heures et il fait encore jour. Il est arrivé par le sud, il repart donc vers le nord. Dans la rue piétonne, les autres cafés et restaurants sont spacieux, éclairés et animés. Il se demande, sans trouver de réponse claire, pourquoi il a choisi d'entrer dans cet assommoir nordique plutôt que dans un de ces établissements plus pimpants. En attendant, il le voit bien, il est reparti pour une nuit à la belle étoile. Dès la sortie de la ville, la route traverse une forêt. Comme le trafic est encore assez dense, il préfère s'éloigner. Il dépasse une grande ferme au nom imprononçable, Traevaengenegaard, puis arrive devant un hameau nommé Graesbjerg. Les trois maisons sont à vendre et semblent inhabitées. Il attend et observe

Une fois la nuit tombée, Jean est un peu rassuré, aucune activité n'est visible, il gagne le groupe de maisons. À l'arrière d'une d'entre elles, il choisit un appentis au sol en terre battue, tandis que la pluie redouble et que l'humidité s'installe. « Maison à vendre » ne veut pas dire automatiquement maison abandonnée. Inquiet du moindre bruit et de l'éventualité de se retrouver face à des habitants rentrant chez eux au cours de la nuit, il ne trouve pas le sommeil avant les contreforts de l'aube.

Samedi 28 mai – jour 18

La pluie n'a pas cessé mais les éventuels occupants de la maison ne se sont pas signalés au cours de la nuit. Jean patiente avant de se lancer sur la route. Le passage de quelques voitures devant le hameau le décide à repartir. En suivant la direction de Copenhague, après quelques kilomètres, Jean retrouve la mer face à lui en arrivant dans le village de Kalvehave. Une église, entourée d'un cimetière marin, se dresse sur le bord de la route. Comme toutes les autres églises que Jean a croisées précédemment, elle est de dimension modeste avec des murs pâles et un clocher effilé en tuiles rouges. Jean aimerait pouvoir s'y abriter pour ne plus recevoir la pluie, malheureusement la porte est verrouillée. Il fait le tour du bâtiment en espérant trouver quelqu'un qui pourrait lui ouvrir l'accès, mais ne croise personne.

Le porche de l'entrée offrant un peu d'abri, Jean s'y assied et observe ce cimetière de bord de mer. Les emplacements réservés aux tombes consistent en une mosaïque de rectangles de deux mètres carrés environ, tous de la même taille, délimités par des bancs de bruyère d'une quarantaine de centimètres de haut. Au milieu de chaque rectangle, une pierre taillée grossièrement en forme conique porte le nom du défunt ainsi que ses dates de naissance et de décès. La seule variante notable dans cette harmonie paysagère est la taille des pierres dont la hauteur varie de cinquante centimètres à un mètre.

Les plus grandes aux plus riches ?

Jean reprend une route qui descend en pente douce vers la mer quand un double coup de klaxon le surprend. À sa hauteur s'arrête une Volvo break dans laquelle Jean distingue trois jeunes gens. Le passager assis à l'avant, un jeune homme d'une vingtaine d'années, lui adresse la parole en danois. Jean répond en anglais qu'il ne parle pas danois, alors le jeune homme reprend dans un anglais impeccable :

— Vous allez mourir sous la pluie, venez, on vous emmène. Où allez-vous ?

— Je dois aller à Copenhague.

— Super ! Montez, on va vous avancer un peu.

La bonne humeur est manifeste. L'un des jeunes descend et ouvre le hayon pour qu'il puisse y poser ses deux bagages.

Une jeune fille est au volant. À côté de Jean, sur la banquette arrière, s'installe le jeune homme qui était descendu pour les bagages. La voiture repart, la musique est à fond, les trois jeunes gens chantent à tue-tête sans plus faire attention à leur passager. Ravi de cette aubaine, Jean se cale dans son siège, heureux de se laisser porter par le remarquable sens de l'hospitalité de ces pays du Nord. Son voisin et son ami assis devant lui échangent une cigarette qu'il identifie instantanément tout en se réjouissant de constater que la conductrice ne fume pas. La voiture emprunte un pont d'un demi-kilomètre de long et poursuit sa route à travers un paysage rural qui ressemble à celui de la veille. Des cultures, des forêts, des fermes aux murs rouge sang ou jaune poussin. Après quarante-cinq minutes, sur une route forestière, la conductrice stoppe au milieu d'un croisement. Aucune parole n'a été échangée, comme si Jean n'existait pas. Le voisin de Jean descend, sort le sac à dos et l'étui à violon du hayon et invite Jean à descendre.

— Vous êtes sur la bonne route, nous, on va maintenant dans la direction opposée. Au revoir, monsieur, et bonne promenade.

Confiant et reconnaissant, Jean répond par un geste d'adieu chaleureux aux coups de klaxon de la Volvo qui s'éloigne et se tourne vers les poteaux indicateurs plantés autour du carrefour. Tous les noms sont rédigés en petits caractères et semblent n'indiquer que des lieux-dits. Rien qui pourrait ressembler à une route nationale et encore moins à la direction de Copenhague. Et la pluie, toujours la pluie même si l'arrivée d'une éclaircie se profile. Jean n'est pas encore conscient de la blague stupide, gratuite et méchante dont il a été victime. La voiture étant partie tout droit après le carrefour, il choisit de prendre à gauche. Le soleil est totalement masqué, il est impossible de déterminer où se trouve le nord. Il reprend sa marche au jugé.

Quand arrive enfin l'éclaircie espérée. Jean s'assied sur un talus en bord de forêt et étend sa parka afin de lui permettre de sécher un peu. Quelques très rares voitures passent. Pendant plus d'une heure, il tente de les arrêter pour demander son chemin mais sans succès jusqu'à ce qu'une femme et une fillette, toutes deux vêtues d'anoraks fluo, passent à bicyclette et s'arrêtent devant lui. La femme pose une question à Jean qui lui répond en anglais ne pas comprendre le danois. Sur un ton autoritaire, la femme lui repose la même question cette fois en anglais :

— Que faites-vous ici ?

— Je me rends à Copenhague. J'ai fait de l'auto-stop et on m'a déposé ici, en me disant que j'étais sur la bonne route. Mais je suis incapable de me repérer.

— Vous êtes français ?

— Oui.

La conversation se poursuit alors en français, la femme parle un français parfait et n'a pas le moindre accent. Le ton est à peine aimable. Si cette femme est une résidente du coin, il est normal qu'elle se renseigne sur les inconnus. Jean se montre le plus courtois possible.

— Donc on vous a dit que vous étiez ici sur la route de Copenhague ?

— Oui, c'est ce qu'ils m'ont dit.

— Qui cela, « on » ?

— Les trois jeunes qui m'ont déposé ici, après m'avoir pris en stop. Ils avaient une Volvo break bleu clair.

— Vous venez d'où, monsieur ?

— De Vordingborg.

— De Vordingborg pour aller à Copenhague ! Et c'est par ici que vous passez ! Vous vous êtes éloigné totalement de la bonne route. Nous sommes ici dans l'île de Møn, c'est une impasse, il faut repartir d'où vous venez, repasser le pont à Kalvehave et retrouver la route vers le nord. Ils se sont moqués de vous, ces jeunes. C'est de très mauvais goût et je vais me renseigner pour savoir qui ils sont. Une Volvo break de couleur bleue, vous m'avez dit ?

— Bleu clair.

Jean est à moitié surpris. La musique à fond, la rigolade et le pétard qui circulait dans la voiture sans qu'on fasse attention au passager...

— Les jeunes qui viennent ici camper pour le week-end sont souvent des étudiants qui font la fête. L'île de Møn est un lieu de vacances et de tourisme, nous avons les plus belles falaises de toute la mer Baltique. Vous planter ici pour vous mettre dans l'embarras, ça a dû les amuser. Mais, dites, les marques sur votre visage, ce n'est pas eux, quand même ?

— Non, ça s'est produit à Paris, il y a quelques jours. Dans le métro, j'ai reçu des coups.

— Je connais le métro à Paris, parfois ça craint. Et vous allez à Copenhague ?

— Exact.

Le ton est devenu plus aimable.

— Vous êtes trempé, je vais vous aider à retrouver la bonne route. Il faut réparer ce que ces petits voyous ont fait, je vous reconduirai à Stege.

La femme remonte sur sa bicyclette et indique une des routes.

— Suivez cette direction et entrez dans la première maison que vous trouverez à un kilomètre sur votre gauche. C'est chez moi. Je vais devant avec la petite. À tout de suite. Marchez sur la route, on peut se faire mordre par des serpents dans le sous-bois, on ne sait jamais.

La fillette a environ six ans. La femme a une soixantaine d'années, elle doit être sa grand-mère. C'est une femme mince, de taille moyenne, aux traits réguliers, aux yeux d'un bleu profond. Sous son bonnet blanc en laine, ses cheveux, un mélange de blond et de blanc, tombent librement sur ses épaules. Les deux bicyclettes s'éloignent, Jean marche à leur suite et parvient, comme indiqué, devant une grande maison rectangulaire de plain-pied, aux murs blancs à colombages et au toit de chaume. Sur la façade, un escalier et une terrasse peinte en blanc mènent à la porte d'entrée. Jean dénombre douze fenêtres. Sur la gauche de la maison, le garage est ouvert. Il abrite une grosse Mercedes, une Ferrari et une vieille Citroën Mehari.

Je ne suis pas chez des pauvres…

La grand-mère au beau regard apparaît sur la terrasse et invite Jean à entrer. Il avance timidement, pose ses sacs et sa parka dans le vestibule et entre dans un immense salon dont les murs sont couverts de tableaux d'art contemporain. Le mobilier est moderne aussi et de couleurs claires. Quant à la télévision, il n'a jamais vu un moniteur de si grande taille. La fillette croisée sur la route est là avec une jeune femme, sa mère sans doute. Jean est gêné, ses chaussures de marche sont sales et trempées, il les désigne à la jeune femme et s'adresse à elle en français.

— Excusez-moi, mais mes chaussures sont trempées, je suis en train de salir le sol.

Elle répond en anglais :

— Ne vous inquiétez pas, les parquets ça se nettoie. Mais je ne parle pas le français aussi bien que ma mère.

La femme rencontrée sur la route les rejoint.

— Mettez-vous à l'aise, on va vous servir quelque chose de chaud. Commencez par vous asseoir. Thé, café, chocolat ?

— Café, avec plaisir, merci beaucoup.

— Donc vous venez de France. D'où en France ?

— Du sud-ouest de la France, madame. Je m'appelle Pascal Cazals.

— Enchantée, monsieur Cazals. Je suis Madeleine Danielsen. Kristin est ma fille et Karoline ma petite-fille chérie. Que se passait-il donc dans le sud-ouest de la France pour qu'on vous retrouve ici perdu et trempé, avec un baluchon ?

— Je suis médecin, médecin à la campagne. Mais je fais un break car je n'ai plus de famille, suite à un accident. Alors je respecte un engagement pris devant ma femme, pour le cas où un jour je me serais retrouvé veuf, je vais en Arctique. J'y vais pour soigner les Esquimaux.

Jean est terrorisé à l'idée que ces personnes si bien disposées à son égard le prennent pour un va-nu-pieds. On aura certainement quelque considération, dans ce genre de famille bourgeoise, pour un médecin mais aucune pour un clodo et guère plus pour un illuminé. Kristin apporte un grand bol de café au lait et deux biscuits. Les deux femmes ont la délicatesse de ne pas chercher à l'interroger sur la perte de sa famille. En revanche, l'idée d'aller exercer la médecine dans les populations du Grand Nord les surprend et les amuse. Pour elles, ces terres extrêmes sont des pays de sauvages où il n'y a rien d'intéressant. Manger du phoque à tous les repas, non merci…

— Vous parlez un français absolument parfait, madame. Comment ceci se fait-il ?

— J'ai vécu à Paris durant presque toute ma vie professionnelle. Dès la fin de mes études ici à Copenhague, je suis allée travailler pour la Maison du Danemark à Paris. J'en suis devenue la directrice en 1992. En plus des activités culturelles et de promotion, j'avais sous ma responsabilité deux restaurants danois sur vos Champs-Élysées. En 2002, nous avons tout rénové, la reine Margrethe est venue pour l'inauguration en compagnie du prince Henrik, son mari, qui est comme vous un Gascon. Mais du Lot, pas de votre coin.

Jean se retourne vers la femme plus jeune et enchaîne en anglais :

— Et vous, madame, vous ne parlez pas du tout français ?

— Mes parents ont préféré me mettre en pension ici au Danemark. J'y ai fait toutes mes études de médecine et je crois que je n'avais pas, comme ma mère, un don pour les langues étrangères.

— Vous êtes médecin ?

— Dermatologue.

Kristin est donc une « collègue » dans le corps médical. Jean se lance :

— S'il vous plaît, est-ce que je pourrais profiter de votre savoir-faire pour enlever les fils des points de suture de mes lèvres ? Ils me gênent et je constate que c'est assez bien cicatrisé maintenant. Si vous avez une pince à épiler et des petits ciseaux pour les ongles, on pourrait le faire. Il faut juste plonger au préalable les deux outils dans de l'eau bouillante pour les stériliser.

Kristin le conduit dans une salle de bains de la taille d'un salon et apporte le nécessaire. Sous le contrôle attentif de la jeune femme, il enlève lui-même les fils. Une fois cette opération achevée, il constate avec satisfaction que les plaies sont convenablement refermées même si la lèvre inférieure reste boursouflée.

— Kristin, je conduis le docteur à Stege et je fais juste l'aller-retour. S'il te plaît, prépare le déjeuner, il sera déjà midi à mon retour. Il y a tout dans la cuisine pour préparer des smorrebrods.

Au Danemark, on ne déjeune pas à l'heure espagnole.

Jean aurait préféré qu'on lui propose de partager le repas. Depuis le petit déjeuner de la veille, il n'a mangé que deux pommes et les deux petits biscuits. Pudiquement, il reste sur la réserve. Madeleine l'invite à le rejoindre dans la Mercedes où elle se révèle assez bavarde, évoquant un peu de l'histoire de la famille. Après le décès de ses parents, Madeleine a abandonné son travail à Paris pour retourner vivre au Danemark et avec son mari reprendre les affaires familiales, toutes dans le domaine agroalimentaire. Le Danemark est un important pays céréalier et, depuis plusieurs générations, la famille de Madeleine cultive des centaines d'hectares de blé et d'orge. Tuborg et Carlsberg obligent...

— Monsieur Cazals, que comptez-vous faire à Copenhague ?

— Je pense que c'est dans une capitale que je trouverai avec le moins de difficultés le moyen d'aller dans le Grand Nord.

— C'est logique. Vous connaissez du monde à Copenhague ?

— Non, personne.

— Personne, vraiment ? Ma sœur aînée y habite. Vous pourrez aller la voir de ma part, je suis certaine que vous lui plairez.

Madeleine esquisse un sourire. Jean devine un sous-entendu mais ne s'autorise pas à chercher à savoir.

— Elle n'a pas de téléphone portable, elle n'a pas de téléphone du tout d'ailleurs. Je ne peux pas la prévenir. Elle est un peu spéciale, pour elle la Terre s'est arrêtée de tourner au début des années 70 quand elle s'est installée à Christiania. C'est ma sœur « *peace and love* ». On s'aime bien mais nos modes de vie sont assez éloignés. Pour ne pas dire plus… Elle est restée scotchée à Woodstock et à l'île de Wight pour résumer. Une vraie hippie, vraie de vraie. Vous la trouverez dans ce quartier qui s'appelle Christiania. Tout le monde la connaît sous son surnom : Madam Nogle, ce qui veut dire Mme la Clé. Son vrai nom c'est Annelise Kjeldsen. Elle est une des pionnières de ce lieu singulier, elle en est une sorte d'administratrice. Alors j'insiste, si vous allez la voir, dites-lui bien que c'est moi qui vous envoie, c'est indispensable.

Jean a compris le sens du sous-entendu.

— Je vous remercie vraiment, c'est bien clair pour moi. Et Christiania, c'est proche de Copenhague ?

— C'est dans Copenhague. C'est un quartier. Vous n'aurez aucun mal à vous faire indiquer le chemin.

Une vingtaine de kilomètres plus loin, l'éclaircie ayant été de très courte durée, la pluie reprend. Madeleine dépose Jean devant l'église de Stege, dans la seule et unique rue qui traverse le village.

— Vous êtes de retour à Stege, par où vous étiez passé plus tôt. Le pont est devant vous à quelques minutes. Stege est plutôt une toute petite agglomération comme il y en a dans les westerns : une route qui traverse, des constructions de part et d'autre de cette voie unique et rien autour. Lorsque je vous aurai déposé, vous devrez continuer tout droit vers l'ouest jusqu'au pont et traverser pour rejoindre l'autre rive à Kalvehave, là où les petits plaisantins vous ont abordé. Ensuite, prenez bien la direction du nord. Si vous voulez vous abriter de la pluie, vous pouvez peut-être entrer provisoirement ici dans l'église. Cette église est originale, vous verrez, jadis un artiste l'a décorée de fresques naïves, comme des bandes dessinées. C'est splendide et c'est un authentique trésor, ces fresques ont plus de cinq cents ans.

Jean remercie Madeleine et se réfugie un moment dans l'église déserte. Il observe les peintures en traits rouges et noirs, assez délavées et effectivement naïves. Les œuvres recouvrant l'intégralité du plafond évoquent la Bible. Mais pour Jean, cela ressemble plus aux dessins que faisait Anne quand elle était en CP. Malgré la pluie, il décide d'explorer la rue principale de Stege. En passant, il a repéré deux supermarchés aux noms nouveaux pour lui, Rema 1000 et Super Brugsen, où il espère pouvoir récupérer des invendus ou des invendables en faisant le tour des bâtiments. La tentative est vaine, les portes arrière sont fermées et aucun employé ne se manifeste. Il décide de repartir sans entrer acheter même un sandwich, pour préserver les rares couronnes qui lui restent en poche. Après avoir repassé le pont, il se trouve à nouveau devant le cimetière marin de Kalvehave d'où il oblique, cette fois, dans la bonne direction. Un panneau qu'il n'avait pas vu le matin indique la direction de Copenhague. La ville de Praesto est à dix-sept kilomètres, il se la fixe comme objectif. Sous une pluie continue, il longe des champs et des forêts, quelques hameaux et des fermes isolées en léger retrait de la route.

Jean a repris sa marche rapide et concentrée, mais peu à peu la fatigue s'installe. Les kilomètres accumulés, le poids des deux bagages et la douleur dans les côtes, la nuit ni confortable ni vraiment reposante à même le sol, tous ces éléments ont ravivé la souffrance. Une fatigue morale aussi, sournoisement présente, sans doute liée à la faim et à la pluie persistante. Parfois, il fait un détour pour aller voir si devant une ferme ou une maison on aurait disposé un petit étal pour les personnes de passage, mais sans succès. Juste des détours fatigants et infructueux. Quand le moral chute, le corps peut décider d'aggraver la punition et c'est ce qui se produit sur la route de Praesto. Jean a eu froid au cours de la nuit et sent bien qu'il est fiévreux. Il s'est assis sous un arbre, pour souffler un peu, et en se relevant a senti un étourdissement. Pendant quelques secondes, le paysage s'est mis à tourner autour de lui. Il se sait en état d'hypoglycémie. À l'approche du village, il longe une station-service au toit rouge et blanc. Une marque qui lui est inconnue, *Circle K*. Il entre dans la petite boutique en saluant le jeune homme qui officie derrière le comptoir. Les toilettes sont propres mais minuscules et s'y laver entièrement n'est pas envisageable. La bonne nouvelle, toutefois, est que son œil au beurre noir est maintenant moins perceptible. Dans la boutique, confronté aux photographies de hamburgers et cheeseburgers affichées sur le mur derrière le comptoir, Jean décide de ne pas résister. Il commande un hamburger que le jeune homme prépare au four à micro-ondes, hamburger qu'il accompagne d'un café. Jean s'assied sur un banc devant l'entrée et croque avec intense soulagement dans son sandwich. Pour 30 couronnes, il ne s'est pas ruiné. Mais il ne lui reste plus que 256 couronnes. Une misère pour gagner le Grand Nord.

La route longe maintenant la mer et mène à une petite marina peu animée en raison de l'heure et de la pluie. Praesto est un village de pêcheurs, sa marina n'abrite que des petits bateaux à moteur. Malgré le hamburger bienfaisant, les jambes sont dures et les épaules contracturées, épaules sur lesquelles pèsent un peu plus chaque jour le sac à dos et l'étui à violon. Jean a besoin à nouveau de s'asseoir et de réfléchir. Quand enfin arrive une éclaircie, il s'engage sur la route qui longe la côte en ayant l'intention de s'arrêter dès qu'il trouve un endroit isolé et raisonnablement confortable. C'est chose faite dès la sortie de Praesto, un coin de forêt à proximité d'une plage et d'un camping, mais suffisamment à l'écart pour que les personnes groupées autour d'un feu de camp, à une soixantaine de mètres, ne le remarquent pas. Il s'endort sur le sable, se réveille par intermittence à différentes heures de la nuit, craignant d'être surpris par une ronde de flics ou des amoureux en quête de tranquillité. Les heures du petit matin sont les pires moments d'insomnie et d'angoisse, mais ce repos incomplet a la vertu d'effacer une partie de la fatigue.

Dimanche 29 mai – jour 19

Assis devant la mer aux premières lumières du jour et dominant la plage encore déserte, Jean réfléchit au chemin parcouru. La température est très fraîche mais il goûte le calme et la sérénité du lieu. À côté, le camping est encore endormi et il se laisse aller à la contemplation des vagues, des oiseaux, des nuages. Il y a une semaine à peine, il était à Tours et redoutait qu'on l'oblige à rentrer à la maison et de se trouver inculpé d'usurpation d'identité. Il est étonné et fier d'avoir réussi à se retrouver déjà à deux mille kilomètres d'Eauze. Dans l'ensemble, à part l'incident violent du métro, il mesure la somme de rencontres bienveillantes qu'il a faites. Comme si le destin tentait maintenant de se rattraper.

L'étape suivante sera la ville côtière de Rodvig, à une trentaine de kilomètres plus au nord. Resteront ensuite quatre-vingt-dix kilomètres pour atteindre Copenhague. Une ampoule au talon s'est formée, devenant très sensible. Ne pas y penser et marcher. Faute de sparadrap, Jean couvre la plaie avec une épaisseur de papier-toilette. Il ne pleut pas, mais d'épais nuages glissent sur les champs et les éoliennes. Il tente l'auto-stop mais sans succès, il passe peu de véhicules compte tenu de l'heure très matinale. Puis c'est le coup de chance :

alors qu'il n'a marché qu'une heure environ, un imposant camion s'arrête à sa hauteur et le chauffeur lui demande en danois d'abord, en anglais plutôt correct ensuite, s'il veut monter. Il accepte avec soulagement, il va cesser de souffrir de son ampoule. Ce camion, apprend-il, transporte des porcs vers un abattoir à l'ouest de Copenhague. Le chauffeur lui montre une carte routière et l'embranchement où il le déposera. Ce sera un gain inattendu d'une bonne soixantaine de kilomètres. Le destin continue à lui tendre la main. Le chauffeur est un gros costaud brun d'une cinquantaine d'années, avec des cheveux clairsemés coupés ras. Il ne s'est pas rasé depuis quelques jours et a l'air d'autant plus crasseux que son nez « en patate » est constellé de points noirs. Son oreille droite est ornée d'un anneau argenté. Un accoutrement repoussant qui contraste avec la propreté impeccable de la cabine.

Pour engager le dialogue, Jean glisse un petit compliment :

— Votre camion me paraît très bien entretenu et il est extrêmement confortable.

— L'outil de travail, c'est essentiel.

Quand il ne téléphone pas à sa femme, ce qu'il fait toutes les dix minutes, le chauffeur l'entretient des deux sujets qui semblent lui tenir le plus à cœur : les dangers encourus sur les aires d'autoroute et l'élevage porcin.

Jean apprend ainsi que sur les aires d'autoroute en Europe, tous les coups bas sont permis et généreusement distribués. Ce chauffeur qui s'appelle Christian (son épouse c'est Rikke, précise-t-il) raconte ce qui se passe la nuit quand tout le monde est censé dormir : bâches éventrées, vols de marchandises, vols de roues de secours, essence siphonnée...

Pour la filière porcine en revanche, l'heure est plutôt à l'optimisme.

— Vous savez combien on a de porcs dans notre pays ? Essayez, dites un chiffre.

— Euh… deux millions ?

— Dix millions. Dix millions, monsieur ! Avec mon 44 tonnes, je ne suis pas près d'aller pointer au chômage ! Et Rikke non plus. Elle a aussi son camion. Savez-vous ce qu'on en fait, de ces porcs que je conduis ce matin à l'abattoir ?

— Du jambon ?

— Du jambon, oui, mais aussi du bacon !

— Ah ! Oui, du bacon, c'est bien.

— Et ce sont les Anglais qui, après les Danois, sont nos meilleurs clients, on est leurs plus gros fournisseurs pour les « *eggs and bacon* » de leurs petits déjeuners.

— Ah, très bien. Mais permettez une question au routier que vous êtes : en France, les gens utilisent énormément les deux-roues pour leurs déplacements et ici je n'en vois pas, je m'en étonne.

— Les motos et les scooters, les Danois n'aiment pas trop ça parce qu'en ville ils doivent rouler uniquement sur les voies réservées aux deux-roues, les pistes cyclables. Vous voyez le problème ? Pour eux, c'est trop compliqué. Trop de contraintes. Vous avez quoi comme point de chute à Copenhague ?

— J'ai une amie d'amie à Christiania.

Jean ne s'attendait pas du tout à la réaction de Christian qui s'étouffe presque en éructant :

— À Christiania ! À Christiania ! Mais vous savez ce que c'est, Christiania ? C'est pourri, Christiania. Totalement pourri. Infect ! C'est le repaire de tous les trafics de drogue, des tarés, des bons à rien. Il faut raser Christiania, je vous le dis, c'est une honte pour le Danemark !

— Expliquez-moi. Je ne connais pas Copenhague, c'est la première fois que j'y vais et cette amie d'amie à Christiania est ma seule piste.

— Eh bien, vous verrez par vous-même. Une honte pour le Danemark, je vous dis. Et pourtant je suis une personne tolérante. Très tolérante, croyez-moi ! Nous, les Danois, nous sommes un peuple tolérant, mais il y a des limites !

Mal à l'aise, Jean réoriente la conversation sur les bienfaits de la viande de porc. Christian l'interrompt parfois pour continuer son dialogue intermittent avec la tout aussi bavarde Rikke, jusqu'à ce que le camion stoppe à une sortie d'autoroute.

— C'est ici que nous nous séparons. Vous allez reprendre la nationale qui est face à vous. Moi, je vais m'éloigner de Copenhague. Votre route longe la mer, allez vers Jersie Strand c'est à un kilomètre et, après ça, cap au Nord. Environ trente kilomètres encore pour Copenhague. Ensuite, pour vous rendre à Christiania, c'est en centre-ville, pas de souci, tout le monde connaît. Amusez-vous bien !

Le chauffeur salue Jean quand son portable sonne une nouvelle fois.

— C'est Rikke !

Jean s'en doutait un peu. Il regarde s'éloigner le 44 tonnes, ramasse son sac à dos et son étui à violon et prend la direction que Christian a indiquée. Très rapidement, la marche devient difficile, en raison des assauts permanents des cyclistes. Plus il avance, plus la zone est urbanisée. Aux routes de campagne ont succédé des avenues bordées de commerces au pied de petits immeubles. Les jambes redeviennent dures et les épaules fatiguent, l'ampoule du pied n'arrange rien. Il se fait violence, il ne doit pas flancher, d'autant plus qu'il est arrivé en zone périurbaine et que maintenant dormir dehors sera un problème. Il faut arriver à Christiania, même si rien ne garantit qu'il y sera bien accueilli. Il n'est que 8 heures du matin. En avançant bien, il pourra arriver au centre de Copenhague aux environs de 16 heures, aussi s'efforce-t-il de reprendre sa discipline de marche où chaque pas compte, accompagné d'une respiration bien calibrée. Mais l'attention permanente qu'il faut porter à tous les déferlements de vélos, surtout dès qu'il y a une rue à traverser, l'en empêche. Plus il avance vers le centre, plus les pelotons qu'il croise sont fournis. Malheur au touriste peu habitué qui ne poserait qu'un bout d'orteil sur la piste cyclable car il risque gros face à ce qui évoque une charge de cavalerie. Jean s'habitue à ce sifflement qui annonce ces pelotons. Certains vélos sont équipés de remorques plus ou moins volumineuses selon leur fonction. Quelques-unes servent à transporter jusqu'à trois enfants.

Vers 15 heures, il a l'agréable surprise de constater qu'il a gagné les jardins de Tivoli proches de Christiania. Il demande à nouveau son chemin et note soigneusement les noms propres qu'il doit se remémorer : traverser le prochain canal qu'il va croiser pour gagner l'île de Christianhavn, prendre l'avenue Torvegade dans le prolongement du pont, traverser un autre canal, puis obliquer à gauche dans Prinsessegade et un peu plus loin trouver l'entrée de Christiania sur Pusher Street. Une heure de marche tout au plus, lui indique-t-on.

Arrivé dans Pusher Street, il repère immédiatement l'entrée de Christiania, matérialisée par une arche rouge de deux ou trois mètres de large et à peine plus en hauteur. Sur l'arche figure simplement l'inscription : *Christiania*. On dirait l'entrée d'un parc. À côté de l'arche, assis sur le sol, un garçon d'une trentaine d'années, cheveux jusqu'aux épaules et torse nu, chante en s'accompagnant à la guitare. La soucoupe posée entre ses jambes est vide. Juste derrière l'entrée, une pancarte indique en anglais et en danois qu'il est interdit de filmer ou de photographier. Au premier abord, Jean se demande bien ce qu'il y aurait à filmer ou à photographier. Ce qu'il a sous les yeux est une sorte de grand jardin public délabré, entièrement piétonnier, avec des bâtiments en brique d'un étage ou deux, tous couverts de tags. Une foule de tous âges y déambule. Par endroits, des statues faites de fil de fer et de tissus déchirés.

Il avance au hasard et découvre un peu plus loin un bar et un restaurant qui contrastent avec le reste de l'environnement car ils semblent correctement aménagés et les terrasses sont peuplées de consommateurs. Il se rend au comptoir du restaurant et demande à une serveuse si elle peut lui dire comment trouver Annelise Kjeldsen.

— Vous cherchez Nogle ? Regardez par là, vous voyez le lac ? Elle habite de l'autre côté, c'est la maison en bois qui a un ciel avec des nuages peint sur les façades.

Jean prend la direction indiquée quand un homme assez jeune l'aborde et lui pose une question en danois. Il répond qu'il ne comprend pas, alors le jeune homme lui montre une table sur tréteaux où sont disposés des petits paquets d'herbe enveloppés dans des sacs en plastique translucide. À proximité, d'autres tréteaux et, tout autour, des clients en nombre. Le commerce ne s'exerce pas sous le manteau, c'est bien un marché de drogue. Vendeurs et clients bavardent dans la bonne humeur, sans se cacher du reste des passants. Jean refuse les offres parfois insistantes et se dirige vers le lac. Il est encore sollicité plusieurs fois par des vendeurs d'herbe avant d'arriver devant la maison en bois aux belles peintures évoquant un ciel d'été. Une maison de petite dimension qui ressemble à un chalet de montagne. Deux pièces au niveau du sol et un grenier sous le toit pointu. Pas de sonnette, Jean frappe à la porte. Annelise vient lui ouvrir, c'est presque le portrait de sa sœur cadette mais au minois sérieusement raviné. Elle a dû fumer comme un sapeur en omettant d'hydrater sa peau. Soixante-dix ans, un visage régulier qu'encadrent des cheveux gris un peu sales qu'elle laisse pendre sur ses épaules. Les yeux sont bleus, comme ceux de sa sœur Madeleine, mais ils sont bien cernés et lui donnent une allure fatiguée. Une paire de lunettes de vue est suspendue à son cou par un cordon ; elle les ajuste et le dévisage. Immédiatement, elle a compris que l'inconnu est un routard. Le ton n'est pas pour autant désagréable.

— Que voulez-vous ?

— Je suis envoyé par Madeleine, votre sœur. Je l'ai vue hier dans l'île de Møn. Elle m'a dit qu'elle ne pouvait pas vous prévenir de ma visite, mais de m'adresser à vous en arrivant, que peut-être vous seriez en mesure de m'aider un peu.

— Ma sœur ? Vous connaissez ma sœur ? Elle s'appelle comment ?

— Madeleine.

— Madeleine comment ?

— Danielsen. Et sa fille Kristin, la dermato, je la connais aussi. Vous pouvez me croire, je viens bien de la part de Madeleine.

— Entrez. Vous êtes sans doute français ?

Soulagé, Jean pénètre dans le chalet et note aussitôt une odeur de cannabis. Annelise l'invite à s'asseoir devant elle sur des coussins constellés d'éléphants et de bouddhas. Elle est vêtue d'une ample chemise bleue à manches courtes et d'une longue robe de même couleur qui recouvre ses pieds nus. En fond sonore, il croit identifier un morceau de sitar.

— C'est bien la première fois que ma sœur me recommande quelqu'un. Ma sœur et moi, on s'entend bien mais on a des styles de vie un peu différents. Vous la connaissez d'où, ma sœur, de Paris ?

— Non, je l'ai juste rencontrée hier à l'île de Møn, avec sa fille Kristin et sa petite-fille. Je lui ai dit que je venais à Copenhague et elle m'a conseillé de venir frapper chez vous.

— Parce que vous n'avez nulle part où aller ?

— Oui, c'est ça. Je suis de passage. Depuis le sud-ouest de la France, je marche et je cherche à aller dans le Grand Nord.

— Dans le Grand Nord ? Quelle idée saugrenue ! Si ça ne vous effraie pas de dormir sur un sommier, je peux vous héberger un jour ou deux dans le grenier, pour vous rendre service. Surtout pour ma sœur… J'ai du thé vert, vous en voulez ?

— Oui, avec plaisir. Et je n'abuserai pas, soyez sans inquiétude, dès que j'aurai repris un peu de force et que mon ampoule au pied aura disparu, je poursuivrai ma route. Je ne resterai pas plus qu'un jour ou deux, c'est déjà tellement aimable de votre part.

Le grenier déborde d'un empilement de meubles anciens abîmés et de boîtes contenant des bijoux de pacotille. Le sommier lui semble réconfortant après les deux nuits précédentes passées en plein air.

— Vous dînerez avec nous ?

L'offre qu'il espérait tant. Peu importe qui sera « nous ».

— C'est vraiment très gentil, merci.

Réconforté par l'idée d'un dîner, lui qui n'a rien mangé depuis le petit hamburger de la veille se dit que devenir progressivement un parasite n'a rien de bien honorable et qu'il doit se reprendre. Même s'il se considère comme un mort-vivant, le côté « vivant » devrait peut-être s'efforcer de gagner son pain avant de le manger.

— Reposez-vous, prenez une douche, on dînera dans une demi-heure. Je vais vous indiquer la salle de bains.

Quand Jean est propre et rasé, ses vêtements portent encore les stigmates des marches sous la pluie et des nuits à la belle étoile. Annelise est assise avec un couple de son âge et deux femmes plus jeunes, d'une cinquantaine d'années. Les tenues sont simples et banales, pantalons de toile et T-shirts. Tous ont les pieds nus. Les femmes portent des cheveux longs et n'ont aucun maquillage. Le groupe est installé sur les coussins autour d'une table basse où il aperçoit avec émerveillement deux grands saladiers bien remplis.

— Pascal, je vous présente mes amis. Voici Jonas et Kirsten, et voici Melody et Anna. Ils font partie de notre communauté.

Jonas se lève pour lui serrer la main. Les femmes restent assises sur leurs coussins et se contentent d'un signe de tête. Il est un peu gêné de se présenter avec ses chaussures de randonneur, aussi se met-il lui aussi nu-pieds.

Les amis d'Annelise le questionnent et Jean raconte une partie des événements récents. Avec ces marginaux sympathiques, il estime ne pas prendre le risque d'un signalement et d'un rapatriement. Alors, pour la première fois en détail, il décrit le car qui prend feu, la disparition de sa femme, de sa fille enceinte, du futur père de l'enfant, et de ses amis d'enfance. Il n'évoque pas sa fuite immédiate après l'accident, mais explique qu'après ses missions humanitaires au Soudan l'envie lui était venue d'une vie nouvelle loin de ses bases, dans les communautés du Grand Nord. Cette version a tout pour plaire à son auditoire, naturellement enclin à une grande sympathie pour tout engagement quart-mondiste passé ou futur. La sympathie croît un peu plus encore quand il confesse gagner un peu d'argent en jouant du violon pour les passants, finançant ainsi son errance. Pas de téléphone, pas de carte de crédit ! Il est un hippie qui s'ignore.

Tout en se régalant d'un repas macrobiotique (soupe de légumes et riz complet avant que l'on entame les salades), expérience culinaire intéressante, il apprend l'histoire de la « ville libre autoproclamée de Christiania ». Annelise, Jonas et Kirsten furent parmi les pionniers.

— En 1971, raconte Kirsten, nous avons, avec Nogle et un petit groupe d'amis qui étaient déjà dans notre mouvance, squatté cet endroit. Ce n'était alors qu'un terrain militaire à l'abandon. L'État nous a laissés faire au début et notre communauté s'est agrandie au fil du temps avec des personnes qui sympathisaient avec notre philosophie et notre désir d'un mode de vie alternatif. On a assez vite atteint le millier.

— Combien d'habitants comptez-vous maintenant ?

— En tant que résidents, on est toujours officiellement aux environs de mille. On a notre propre drapeau, trois ronds jaunes sur fond orange. Nos assemblées de quartier règlent les problèmes de la communauté.

— Après être pénétré à l'intérieur de Christiania, j'ai été sollicité et même harcelé par des vendeurs de drogue. Ça fait partie de ce que vous considérez comme des problèmes pour la communauté ?

Annelise répond plutôt sèchement :

— Attention aux termes qu'on utilise. On ne doit pas, ici, parler de drogue. Et encore moins penser qu'il pourrait y avoir un problème. L'herbe est en vente libre et, heureusement, on ne doit pas la confondre avec de la drogue. La drogue c'est l'héro, la cocaïne et aussi toutes ces merdes de synthèse hyper dangereuses. Et ça, croyez-moi, c'est totalement interdit chez nous. Nous ne laissons pas ces produits entrer ici.

— Les produits de la famille du cannabis, enchaîne Jonas, nous disons pour notre part que ce sont de légers euphorisants avec en complément des vertus thérapeutiques. Ceci n'a aucune raison de s'apparenter à des drogues.

— Des vertus récréatives aussi, tout bonnement, ajoute Anna. Nombreux sont les pays qui l'autorisent librement : l'Espagne, certains États américains, Les Pays-Bas… Pas encore chez vous en France, il me semble.

— En effet, ce n'est pas le cas, enfin pas encore, car il existe une sérieuse probabilité que la législation évolue vers une vente autorisée. Autorisée mais encadrée en raison de ce qui est considéré comme la nocivité de ce type de produit.

Se remémorant son expérience de médecin et sa propre, mais fâcheuse, tentative de « fumette » à Notre-Dame-des-Landes, il se retient d'aller plus loin. Pas de polémique inutile.

— Avec la Ville, tout n'a pas été facile tout le temps, tranche soudain Melody. On nous fournit en eau et électricité, que nous payons évidemment, mais il y a eu des périodes de fortes tensions. On a voulu nous chasser à plusieurs reprises. En 2007, on s'est carrément battus avec la police. Et puis ça s'est doucement apaisé. On collecte maintenant du fric pour racheter le lieu. Normalement, toutes les personnes qui passent ici doivent offrir un don pour permettre ce rachat. Il faut que cet endroit perdure, c'est aussi un laboratoire pour toute la société, utile pour préparer le monde de demain. Il y a des activités artisanales et culturelles. Anna et moi, nous donnons des cours de yoga. Annelise fabrique des bijoux. Jonas et Kirsten animent le théâtre. Au fond, nous sommes assez proches de ceux, parmi les écologistes, qui prônent la décroissance.

— Pour être honnête et compléter le tableau, la jeune génération a parfois du mal à s'adapter, reprend Kirsten. Nos deux fils travaillent à Copenhague, l'un dans une banque et l'autre dans une société d'informatique. Melody a une fille qui travaille à la réception d'un hôtel en centre-ville. Les jeunes ne suivent pas, ils sont happés par les pièges du monde moderne, smartphones, tablettes, etc.

— En effet...

Jean est partagé entre la sympathie qu'on lui manifeste et l'atmosphère autour de lui qu'il commence à ressentir comme presque malsaine. Il comprend bien que l'on puisse s'interroger sur la malbouffe, les OGM, la surinformation et le nucléaire, tous ces sujets évoqués au cours du dîner. Mais de là à se retirer du monde et ne rien faire, il y a une marge... S'il s'est retiré du monde aujourd'hui, il sait pourquoi. Il sait aussi ce qu'il a fait auparavant, « de son vivant ». Seize heures par jour à battre la campagne, au lieu de rester dans son fauteuil à pester contre l'incurie de la société contemporaine...

Ici aussi la vie s'apparente au conte raconté par un idiot, Shakespeare encore et partout décidément.

Lundi 30 mai – jour 20

Annelise vit seule et semble plutôt contente de partager son petit déjeuner. Sur la table, thé vert, fruits, pain de seigle et confitures.

— Tout est bio, indique-t-elle.

— Merci, Annelise. Vous êtes une hôtesse merveilleuse.

— Vous êtes le bienvenu dans ma maison, Pascal. Mes amis, hier soir, vous ont trouvé très sympathique. Quel horrible malheur, cet accident d'autocar ! Si vous le souhaitez, vous pouvez demeurer ici plus longtemps. Vous avez quoi, comme plan, en fait ? Le Grand Nord, est-ce vraiment sérieux ?

— Très sérieux. Je suis en route pour le Grand Nord et pour cela passer en Suède me paraît le plus simple, puisque la Suède est toute proche. Ensuite, je devrai poursuivre vers le nord de la Norvège. Parlons plutôt de vous. Donc vous vous êtes installée ici au début des années 70 ?

— Oui, dès la création de Christiania. On y a cru pour de bon à cette nouvelle façon de vivre. On a toujours la foi, ne vous méprenez pas, mais avec le temps notre ardeur et notre enthousiasme ont été un peu affaiblis. Nous étions sincères en créant notre propre communauté à l'écart du monde dit « officiel ». Aujourd'hui, pour parler avec franchise, le rêve est même en passe d'être terminé. Le monde moderne prend le dessus et finira par mettre fin au rêve. C'est ma grande crainte.

— Vous avez été heureuse ici, au moins pendant les premières années ?

— Franchement, ce fut merveilleux au démarrage. Mais le merveilleux n'a pas duré aussi longtemps que nous l'espérions. Par exemple, on a cru à la liberté sexuelle, et même ça, ça n'a pas marché si longtemps et si bien. En fait, c'était beaucoup plus une facilité dont les hommes profitaient... Assez vite, ensuite, les femmes ont réagi et les couples se sont formés et en quelque sorte cristallisés.

— J'allais vous demander comment, en dehors des commerces d'herbes thérapeutiques et récréatives, les habitants gagnent leur vie.

— Oh, moi, je fabrique et je vends des bijoux. Mais ça ne me suffit pas, même si je vis sans dépenser et si j'ai mon potager. C'est ma sœur Madeleine qui me soutient financièrement. Elle et son mari sont très riches, vous avez dû vous en apercevoir. Elle m'aime bien, ma petite sœur, malgré nos chemins de vie si différents. Enfants puis adolescentes, je l'ai toujours protégée et presque élevée car nous avons perdu notre mère encore très jeunes. Ce drame nous a considérablement rapprochées. Elle n'oublie pas cette période de notre vie, c'est pourquoi elle se montre si généreuse envers moi, encore quarante ou cinquante années plus tard, après toutes les utopies dans lesquelles j'ai trempé.

Jean comprend mieux la raison du traitement de faveur dont il est le bénéficiaire.

— Vous vous montrez très généreuse avec moi. Croyez que j'apprécie votre hospitalité, mais dès aujourd'hui, je dois commencer à chercher comment gagner un peu d'argent pour poursuivre mon voyage.

— J'ai peut-être une piste à vous proposer. Je vais vous présenter un jeune gars qui habite ici et travaille dans un restaurant en ville. Je connais le propriétaire, il est assez particulier mais ouvert. En attendant, venez avec moi dans le potager, nous allons choisir des légumes pour le dîner. Je tiens à vous garder pour ce soir, car nous aurons notre séance de méditation de groupe et vous devrez en faire partie.

— Je devrai en faire partie ?

— Vous ne pratiquez jamais la méditation ?

— Non. En tous les cas, probablement pas dans le sens où vous l'entendez.

— Vous verrez, c'est merveilleux. Vous y puiserez du recul et de la sérénité. Cette séance est un cadeau que je tiens à vous faire.

Dans le potager, Jean se détend à biner la terre puis à ramasser quelques légumes qu'il commence à préparer dans la cuisine. Un garçon d'une vingtaine d'années se présente. Brun de peau, barbu, souriant. Il s'adresse à lui en français avec un fort accent espagnol :

— Bonjour, moi c'est Jordi. Madam Nogle m'a demandé de vous emmener à mon restaurant, là où je travaille. Alors on y va, si vous êtes prêt. Elle a dit qu'elle vous prêtait son vélo.

Comme tout le monde ou presque, Jordi se rend à son travail à vélo et Jean doit faire de même juché sur un vélo de femme, heureusement à peu près à sa taille. Il redoutait le rude trafic des pelotons, mais tout se passe assez aisément tant qu'il colle minutieusement à la roue de Jordi. Il est plutôt fier de sa performance quand le jeune homme lui fait signe de s'arrêter devant un café-restaurant avec une terrasse. L'établissement est situé dans une zone touristique, près d'un canal et d'un embarcadère de bateaux-mouches.

— *Café Cava*. C'est un restaurant espagnol ?

— Oui, plus exactement catalan. Viens, on doit d'abord aller voir le big boss. Je vais te présenter.

Le patron est attablé près du bar. Jean, qui n'est pourtant ni timide ni froussard, est tétanisé quand l'individu se lève. Il mesure deux mètres ou plus, a le crâne rasé entièrement et une barbe brune que ne renierait pas un ayatollah. Des bras énormes et un regard noir qui le mettent dans ses petits souliers. Le géant se sait impressionnant et en joue.

— Patron, c'est le docteur que Nogle m'a dit de vous amener, il joue très bien du violon aussi.

— Nogle ? Elle est carrément cinglée, cette vieille bique, et c'est pour ça que je l'aime bien. Un docteur, je n'en ai pas besoin, mais si tu veux tu peux jouer du violon pour les clients. On va faire un essai à l'heure du déjeuner. C'est très simple : si ça plaît, tu restes. Si les clients rouspètent, tu t'en vas. Reviens à 13 heures.

— Merci, monsieur, à tout à l'heure.

Jordi raccompagne Jean sur la terrasse.

— Jordi, je te remercie, je vais pouvoir tenter ma chance. Comment il s'appelle, ton Barbe-Bleue de patron ?

— Lars. Lars Larsen. C'est une célébrité ici à Copenhague. Il a été un joueur de handball de haut niveau, la star de l'équipe nationale. Champion du monde plusieurs fois, le gars. Tous les Danois le connaissent. Si tu lui plais, c'est le mec le plus sympa de la Terre, tu verras. Le patron a été pro de hand à Barcelone. Je ne suis ici que depuis trois ans mais je suis moi-même originaire de Catalogne et c'est pour ça qu'il m'a engagé. On sert de la nourriture danoise traditionnelle mais aussi des tapas et on a des vins espagnols.

— À tout à l'heure, je reviens à 13 heures, comme Barbe-Bleue m'a invité à le faire.

Après ces trois semaines d'errance et comme Annelise n'a évidemment pas de télévision, il aimerait lire un journal, français de préférence. Vainement, il cherche une boutique ou un kiosque qui vendrait des journaux. Son seul achat est un paquet de lessive dans une supérette. Tout en se promenant, il réfléchit à un programme musical « spécial touristes », programme qu'il doit imaginer international et entraînant. Il choisit des valses de Vienne, celles dont il se souvient. *Le Beau Danube bleu*, évidemment, morceau sur lequel on peut s'autoriser à broder à l'infini, la *Marche de Radetzky* et la *Valse des patineurs*. Il chantonne les mélodies en marchant.

Vers 13 heures, sur une terrasse presque pleine et sous le regard circonspect de Larsen, Jean attaque son programme. Retenir l'attention et le silence s'avère d'abord assez difficile. Les clients sont des touristes, de nombreuses nationalités sont représentées. À chaque table, on bavarde joyeusement et la priorité n'est pas le violoniste qui passe de travée en travée. Jusqu'à ce qu'un petit coup de pouce du destin se produise grâce à un groupe d'une demi-douzaine de consommateurs russes qui lui demandent de leur jouer *Kalinka*, en offrant un billet de 100 couronnes. L'enthousiasme bon enfant de ces touristes se transmet à la terrasse et une petite foule s'attroupe même devant le restaurant où les tables encore inoccupées se remplissent. Jean choisit de jouer dans la foulée la *Marche de Radetzky*. Il a frappé juste, les consommateurs tapent dans leurs mains. Larsen avance au milieu de sa terrasse et tape, lui aussi, dans ses mains. Jordi a un sourire complice qui signifie « je t'avais dit que l'endroit était bien ».

Jean fait ses comptes : 210,20 couronnes ramassées.

C'est presque 30 euros. Je me renfloue sérieusement.

Lars l'invite à manger un sandwich dans l'arrière-cuisine et s'assied face à lui.

— Jordi me dit que tu veux gagner de l'argent pour continuer ton voyage. J'ai une chose à te proposer, mais entends-moi bien, c'est du donnant-donnant : tu peux jouer du violon sur ma terrasse et dans mon restaurant, et moi je te donne à manger. Gratis. L'argent que tu récoltes, c'est pour toi. Tu joues bien du violon, je t'ai entendu. Je ne te taxe pas, ce qui est bien pour toi. En échange, pour tout le temps que tu es ici à Copenhague, tu habites sur mon bateau qui est amarré à Christianhavn. Tu es logé tous les jours ou plutôt toutes les nuits, mais avec une obligation : tu ne dois dormir qu'à partir de 3 heures du matin. Jusque-là, tu restes sur le pont, bien visible, et tu veilles.

— D'accord, mais pourquoi aussi tard ?

— Devine.

— Je ne sais pas. Des voleurs ?

— Parce que dans le coin, c'est bourré de junkies et parfois, la nuit, il y en a qui viennent se piquer sur mon bateau qui est un peu isolé, dans une anse très calme et peu passante. L'endroit idéal pour ces gens-là. Si quelqu'un reste à surveiller le bateau, c'est dissuasif, les mecs vont se piquer ailleurs. Ce que je te propose, c'est un job de gardien de nuit, nourri et logé, tu comprends ?

— Je croyais qu'à Christiania il n'y avait pas de drogues dures.

— Foutaises ! C'est ce que là-bas ils prétendent pour que la municipalité leur foute la paix. C'est ce que Nogle t'a dit. Nogle, elle ferait mieux de redescendre sur terre, mais dans son cas c'est trop tard... L'héroïne circule partout à Copenhague, tout comme les drogues de synthèse. Ces trafics sont entre les mains de gangs très dangereux. Ces gangs, le cannabis, ils n'en ont rien à branler, ça fait bien longtemps qu'ils sont passés à des activités beaucoup plus juteuses et laissent aux petits morveux de Christiania la liberté de faire joujou avec leurs sachets et amuser les touristes. Alors, que dis-tu de ma proposition ?

— Je dis oui. Mais dès que je suis prêt à reprendre la route, je m'en vais. Je ne suis que de passage, je veux réussir à atteindre le Grand Nord. Est-ce clair pour toi ?

— C'est OK, Pascal. Mais tu me dois au moins trois semaines, c'est le minimum. Sinon tu vas te faire foutre. Tu viens dès ce soir ?

— Non, demain seulement, s'il te plaît, ce soir j'ai une obligation chez Nogle.

— D'accord, alors demain matin à 10 heures on se retrouve au restaurant, ensuite je t'emmènerai voir le bateau.

Jean rejoue plusieurs fois au cours de l'après-midi, mais sans susciter le même enthousiasme. 65 couronnes à peine. Vers 18 heures, il reprend le chemin de Christiania par la piste cyclable, tandis que Jordi poursuit sa journée de travail. Son intégration aux pelotons, sans son équipier cette fois, est plus hésitante et lui vaut des remontrances multiples. Soutenir un train constant, dans un peloton, est très difficile pour le novice.

Logé et nourri, c'est énorme ce que Lars me propose. Même si objectivement ça ne lui coûte rien. Le service que je vais rendre doit être sacrément important.

En arrivant chez Annelise, Jean tend 300 couronnes à son hôtesse.

— Ceci est ma contribution, en échange de votre hospitalité, vous m'avez parlé du rachat de Christiania par ses occupants. Acceptez-le, je vous prie.

Annelise accepte sans la moindre hésitation. Trop tard pour regretter son don.

— Merci, Pascal. Le don pour le rachat des lieux, c'est la règle dans notre communauté. Merci de l'avoir compris et de l'avoir fait aussi rapidement. Comme il fait beau ce soir, nous ferons la séance de méditation dans le jardin. Vous verrez le bien que cela va vous faire.

L'idée est très loin de l'enchanter mais Jean ne froissera pas ses hôtes en boycottant la séance. Un peu hypocritement, il en rajoute :

— Je suis vraiment intéressé, merci de m'inviter.

Anna et Melody, les deux femmes rencontrées la veille, arrivent les premières, accompagnées d'un homme de l'âge de Jean, de taille moyenne, vêtu d'une longue chasuble blanche et chauve comme un œuf. Le pantalon, blanc lui aussi, est court et laisse apparaître des mollets épais. Les pieds portent des tongs.

Jean devine que cet avatar de Gandhi est le gourou local, celui qui va diriger la séance. Trois autres participants arrivent à leur tour, deux femmes très jeunes et Jonas, l'un des amis rencontrés la veille. Jean fait le compte, ils seront huit pour la méditation de groupe dans le jardin.

— Comme nous avons un nouveau, dit le gourou, et que ce nouveau venu que nous accueillons ne parle pas danois, je vais diriger la séance en anglais. D'accord tout le monde ?

Tout le monde est d'accord, on ne contredit pas le gourou... Les participants s'asseyent en cercle, côte à côte, et écoutent la voix de leur maître, calme, posée, sentencieuse.

— Prenez les mains de vos voisins et fermez les yeux. Ne serrez pas fort. Faites silence en prenant conscience de ce contact. Dans la vie quotidienne, trop souvent on regarde sans voir, on écoute sans entendre, on touche sans sentir.

Comme les autres, Jean se mure dans le silence en fermant les yeux. À sa gauche, il a Annelise et à sa droite Melody. Deux minutes se passent et le maître reprend :

— Respirez doucement mais profondément. Concentrez-vous sur votre souffle. Installez-vous dans ce souffle, c'est le souffle de votre vie. Laissez-vous aller avec lui, vous êtes à la dérive, comme sur un radeau sur un océan.

Les protagonistes dérivent sur l'océan, tandis que déjà Jean commence à trouver le temps long alors il cherche à s'installer lui aussi sur son radeau et entendre le clapotis des vagues. La première image qui lui vient est celle du tableau *Le Radeau de la Méduse* avec ses passagers mourant de faim et de soif. Pour chasser cette image, il se concentre sur son souffle.

— Ouvrez votre porte à vous-même. Accueillez cet étranger qui est en vous, et qui est vous aussi. Parlez-lui. Dites-lui qui vous êtes vraiment, dites-lui d'enlever les pensées et les souffrances qui l'enferment et le paralysent. Redonnez-lui la liberté. La liberté de respirer, de sentir, de vivre le moment présent, le seul qui existe, le seul qui compte. Oubliez le passé, écartez le futur qui n'est rien. Lâchez prise.

Le gourou fait une longue pause, rythmée par ses inspirations et ses expirations, puis il reprend ses indications chuchotées :

— Recommencez à sentir votre souffle, échangez ce souffle avec les autres personnes qui sont autour de vous.

Jean ne voit pas comment il pourrait échanger son souffle avec les autres participants. Involontairement, il ouvre la porte à ses cauchemars qui viennent le rejoindre sur l'océan.

Oublier le passé... Vite dit. J'ai beau écouter, j'ai beau lutter pour m'abstraire, le gourou a relancé le flash-back et c'est bien le pire des moments qui revient, le car qui flambe et les cris ! Hélène a forcément crié. Anne a crié aussi. Elles m'ont appelé à l'aide et je n'ai rien pu faire. J'aurais dû remonter dans le car pour aller les chercher et mourir avec elles. Et ne pas être ici à écouter un débile en tongs qui me dit que le passé ne compte pas.

Le débile en question reprend ses instructions, toujours en chuchotant :

— Nous avons tous des tourments, la vie quotidienne en distribue en permanence. Alors c'est dans ce moment de méditation que l'on prend conscience des œillères que nous nous sommes fabriquées et qui empêchent d'accepter les choses telles qu'elles sont. Celui qui reste en état de méditation peut se changer, se libérer, accepter les souffrances avec sérénité. Gardons encore le silence, restons immobiles.

Une demi-heure plus tard, tandis que le maître a conseillé de « sourire intérieurement à soi-même », Jean s'est repassé dix fois le film de l'accident. Puis il a dérivé doucement, influencé malgré lui par l'atmosphère qui règne dans cette séance de méditation, vers des images plus sereines. En particulier, celles de moments pendant lesquels ses enfants encore petits jouaient avec leur mère et leur grand-mère dans le jardin de Guinlet. Le gourou l'interrompt dans son évasion heureuse et déclare que la séance est terminée. Les participants se relèvent en silence, manifestement en état de totale béatitude.

— Pascal, vous avez bien profité de notre séance ? lui demande Annelise.

— Très bien, je me suis bien détendu, c'est une belle expérience. Je vous remercie de m'avoir intégré à votre groupe.

Demi-mensonge.

Kirsten et Jonas restent dîner tandis que le gourou et les autres adeptes de méditation se saluent et quittent la maison. Auparavant, Annelise le remercie publiquement pour sa contribution financière aux bonnes œuvres de la communauté, ce qui vaut au donateur de très chaleureuses manifestations d'estime.

Kirsten et Jonas partagent avec Jean et Annelise un nouvel excellent repas végétarien, occasion de plus pour les « Christianites » de déplorer l'état du monde extérieur. Y passent l'ordre politique mondial qui favorise une infime partie de la population et abandonne des milliards d'êtres humains à la pauvreté, les ressources de la planète qu'on épuise sans réserve, la souffrance animale dans les élevages et les abattoirs, les pesticides, la disparition programmée des espèces, les émissions de gaz à effet de serre, la pollution… L'avenir est résolument dans la « décroissance » et pas ailleurs.

Jean prend soin de faire semblant de se passionner. La musique de fond, celle de Ravi Shankar alterne avec celle d'autres artistes que Jean ne peut identifier mais qui sont tout aussi caractéristiques des années 60.

— Pascal, vous aimez Jefferson Airplane ?

— Je ne sais pas, Annelise, c'est un peu loin dans mes souvenirs.

Citant le gourou local, Annelise affirme sans douter que la méditation alliée aux médecines douces peut aider à guérir de nombreuses pathologies, tandis que l'industrie pharmaceutique « fait plus de mal que de bien ».

Jean ne contrôle pas sa réaction, c'est un réflexe :

— En tant que médecin, je pense qu'il faut être prudent quand on emploie le mot « guérir ». Oui, je confirme sans hésiter qu'une vie saine est la meilleure des préventions et, sur votre type d'alimentation, il n'y a rien à redire tant que vous mangez avec appétit. Pour ce qui est des vertus curatives de la méditation, il est indiscutable que ça ne fait pas de mal et même sans aucun doute du bien. Mais quand les maladies sont là, vous savez, mieux vaut faire confiance à votre médecin et à votre pharmacien. Je regrette de vous le dire, mais j'en ai vu trop des drames résultant de pathologies prises en charge trop tard, sur des personnes qui avaient fait d'abord confiance aux médecines dites douces. Tapez sur Google « guérir du cancer avec les plantes » et vous trouverez des dizaines de rubriques.

Face aux regards muets d'effarement tournés vers lui dans un silence réprobateur, il constate, en terminant sa phrase, qu'il vient de franchir le palier du politiquement incorrect. Plaider pour les médicaments (pour la chimie !) auprès de ce groupe de hippies est suicidaire. Il doit vite introduire un bémol, après tout il n'est pas leur médecin traitant.

— Attention, ne vous méprenez pas sur mon propos. Tous les médicaments, quels que soient leurs bénéfices, apportent leur lot d'inconvénients. Tous. La question pour le médecin est de peser le pour et le contre et les prescrire quand ils apportent plus d'avantages que d'inconvénients.

L'auditoire ne semble pas convaincu. Il doit encore travailler pour améliorer sa remontée.

— Il y a toute la place pour certains types de soins alternatifs, comme ceux que j'ai employés avec grande réussite chez moi dans le sud de la France, en particulier l'acuponcture en complément des chimiothérapies.

Le terme « alternatif » et la référence à une médecine orientale apportent un semblant de détente immédiate. Face à lui, Annelise exprime une apparente approbation mais Jean voit bien qu'elle reste inquiète.

— L'acuponcture peut apporter des résultats très probants en termes de diminution, voire carrément de disparition, d'effets secondaires souvent très dérangeants. Chutes de cheveux par exemple. On peut obtenir de très bons résultats thérapeutiques sous hypnose, je sais que ça marche. Il y a aussi le yoga, je le conseille chaque fois que possible, c'est formidable à tous les âges. Vous le savez aussi bien que moi, puisque vos amies Anna et Melody l'enseignent. Vous voyez, je ne suis pas un adepte du « tout chimique », ça devrait un peu vous rassurer.

Jean a réussi à apaiser le trouble qu'il avait contribué à créer et la conversation reprend sur les bienfaits de la méditation. Il s'en évade un instant.

Ce travail de méditation ne peut en rien m'apaiser. Je ne sais toujours pas si en moi c'est de la haine ou du désespoir qui prédomine, mais je reste et resterai profondément en souffrance. Je déborde de ressentiment, oui, je suis et resterai plein de haine. Cette colère, cette rancune contre le destin injuste est enregistrée en moi et a fait l'homme que je suis devenu. Elle est mon moteur. Un poisson doit bouger simplement pour que ses branchies absorbent de l'oxygène, pour rester en vie... Moi aussi, je bouge pour vivre. Pour survivre...

— Mais pardonnez une question qui n'a rien à voir : dans la journée, je me suis mis à la recherche d'un marchand de journaux, je souhaitais trouver un journal français. Dans le centre de Copenhague que j'ai pourtant bien arpenté, je n'ai trouvé aucun marchand de journaux.

— Dans notre pays, tout le monde lit le journal sur Internet, répond Jonas. Pas étonnant que vous ne trouviez pas ce que vous cherchez. Bon, la maison de Nogle n'est pas le meilleur endroit, elle n'a ni télé, ni téléphone, ni ordinateur... Mais l'ordi, dans le monde d'aujourd'hui, on ne peut plus s'en passer. Kirsten et moi pas plus que le reste des habitants de Christiania. Vous pourrez venir chez nous pour consulter Internet ou envoyer des mails quand vous en aurez envie. Vous pourrez ainsi prendre des nouvelles de la France.

— Merci, Jonas. Peut-être demain, alors.

Après le dîner, Jean fait sa lessive et suspend ses affaires lavées à des cordes à linge dans le jardin. En se couchant dans son grenier, il pense à la mission que Lars lui confie, faire le vigile anti-junkies. La limite des vingt et un jours déjà lui pèse, il aimerait partir plus vite. Cependant, avoir le temps de planifier la suite, tout en étant logé et nourri, n'est pas une si mauvaise option. Le temps ne presse plus autant que lors de la remontée de l'Hexagone.

Mardi 31 mai au dimanche 12 juin – jours 21 à 33

JEAN FAIT SES ADIEUX à Annelise en expliquant, sans entrer dans le détail, qu'il a trouvé un travail sur le bateau du patron de Jordi. Annelise le serre dans ses bras avec une chaleur qui le surprend d'autant plus qu'elle aurait aimé, confie-t-elle, qu'il reste plus longtemps. Jean est surpris de cette montée d'affection sans raison particulière, les gens de Christiania ont des comportements bien à eux. Heureusement, certains disposent aussi d'ordinateurs et passent des commandes sur Amazon avec leurs cartes de crédit.

Kirsten et Jonas le laissent, comme convenu, utiliser leur PC et chercher des informations sur l'accident. Il revoit certaines des images déjà vues à la télé en France, dont l'interview de Claudette Chardon, des articles de presse décrivant ce qui s'est passé, une cérémonie d'hommage aux victimes en présence du président Hollande et de Bernard Cazeneuve, son ministre de l'Intérieur. Rien en revanche sur les causes de l'embrasement du car. Rien non plus, ce qui le rassure, concernant la disparition d'un passager à la suite du décompte des cadavres. Rien, pas un mot concernant la disparition du Dr Casamayou. Impossible de savoir si on le recherche ou non. Les gendarmes qui l'ont intercepté sur la route de Tours n'ont certainement pas dû faire de signalement concernant un certain Pascal Cazals. Le site des formalités d'immigration en Suède lui apprend que la seule carte d'identité suffit. Il faudra, une fois de plus, faire le pari d'utiliser la carte d'identité de Pascal, avec les dix centimètres de taille d'écart et les yeux bleus de son beau-frère.

Le sac à dos et son violon en bandoulière, il gagne à pied le *Café Cava* et y retrouve Lars. Le restaurateur le conduit en voiture auprès de son bateau, une grosse vedette d'environ vingt mètres de long, amarrée dans une anse donnant sur un canal à Christianhavn, à trois rues à peine de Christiania. Dans le long canal voisin, les bateaux sont amarrés les uns derrière les autres. Ce sont, comme le bateau de Lars, des vedettes à moteur même si quelques mâts se dressent çà et là. En revanche, la vedette de Lars, un peu plus grande, est isolée dans un bras du canal en impasse. Elle est un peu cachée, Jean comprend qu'elle puisse servir d'abri provisoire.

— Pascal, ce que je te demande, et que ça soit bien entré dans ta tête, c'est de rester visible de 21 heures à 3 heures du matin. Impérativement, que ce soit bien clair ! Après cette heure-là, les camés sont trop ou pas assez drogués et normalement ils ne sont plus en état de se déplacer. Et il faut bien que tu dormes un peu. Tant que tu restes visible, ça évite que mon bateau soit « squatté » comme c'est déjà arrivé. En particulier depuis une semaine, il y a un peu trop de va-et-vient dans ce quartier. Retrouver des seringues à bord peut amener la police à me suspecter et je ne veux pas de ça.

Lars lui remet la clé de la cabine qui comprend quatre bannettes superposées deux à deux, une douche et un W-C.

— Tu vois, c'est confortable.

— C'est splendide et je te remercie, Lars. Mais, entends-moi bien une fois de plus, je ne vais pas m'éterniser à Copenhague.

— Je sais, tu me l'as déjà dit, te fatigue pas. Alors, après la Suède, tu devras passer en Norvège et tu auras la chance de voir le soleil de minuit. Je suis déjà allé à Tromso, c'est le point le plus au nord du continent, c'est le Pays sami. Les Esquimaux de la région, ce sont les Samis. Ensuite, il y a plus loin encore : les îles du Spitzberg. Au-delà, rien que des glaces et quelques forages pétroliers, ce qui dérange beaucoup de monde et surtout tes amis écolos à Christiania.

Jean se sent libéré en acceptant la proposition de Lars, ce retour à la solitude lui convient parfaitement. De retour au *Cava*, Lars l'invite à déjeuner en sa compagnie. Il se traite bien et ne manque pas d'appétit. L'apéro (les « tapas ») consiste en un verre d'aquavit avec des harengs fumés garnis de radis, ciboulette et oignons rouges. Puis c'est un tartare de veau de lait aux câpres et radis noirs, de loin le meilleur plat auquel Jean ait eu droit depuis les demoiselles de canard. Le dessert est à la hauteur : fraises et pain d'épice. Tout en se régalant, il imagine qu'il s'est engagé à rendre à Lars un service important, expliquant ce traitement de faveur, cette relation chaleureuse inattendue dont il bénéficie. Décevoir le colosse serait prendre quelques risques.

Durant les heures du déjeuner, la clientèle de la terrasse n'est pas du tout réceptive à l'animation proposée par Jean. Les touristes ont plus envie de bavarder au soleil que d'écouter des valses de Vienne. La recette n'est que de 21,20 couronnes. Il finit par baisser les bras et se réfugie en cuisine et derrière le bar pour donner un coup de main aux employés. Il trie, essuie, aide à ranger la réserve. Ne pas rester à glander, plutôt se mettre à la plonge. Ne pas penser, s'extraire en travaillant tout en surveillant de temps à autre la clientèle de la terrasse en espérant y retrouver ses clients préférés, les Russes. S'il y a peu de monde à l'intérieur, en revanche la terrasse fait le plein. Il commence à fantasmer sur le fait qu'Hélène miraculeusement apparaîtrait sur cette terrasse. Il observe les silhouettes, les ports de tête, les gestes de celles qui s'installent. Il se traite d'imbécile et retourne à sa vaisselle.

— Jordi, pour aller à Malmö, de l'autre côté du pont, à ton avis je peux faire comment pour payer le moins cher possible ?

— Soit tu te fais conduire par des gens qui t'acceptent dans leur voiture, et alors tu ne payes rien, soit tu prends un car. Des Flixbus, il y en a toute la journée et dans ce cas tu vas payer autour d'une centaine de couronnes. Ou un peu moins. Et si tu veux pousser jusqu'à Stockholm, c'est autour de 250 couronnes.

— Mon destin semble focalisé autour des cars…

Jordi ne comprend pas cette réflexion qui a échappé à Jean.

— 250 couronnes pour Stockholm, dis-tu ? C'est carrément abordable. Il faut que je joue un peu plus et que ça plaise.

250 couronnes, c'est 35 euros environ, c'est nettement au-delà de ce qu'il a dans la poche. Toutefois, s'il monte la garde sur le bateau plusieurs nuits, il pourra quitter le Danemark et gagner le Nord avec un peu d'argent, à la condition d'avoir l'énergie de chercher à en ramasser un peu dans la journée.

Avant qu'il ne quitte le café pour entamer sa garde nautique, le restaurant lui offre un sandwich qu'il choisit de manger sur le bateau. Une fois à bord, il s'installe à l'arrière sur la partie découverte. La circulation sur l'avenue voisine est déjà réduite, mais il n'ose sortir son violon pour passer le temps, en raison des immeubles qui lui font face. Ce sera une soirée de méditation, il essaiera de se souvenir de la séance de la veille. « Lâcher prise », disait le Gandhi local. Mais comment lâcher prise ? Il n'est pas facile de méditer quand on n'en a pas l'habitude. Même avec le calme qui s'installe.

Sur l'ordinateur de Jonas, je n'ai trouvé aucune indication me concernant. Ce qui ne veut pas pour autant signifier qu'on ne me recherche pas. Et si je décidais que c'est fini ? Fin de la cavale.

Suis-je parvenu au bout de l'exercice ? Ai-je accompli maintenant mon pèlerinage expiatoire ? Je ne suis plus dans une errance désespérée, pleine de mortification, je suis nourri et logé et j'ai un job de veilleur de nuit. Ma démarche de fuite spontanée et aveugle a-t-elle encore une vertu ? Ma fuite est une forme d'immaturité en totale contradiction avec ce que devraient me dicter mon éducation et mon sens moral.

La nuit est maintenant tombée et Jean continue de scruter les environs. Quelques ombres furtives passent à une trentaine de mètres du bateau.

Des clients pour moi ?

Jean quitte un instant son poste pour aller se laver les mains dans la cabine puis revient prendre sa surveillance tandis que sa confusion mentale ne le lâche pas.

Elle est morte, ma conscience. Elle est restée avec les miens, dans les flammes. Je suis devenu un homme sans conscience, sans morale, je ne vis plus que biologiquement. Et pour cet objectif que je me suis donné, aller me cacher au pôle Nord. Je n'ai pas fait tout ça pour renoncer. Ici, je vis bien, trop bien, heureusement, ma tête ne me laisse pas la moindre tranquillité.

Les pensées se fixent sur la vie de son village et le souvenir de ses proches qui étaient dans le car. Un exercice redoutable consiste à reconstituer de mémoire la liste des quarante-sept autres passagers.

Qui peuvent être, avec moi, les sept autres survivants ? Claudette, elle, c'est certain, elle a été la vedette des télés. Qui étaient les mieux placés à l'avant ? Qui était près de moi au fond du car ? Catherine Piollet, la prof de lettres ? Roger Tardy, le carrossier ? Pauvre vieux Roger tellement cocu, au vu et au su de tout le monde. Dans un petit bourg comme Eauze, y compris dans mon groupe d'amis, il se passe tellement d'histoires dans les couples. Des passades mais aussi parfois des drames. Le médecin est presque toujours le premier informé, les gens ont confiance et se confient à lui. Un conjoint trompé ne doit pas savoir, c'est mieux. Les hommes de leur côté, les femmes du leur gardent le silence. La honte, parfois, comme dans le cas de ce malheureux Roger, c'est quand tout le monde est au courant. Et maintenant la volage Mme Tardy, qui n'avait pas voulu (et pour cause) profiter de l'excursion, est peut-être veuve... et libre de continuer à batifoler.

Jean réussit à reconstituer la liste exacte des passagers du car. C'est la première fois qu'il y parvient et s'en étonne. Ensuite, pour chaque personne, il essaie de se remémorer les conditions de leur rencontre.

Dans notre région, le bal était la grande distraction. Mariages, 14 Juillet, fêtes de village. Presque tous on s'y retrouvait et on s'est vus vieillir ensemble tandis que les jeunes générations arrivaient et reproduisaient les modes de vie des anciens. Cela va sans doute vite évoluer maintenant, le développement du numérique va bouleverser la vie rurale.

Jean s'applique aussi à reconstituer la liste des villages où il est allé visiter des malades. De liste en liste, le temps passe. À 4 heures du matin, il est temps de rentrer dormir. Il a suivi les instructions de Lars et même une heure de plus. Il a aussi essayé de reconstituer sa conversation avec le philosophe cul-de-jatte rencontré dans le car pour Bruxelles.

La philosophie d'Épicure te demande de n'avoir que des objectifs raisonnables. Ne pas se polariser sur des désirs trop difficiles à atteindre. Par exemple, dans mon cas maintenant, ne pas commencer à imaginer que je pourrais retrouver une vie normale et sereine. Soigner les petits Esquimaux est au contraire un but parfaitement raisonnable dans la situation où je me trouve. Retrouver de la sérénité et reprendre ma vie comme avant, ce n'est plus du tout raisonnable. Donc c'est bien la bonne direction, celle que j'ai prise. Boire, manger, dormir, continuer de penser aux miens et arriver auprès des populations arctiques, je peux m'en tenir à cela.

Les nuits de veille qui suivent lui paraissent interminables, il regrette d'avoir accepté de s'engager pour une longue durée. À l'inverse, cette période d'ennui et de repos forcé lui permet de bien se reposer physiquement. Les douleurs issues de la bagarre dans le métro s'effacent ainsi que les traces sur son visage. Les deux premiers jours, Jean a joué encore un peu de musique sur la terrasse et empoché un peu d'argent, mais il s'est vite lassé. Comme il s'est mis à pleuvoir, il a laissé le violon sur le bateau et s'est réfugié en cuisine pour aider à la plonge et au nettoyage. Chaque soir, il a regagné la vedette de Lars avec un sandwich et monté la garde. Chaque nuit, il a veillé jusqu'à 4 heures par acquit de conscience, en surveillant les ombres mouvantes. Pour compenser le manque de sommeil, il a fait des siestes dans la cave.

Ne plus avoir la même vie qu'auparavant reste la position sur laquelle je me tiendrai. Devenir un fantôme, avais-je pensé, puisque je reste opposé à l'idée du suicide, trop simple, une idée de faible ! Je suis l'idiot qui marche et va de l'avant, comme le décrit Shakespeare. Suicide physique ou suicide chimique, c'est exclu.

Pour meubler les nuits de surveillance, Jean s'est mis à la recherche de livres. Il a trouvé en centre-ville un petit café-librairie, *Den Franske Bogcafé*, qui propose un grand choix d'ouvrages en français. Avec les couronnes récoltées plus tôt grâce à ses efforts au violon, il a acheté *Les Mémoires d'outre-tombe* dont le titre lui semblait approprié à sa situation personnelle et un recueil de romans de Balzac.

Le dimanche 12 juin, Jordi lui demande si Lars l'a invité pour fêter son anniversaire.

— C'est ce soir, on ferme au public et tout le personnel est invité à dîner en même temps que les amis de Lars. Il y aura au moins une centaine de personnes.

— Lars ne m'a rien dit, mais comme tu sais, la nuit je dois aller surveiller son bateau.

À son grand étonnement, Lars l'invite à rester pour partager le repas et à apporter son violon. Il n'en demande pas plus, si Lars l'invite, la surveillance attendra.

Lundi 13 juin – jour 34

LA SOIRÉE PRIVÉE se déroule dans une exubérance dont il n'imaginait pas les Nordiques capables. Lui dîne à une table sage, avec le reste des employés, et passe un moment qu'il qualifie de « hors du temps ». Il joue quelques valses pour les amis de Lars et, vers minuit, quitte la fête. Lars à aucun moment ne lui a demandé de partir.

Vers 1 heure du matin, Jean rejoint le bateau. À bord, sur la partie découverte, un corps est étendu sur le sol juste à côté de la porte de la cabine, celui d'un homme d'une quarantaine d'années. Polo jaune troué et délavé, treillis dans un même état. Barbe fournie, cheveux longs et sales tirant sur le blond. Allongé et immobile, l'homme est penché sur le côté. Jean lui prend doucement la tête pour le voir de face. Les yeux sont grands ouverts, le teint est pâle et les lèvres ont une coloration bleuâtre. Auprès du corps, une seringue. Le diagnostic est vite fait, le passager clandestin a passé l'arme à gauche, résultat d'une surdose, la seringue ne laisse que peu de place au doute. La cause de la mort est soit un arrêt cardiaque, soit un étouffement dû au vomi non expulsé. Il doit décider vite de la meilleure marche à suivre. Avertir la police sans plus attendre serait logique. Mais il hésite : le type est bien mort, avertir les flics ne va pas le ramener à la vie. Pour lui-même, c'est une garde à vue garantie ainsi qu'un inévitable retour en France et sûrement une cascade de soucis pour Lars.

Jean observe attentivement les environs. Il y a très peu de mouvements. Quelques rares voitures et cyclistes passent sur le quai sans faire attention à ce qui pourrait se passer dans l'anse adjacente au canal, alors il saisit le cadavre sous les aisselles, le traîne dans la cabine et referme la porte. La seringue mortelle est encore au sol, il la pousse du bout du pied pour ne pas y laisser de trace ADN. Il referme la cabine à clé et décide de prévenir Lars, qui avait bien raison : dans le quartier il n'y a pas que des « bisounours » avec leur herbe que l'on dit inoffensive. Il y a bien des drogues dures. Ce que le type avait pris était sans doute de l'héroïne. Quand Jean arrive au restaurant, il est 2 heures et demie, tout est fermé, les convives sont rentrés chez eux. Alors il retourne sur le bateau et s'installe à l'extérieur, peu enclin à passer la nuit avec le mort comme compagnon.

À 7 heures, après une nuit intégralement blanche, Jean est à nouveau devant le *Café Cava*. Déjà les touristes s'agglutinent devant l'accès à l'embarcadère voisin. Un des cuisiniers, Jens, arrive le premier à 7 h 45.

— Salut, Pascal. On a passé une super soirée hier, non ? Le boss, il est cool. Tu t'es levé de bonne heure.

— Je suis du matin. Tu sais à quelle heure Lars arrive ?

— 10 heures en général. Si tu as besoin de lui parler, j'ai son numéro.

— Rien d'urgent, non, je vais l'attendre tranquillement. Si tu veux, je vais t'aider pour ta mise en place. Mais avant tout, je serai très heureux avec un triple espresso.

Jean s'affaire dans le restaurant en prêtant la main à Jens puis aux autres employés. Lars arrive plus tôt que prévu et fait vers Jean un signe qui signifie « bonjour, si je te vois ici c'est que la nuit s'est, une fois de plus, passée sans incident... ». Jean choisit un moment où Lars est allé vérifier l'installation de la terrasse pour le prendre à part et lui rendre compte de l'incident dramatique de la nuit. Incrédule pendant un instant, Lars comprend vite qu'il ne plaisante pas et l'emmène à une quinzaine de mètres de la terrasse. Là, il entre dans une violente colère.

— Je t'avais dit de veiller et de rester visible jusqu'à 3 heures du matin. Si tu m'avais obéi, je ne serais pas dans ce merdier.

— Je suis resté à découvert comme tu me l'as dit, et même jusqu'à 4 heures du matin tous les jours. Y compris les nuits au cours desquelles il pleuvait. Mais hier tu m'as bien invité pour ton anniversaire. Je n'ai rien demandé, c'est toi qui es venu me trouver. Je suis parti à minuit, tu m'as vu. Le type était mort quand je suis arrivé. Je l'ai tiré à l'intérieur pour éviter qu'il reste exposé et lui ai tenu compagnie jusqu'à ce matin.

L'autre ne l'écoute même pas tout en revenant vers la terrasse. Il baisse le ton pour ne pas attirer l'attention de son personnel :

— Les Français, vous n'êtes tous que des putains de branleurs ! Des putains d'enculés de branleurs !

— Mais arrête à la fin, Lars ! Je te dis et je te répète que j'ai accepté ton invitation. Tu m'as invité à passer la soirée au restaurant, oui ou merde ?

Jean s'est difficilement retenu de hausser la voix. Lars poursuit en détachant ses mots et en le fixant du regard :

— En attendant, tu vas faire comme je te le dis. Pas question que tu retournes sur le bateau, on t'y a forcément vu, soit hier soit au cours des soirées précédentes. Quelqu'un a peut-être vu le corps allongé sur le bateau. Des gens du coin, la police, je ne sais pas. En plus, tu auras laissé des traces de ton ADN partout, y compris sur les fringues du bonhomme. Pour récupérer tes affaires, on verra plus tard, je vais réfléchir. Si les flics sont déjà au courant, on va les voir débarquer dans la matinée. En attendant, tu ne bouges plus de l'intérieur du restaurant, tu vas aider à la plonge et tu fermes ta gueule. Tu restes planqué, la musique, le french troubadour, terminé ! Si rien ne se passe, ce soir on en reparle.

Jean n'a d'autre choix qu'obéir et se retrouve dans le fond des cuisines avec un préposé à la plonge, un jeune Africain anglophone, Issa, dont il a brièvement fait la connaissance les jours précédents. Dans un premier temps, Issa reste silencieux. Les clients ne sont pas encore très nombreux, les deux hommes n'ont que quelques tasses, quelques assiettes et des couverts à nettoyer. Jean est ulcéré par l'attitude de Lars. Puis il prend un peu de recul et conclut qu'il n'a en rien enfreint les consignes et que ceci suffit.

— Issa, tu as quel âge ? demande-t-il.

— Je ne sais pas. Peut-être quarante ans, c'est ce qu'on a mis sur ma carte de réfugié.

— Tu es réfugié ? Tu viens d'où ?

— Massawa. En Érythrée. La guerre, là-bas, la guerre. Mes parents, ma femme, mes enfants, tués. Tout le monde tué. Moi enfui.

— C'est une tragédie qui nous rapproche, Issa. Tu t'es enfui, je me suis enfui. Pour des raisons un peu identiques. Se retrouver sans les siens, morts tragiquement, et continuer à vivre... La mort nous cerne, nous emprisonne. Ou plutôt, c'est comme si nous portions un bracelet électronique. Défense de fuir son destin.

Issa ne comprend pas où ce vieux type étrange et sympathique veut en venir mais s'abstient de poser des questions. La journée se déroule les avant-bras dans l'eau chaude et sale, en compagnie de son alter ego, lui aussi déglingué de la vie. Lars réapparaît vers 18 heures.

— Pascal, tu viens avec moi, maintenant.

Tous deux montent dans le Porsche Cayenne qui prend la direction de Christianhavn.

— Je suis allé sur le bateau et j'ai vu le macchabée. Je ne connais pas ce mec, je ne l'ai jamais vu dans le coin. Piqué de partout, le gars, un déchet humain. Apparemment, sa disparition n'a inquiété personne, sinon les flics seraient déjà venus m'interroger.

Lars gare la voiture devant la vedette, demande à Jean de descendre à bord et le suit en portant sur l'épaule un sac de jute qui semble lourd et bien rempli. Une fois à l'intérieur, il déballe le contenu du sac, un de ces grands sacs noirs avec fermeture éclair comme on les utilise après les accidents routiers mortels pour emballer les cadavres. Lars dispose aussi une dizaine de gros pavés au sol de la cabine.

— Tu vas m'aider à mettre le corps dans le sac et on va le lester avec les pavés. Le sac est solide, au fond de la mer il résistera bien une centaine d'années.

Jean a tout de suite compris mais ne fait pas part à Lars de ses observations.

Tout simple, ce sera un cadavre à la mer. Et on se lave les mains de l'affaire. Je me lave les mains, le premier... Sans doute le type avait une famille, mais les familles ne restent pas toutes groupées et unies. Lui a voulu visiter les paradis artificiels, son destin était de mourir exclu du monde réel. Apparemment, le sac n'est pas biplace, donc Lars ne me destine pas à accompagner le plongeur. Pourtant, je suis devenu un témoin très gênant pour lui, il a tout intérêt à ce que moi aussi je disparaisse. Pour l'instant, il semble avoir compris que c'était salutaire de ménager le seul et unique témoin de cette affaire sordide. Aller balancer dans la mer du Nord le corps du soldat inconnu de la défonce, si Lars pense que c'est une bonne idée, qu'on y aille.

Invisibles depuis l'extérieur, Lars et Jean placent le corps dans le sac noir et répartissent les pavés pour lester l'ensemble.

— Pascal, on va appareiller maintenant, c'est l'heure où la plupart des propriétaires de bateaux vont faire un tour en mer. On se fera moins repérer que si on y va de nuit ou au tout petit matin.

Lars prend la barre et manœuvre son bateau dans le canal sur lequel il y a un peu de circulation. Après un bon kilomètre, arrivé à la sortie du canal, Lars met le cap vers le nord. La vedette s'éloigne de la côte et dépasse le port de Copenhague où Jean aperçoit une énorme quantité de conteneurs de la marque Maersk. Au nord-est, les côtes suédoises sont en vue en permanence, le détroit de l'Oresund ne dépasse pas vingt kilomètres de large.

Une vedette de la gendarmerie maritime croise la route du bateau de Lars. D'un bord à l'autre, les hommes se saluent avec cordialité et échangent même quelques plaisanteries. Aucun signe de fébrilité.

— On va aller un peu plus loin pour se débarrasser du paquet, ce sera le moment délicat, il faudra le jeter à l'eau sans qu'on nous voie.

Au bout d'une heure, Lars, qui a été silencieux jusque-là, stoppe le moteur et entre dans la cabine d'où il ressort avec deux cannes à pêche. Aux environs, il n'y a que deux navires du même gabarit que le leur, mais assez loin.

— Ici, c'est un des endroits où il y a un peu de fond. Les deux autres bateaux que tu vois, ce sont des types qui pêchent. On va faire semblant de pêcher nous aussi car on peut toujours se faire repérer, soit depuis les autres bateaux, soit depuis un satellite.

Jean et Lars installent les lignes de part et d'autre du bateau. Pendant une dizaine de minutes, Lars observe les environs, puis il enjoint à Jean de venir l'aider à prendre le sac dans la cabine. Tous deux soulèvent le sac bien lesté par les pavés, le sortent à l'air libre et dans le mouvement le passent par-dessus bord. Silencieusement, soulevant à peine un petit remous, le sac s'enfonce dans la mer.

— Maintenant que c'est fait, nous allons rester sur place et continuer de pêcher pendant une heure.

Lars, à nouveau, se mure dans le silence. Avec sa canne à pêche sur laquelle aucun appât n'est accroché, Jean sait à quel point ce à quoi il vient de participer est illégal. Dans son ancienne vie, jamais il n'aurait commis une ignominie pareille. Mais, ce jour-là, il s'en fout, preuve de plus à ses yeux de la disparition de sa conscience. Lars finit par se lever, récupère les deux cannes et les range dans la cabine. Toujours sans ouvrir la bouche, il remet le moteur en marche et prend la route du retour. Ce n'est qu'aux abords de son point d'attache qu'il s'exprime à nouveau :

— Pascal, tu vas devoir disparaître du paysage et vite. Nous ne sommes pas à l'abri d'une enquête de la police. Le mec, il avait forcément des connaissances, ne serait-ce que les dealers qui l'ont approvisionné. Voire une copine. Les enquêteurs pourraient remonter jusqu'au bateau, donc moi, et venir interroger le personnel du restaurant. Certains savent que je t'ai confié la garde de nuit sur le bateau. Ce soir, tu reprends tes affaires, on oublie le bateau, tu vas dormir dans la cave du restaurant. Demain, tu dois quitter Copenhague.

La nuit commence à peine à tomber quand ils sont de retour au restaurant où les clients sont encore nombreux. La terrasse est pleine de groupes joyeux. Jean reprend son travail en arrière-cuisine jusqu'à la fermeture. Dans la cave, un lit de camp est installé au milieu d'un fatras de caisses et de meubles, il s'y allongera pour la nuit, revivant l'excursion au large et l'immersion du junkie. Chassant l'amorce d'un sentiment de culpabilité, il décide de s'en laver les mains.

Mardi 14 juin – jour 35

SEUL DANS LE PETIT MATIN, Jean commence à ranger la cuisine en attendant l'ouverture du restaurant. Issa arrive le premier.

— Tu m'as fait peur, Pascal. Tu as dormi ici ?

— Salut, Issa. Le patron m'a offert l'hospitalité. J'ai passé la nuit dans la réserve. Je vais te faire un café. Tu sais où se trouve la gare routière ? Je vais partir aujourd'hui ou demain, je continue mon voyage.

— Je vais te regretter, on avait commencé à bien s'entendre nous deux. Tu reviens travailler à la cuisine avec moi en attendant ?

Jean et Issa bavardent assis face à face devant leurs cafés et leurs tartines de pain de seigle quand subitement Lars fait irruption dans la cuisine. Il ignore Issa, prend Jean par le bras et l'emmène dans la salle encore déserte.

— Pascal, tu veux toujours aller au pôle Nord ? Eh bien, tu vas pouvoir y aller et même tout de suite. Le pôle Nord, c'est le Groenland ! Là, tu vas voir vraiment ce que c'est que le Grand Nord.

— Le Groenland ? Mais tu vois bien que je n'ai pas l'argent nécessaire, c'est inaccessible pour moi.

— Tu vas voir que ce n'est pas du tout inaccessible. Tu embarques maintenant sur un cargo qui va à Nuuk. J'ai parlé avec le capitaine, tu donneras un coup de main au cuisinier et tu seras le médecin du bord et tout ce que tu voudras, du moment que tu fous le camp. Avec un équipage de moins de vingt personnes, tu ne seras pas débordé ! Ramasse tes affaires, je t'emmène au port. Allez, grouille !

— Mais les formalités pour entrer dans ce pays ?

— C'est *idem* que pour le Danemark. Pour les touristes français c'est juste une carte d'identité. T'en as une ? Alors tu n'as pas de souci. Et regarde, docteur, ce magnifique cadeau d'adieu que je t'ai apporté.

Lars lui tend un gros cartable que Jean identifie instantanément.

— Une trousse de médecin ! Tu as trouvé ça où ?

— Elle appartenait à mon beau-père, c'est un médecin à la retraite. Il te l'offre. C'est du bon matos. Tu te grouilles ?

Jean monte dans la voiture de Lars avec son sac à dos, son étui à violon et sa nouvelle trousse de médecin.

— J'aurais aimé dire au revoir à Jens et Issa.

— Pas le temps, et maintenant tu fermes ta gueule, tu as compris ? Personne ne doit savoir pour hier soir. Tu n'as rien vu, rien entendu et rien fait.

— Évidemment, tu me prends pour un imbécile ?

— Je te prends pour ce que je veux, un enculé de branleur de Français auquel on ne peut pas faire confiance.

Cette colère qui remonte à la surface est sans importance. Le port est atteint en quinze minutes. À l'entrée principale, les agents de sécurité saluent Lars et le laissent passer. La voiture s'arrête devant un porte-conteneurs. Jean regarde le nom du navire : *Georg Ulmer*. Il semble mesurer une centaine de mètres, un petit gabarit si on le compare aux navires voisins. Lars escalade la passerelle en courant. Jean le suit plus calmement avec son triple chargement. Une échelle descend au niveau inférieur et à une pièce située sous le pont, le bureau du capitaine. L'homme porte une chemise blanche à manches courtes et des épaulettes à quatre galons. Il fait signe à ses deux visiteurs de s'asseoir mais Lars reste debout. Jean qui n'a jamais mis les pieds sur un cargo fait de même. La pièce lui semble assez conforme à ce qu'il imaginait : spacieuse, meublée de boiseries et d'étagères, une bibliothèque un peu en désordre. Dans une pièce attenante, un grand lit. Le capitaine repose son téléphone et les regarde alternativement. Jean s'attendait à une image d'Épinal de vieux loup de mer barbu accroché à sa pipe. Son interlocuteur est un Danois d'une quarantaine d'années, presque aussi grand que Lars et dont le crâne, tout comme celui de Lars, est très dégarni. Mais lui est imberbe et rasé de près. Il s'adresse à eux en anglais :

— Ce monsieur est donc le médecin français qui veut aller s'enrhumer dans les glaces. Je peux voir votre passeport ?

— Je ne l'ai pas pris pour venir en Scandinavie, pour les Français ce n'est pas nécessaire. Voici ma carte d'identité.

Le capitaine l'examine à peine, lève les yeux vers Lars et croise le regard insistant de ce dernier. Un regard qui signifie : « Tu le prends avec toi, passeport ou pas, tu me débarrasses de lui, parce que je t'ai demandé ce service. Point final. » L'échange de regards entre les deux fauves n'échappe pas à Jean. Le capitaine esquisse un léger sourire, sourire que Jean interprète comme signifiant : « À charge de revanche ! »

— Bienvenue à bord, docteur. Nous appareillerons à 13 heures. Dîner à 19. Honesto va vous installer, suivez-le.

Le dénommé Honesto, un Asiatique d'une cinquantaine d'années, était entré discrètement dans le bureau. Il porte une combinaison bleue, est de petite taille et plutôt grassouillet. La cuisine du bord doit lui profiter. « Sancho Panza », pense Jean en lui emboîtant le pas.

— Je suis Honesto, je travaille sous les ordres de Todo, le commandant en second du bateau. Moi, je suis philippin. Nous sommes dix-sept personnes à bord. Le capitaine, le second, Todo, qui est croate, deux autres lieutenants, Susanne Grondahl, la seule femme à bord, et le lieutenant Rizal. Il y a dix Philippins, dont le lieutenant Rizal, deux Malaisiens et un Danois encore, le chef mécanicien, M. Rasmussen, un nouveau sur ce bateau. Lui aussi est officier. Avec vous, on sera dix-huit.

— Cela fait en proportion un grand nombre de Philippins.

— Sur toutes les mers du monde, on trouve des marins philippins : les meilleurs au monde !

— Quelle est la fonction du lieutenant Rizal ?

— Il est l'officier responsable de la logistique. Les conteneurs, c'est lui. Charger, décharger, veiller à la sécurité.

Jean est agréablement surpris par la chambre qui lui est attribuée, une pièce de neuf mètres carrés environ avec deux lits superposés. Un lavabo, une chaise et une table collée au mur complètent le mobilier.

— C'est votre cabine. Normalement, il y a une autre personne qui peut dormir ici, mais dans ce voyage, il n'y a personne d'autre, alors c'est votre espace à vous.

— Avant tout, je tiens à saluer Lars, pouvez-vous me ramener s'il vous plaît ?

Jean rattrape Lars de justesse au moment où celui-ci s'apprêtait à redescendre par la passerelle. Il tend la main au géant.

— Lars, merci quand même.

Lars ne lui prend pas la main et se fend d'un geste du bras qui signifie aussi bien « bon vent » que « va au diable ». Puis il remonte dans sa voiture et démarre sans un autre regard. Jean est secoué par cette froideur méprisante, mais plutôt soulagé. Le junkie est dorénavant au fond de la mer et lui-même en route vers l'objectif invraisemblable qu'il avait projeté.

Personne n'a encore parlé d'argent. Jean n'aborde pas le sujet, certain que l'affaire a été traitée avec Lars et conscient de ses finances indigentes. Honesto le reconduit dans sa chambre et extrait d'un sac un vêtement de couleur orange qu'il allonge au sol.

— Tout le monde à bord a sa propre combinaison de survie, elle permet de flotter si on tombe dans l'eau et de ne pas avoir trop froid. Je vais vous montrer comment on l'enfile. Ensuite, vous devrez tous les jours vous entraîner pour bien mécaniser les gestes, car si on fait naufrage, il faut garder la tête froide. Bien entraîné, on doit pouvoir la mettre en moins de deux minutes.

Sous les instructions de son formateur, Jean enfile la combinaison entière par-dessus ses vêtements. Il découvre qu'elle contient une lampe torche, une poche gonflable, un sifflet et une corde. Il en extrait aussi une fiole qu'il montre au marin.

— Ceci, c'est quoi ?

— C'est un liquide qu'on peut verser dans l'eau si on est tombé à la mer. Il colore l'eau autour de vous, du ciel on peut bien mieux vous repérer. Maintenant, rabattez le casque, ajoutez les moufles et les bottes, et c'est terminé

Dans le miroir du lavabo, ce que Jean voit est un cosmonaute qu'on aurait enfermé à Guantanamo. Cette expérience l'amuse, l'aventure l'excite, aller au pôle Nord semble devenu incroyablement facile. Il passe une heure encore avec son nouveau mentor à faire le tour du navire et écouter les consignes de sécurité, en particulier le protocole prévu en cas d'incendie. En chemin, il croise plusieurs membres de l'équipage, des Asiatiques qui s'adressent à Honesto dans leur propre langue.

— On parle tagalog entre nous. C'est notre langue maternelle. Les Malaisiens ne le comprennent pas, ce qui est très bien. Avec eux, on parle en anglais. Maintenant, on est sur le point d'appareiller, venez regarder. Le capitaine a dit que vous ne deviez pas venir au poste de timonerie, mais peut-être plus tard vous en aurez l'autorisation. En attendant, vous êtes bien vu parce qu'il m'a dit que vous prendrez vos repas à sa table avec les officiers.

Jean s'installe sur le pont côté bâbord, pour assister au départ, et voit s'éloigner le port. Un remorqueur tire le porte-conteneurs hors de son mouillage et puis laisse le navire poursuivre seul sa route. Au large, dans les eaux territoriales, le trafic des petits cargos et des porte-conteneurs est intense. Il est captivé.

Deux heures plus tard, le *Georg Ulmer* vogue sur une mer moins embouteillée. Jean regarde la côte danoise disparaître doucement dans une brume qui s'épaissit. Il regagne sa cabine et entreprend de faire l'inventaire de sa nouvelle trousse de médecin pour le cas où il aurait à prodiguer des soins. Pansements, outils de mesure, seringues et médicaments. Une trousse complète pour un urgentiste. Et même de la morphine. Bien organisé le beau-papa.

Jean s'allonge sur la bannette inférieure et se détend.

Les circonstances ont joué en ma faveur, j'ai eu la chance que ce drogué vienne faire son overdose pendant que je dînais dehors... Et que Lars se mette à avoir aussi peur. Un pauvre type est mort et, au lieu de chercher à prévenir la police, on le jette à la mer. Et ça m'indiffère. J'ai vraiment changé...

À 18 h 45, Honesto réapparaît.

— Venez, docteur Pascal, c'est l'heure du dîner maintenant, il faut être bien à l'heure. Le capitaine ne supporte pas que quelqu'un soit en retard. Suivez-moi.

— Qui fait la cuisine ?

— Le chef est un des Malaisiens. On aime bien sa cuisine, alors on le garde. Ça fait cinq ans. Mais il a aussi un côté pénible.

— Un côté pénible ?

— Ses prières. C'est un musulman. Même en plein boulot, lui il s'arrête. Cinq fois par jour, on a droit à la prière. Alors la cuisine attend, pas celle pour la table du capitaine, bien sûr, mais celle des marins.

— Et vous, les Philippins, vous n'avez pas de musulmans ?

— Chez nous, très peu. Nous sommes presque tous catholiques, mais beaucoup de nos compatriotes se sont expatriés dans les pays du Golfe parce que c'est là-bas qu'ils trouvent le plus facilement du travail. Pour eux, là-bas, la vie est très difficile. Très, très difficile souvent, surtout pour les femmes, c'est proche de l'esclavage. On est incomparablement mieux lotis, nous les marins.

La salle à manger des officiers est de petite dimension. Une table rectangulaire et huit fauteuils occupent toute la place hormis une commode. Les murs sont couverts de tissu bleu marine, aucun tableau n'y est accroché, seules des plaques de liège y figurent. Des cartes sont punaisées ainsi que des feuilles de papier qui sont sans doute des notes de service. Sur un côté, une fenêtre ouvre sur l'extérieur. Sur le côté opposé à la fenêtre, une porte à deux battants communique avec l'office et la cuisine. Un quinquagénaire aux cheveux blancs coupés court, porteur de la même chemise blanche à manches courtes que le capitaine (mais avec deux galons, observe Jean), accueille le nouveau venu à bord d'une chaleureuse poignée de main.

— Bonsoir, je suis Milan Todosijevic, le commandant en second. On m'appelle plus simplement Todo. Un verre ?

— Merci, non, ou plus tard. Je crois que je suis convié à me joindre à votre repas.

— Parfaitement. Comme vous êtes médecin, vous êtes invité à partager notre table.

Le capitaine entre dans la salle à manger, suivi d'un autre officier. Jean salue le nouveau venu, un homme d'une quarantaine d'années porteur du même uniforme que le commandant en second.

— Bonsoir, je suis le docteur Pascal Cazals.

Se présenter comme un digne médecin et pas comme le vagabond qu'on a déposé là sans lui demander son avis...

— Enchanté. Petter Rasmussen, l'officier mécanicien.

— Vous rencontrerez le lieutenant Grondahl plus tard, reprend Todo, c'est elle qui est de quart. Malgré tout notre équipement électronique, il est indispensable qu'un officier reste en alerte sans relâche car on fait beaucoup de rencontres inattendues en mer. Des chalutiers de tous pays et de toutes tailles, par exemple. On ne sera un peu plus sereins, et encore, que lorsque nous aurons dépassé le sud de la Norvège. Mais au large, on peut toujours cogner une épave... ou encore un sous-marin. Et ensuite, au nord, les icebergs nous réservent des surprises.

Jean se tourne vers le capitaine.

— Je vous remercie de m'accueillir ainsi. Je peux sans doute être utile à bord. Par exemple, je sais cuisiner en plus de soigner.

Le capitaine ne répond pas et engage une conversation en danois avec l'officier mécanicien. Todo s'aperçoit du malaise.

— Bonne idée. Vous nous ferez un dîner « à la française » et, pour les soins, je vais profiter de votre présence pour que l'équipage passe une visite médicale. Les Philippins et les Malaisiens mentent aux contrôles médicaux pour ne pas être mis au repos. C'est comme pour les consignes de sécurité qu'ils considèrent comme de la réglementation sans valeur, uniquement mise en place par les officiers pour « se couvrir » en cas de pépin.

— Arrête de déblatérer encore contre les Philippins !

L'homme qui vient d'entrer dans la salle à manger est à l'évidence philippin lui aussi. C'est un officier car il porte la même chemise blanche à épaulettes que les autres. Une cinquantaine d'années, mince de visage et de silhouette, porteur d'une imposante moustache brune.

— Je suis le lieutenant Emilio Rizal.

Tous attendent que le capitaine soit assis pour à leur tour s'installer. Le service est assuré par Honesto.

— Vous connaissez le Groenland ? demande Todo.

— Non, ce sera une première.

— Et l'Islande ?

— Pas plus. On y va aussi ?

— Oui, on décharge une partie des conteneurs à Reykjavik en passant, mais on ne s'y arrête que pour cette opération et on reprend la mer tout de suite après.

— Combien de temps va durer notre traversée ?

— Pour Reykjavik, trois jours. On navigue à dix-huit-vingt nœuds en moyenne. On pourrait aller plus vite en cas de besoin, mais la vitesse modérée permet d'importantes économies de diesel. On va probablement rester un maximum de vingt-quatre heures à Reykjavik, la durée à quai dépend toujours de la disponibilité des équipements portuaires et de la bonne volonté locale. Il nous faudra ensuite trois jours pour arriver au port de Nuuk au Groenland.

Jean se régale de deux tartines de pain de seigle. L'une est garnie d'un hareng mariné, d'un œuf dur et de crevettes. La seconde comporte du pâté, du rosbif froid, de la gelée et du raifort. Le verre d'aquavit est suivi d'un deuxième et l'amène à penser que les Danois sont civilisés. À part Lars et le capitaine, peut-être...

— Notez bien, docteur, dit Todo, que la consommation d'alcool à bord doit être très limitée. Les officiers, dont vous faites partie, doivent donner l'exemple.

Après le dîner, Jean s'accoude à un bastingage sous la pluie. Bien que de plus en plus trempé et réfrigéré, il reste sur place, abîmé dans une absence de pensées qui ressemble, se dit-il, à de la méditation, avec l'impression de faire du surplace. La nuit tombe progressivement, le roulis se fait plus fort.

Je me dirige vers un inconnu, vers un horizon où je ne distingue rien. Au propre comme au figuré. Cette solitude presque carcérale, même si à bord ils sont tous en apparence aimables avec moi, c'est bien ce que je souhaitais.

Vers 1 heure du matin, il rejoint sa cabine et s'allonge sur son lit, indisposé par le mal de mer. Une image obsessionnelle s'impose : celle de scientifiques vêtus de combinaisons blanches, froids, méthodiques et indifférents, en train d'effectuer des prélèvements d'ADN sur les corps carbonisés de sa femme et de sa fille. Il a mal à la tête et se sent pris de vertiges. Au bout d'un moment, il se lève pour vomir dans son lavabo. Pour une première navigation en haute mer, l'aquavit a sans contestation été une erreur. La rencontre avec les phénomènes de roulis et de tangage se révèle une accablante épreuve. La nuit sera difficile entre bannette et lavabo...

Mercredi 15 juin – jour 36

L'APPAREIL DIGESTIF toujours en vrac, Jean reprend son poste d'observation pour tenter de se réchauffer au soleil levant. Honesto vient s'accouder à côté de lui.

— Le petit déjeuner pour vous est à partir de 7 heures. Bien dormi ?

— Non, malade. J'ai vomi toute la nuit. Le bateau balance dans tous les sens, je n'avais jamais subi ce type d'épreuve.

— Si ça peut vous réconforter, il y a des marins qui ne s'habituent jamais. Pendant les premiers jours de chaque voyage, ils sont malades.

— Franchement, j'ai cru mourir au début, et ensuite ce fut… pire.

— Pire ? Comment ?

— Lorsque j'ai réalisé que je n'allais pas mourir.

— Docteur, tant que vous gardez l'humour ça ira. Ces jours-ci, la mer ne nous est pas favorable parce que les vagues viennent de l'avant et se couplent avec le rythme de roulis du navire, donc en accentuent les mouvements. Ne vous inquiétez pas trop, ça va s'arranger dans un jour ou deux, je pense, dès que nous rencontrerons de la houle transversale.

— Tu crois ?

— Écoutez mes conseils, pour commencer. Obligez-vous à rester à l'air libre le plus longtemps possible tant que vous n'avez pas trop froid. Regardez au loin. L'horizon est stable. C'est lui qui vous remettra d'aplomb. Restez actif, aussi. Obligez-vous à marcher au moins une heure d'affilée, faites des mouvements de gym. Et allez donc jouer du violon, quand on est concentré, le mal de mer peut s'en aller plus facilement.

— Merci, Honesto, je vais m'appliquer à suivre tes conseils.

Dans la salle à manger, Jean fait la connaissance du lieutenant Grondahl, jeune femme de quarante ans environ, aux cheveux châtain coupés court. Plus féminine et plus élancée que ce qu'il ne l'imaginait.

— Bonjour, monsieur le passager, je suis Susanne Grondahl, la seule femme à bord, mais ne craignez rien, je suis un vrai garçon manqué. Todo m'a demandé d'organiser avec vous une visite médicale pour tout le personnel. On fera ça dès ce matin à partir de 9 heures dans le bureau du capitaine pour les officiers, dans la salle de détente des marins pour les autres.

Sur la table, il y a du pain, du saumon fumé, des fruits, du thé et du café. Jean partage l'instant avec Susanne, Rizal, Rasmussen et Todo, mais est incapable d'avaler la moindre nourriture solide. Le capitaine est au poste de timonerie, on l'a servi sur place. Rasmussen rappelle à Jean son engagement de préparer le dîner et ajoute, moqueur, qu'il a la journée pour y penser.

Avec Honesto, il se rend dans la cuisine où règne Hakim, le pieux cuisinier malaisien. Hakim présente les réserves de nourriture entassées dans le congélateur. Jean constate la présence de plusieurs poulets de belle taille et demande s'il pense que tout le monde aime bien l'ail. Honesto et Hakim n'en sont pas bien sûrs, mais n'osent répondre par la négative. La réserve de riz a l'air bien pleine, il y a des petits pois et, comme Hakim confirme la présence de safran, Jean choisit de faire une paella au poulet.

Même si le mal de mer reste présent et le contraint encore à quelques vomissements douloureux, il veut se familiariser avec le navire et commence par en faire le tour par l'extérieur. Les conteneurs ont tous la même dimension, qu'il évalue à huit mètres de longueur. Ils sont au moins une centaine, entassés avec méthode, comme une construction de Lego. Honesto le rejoint et explique que le chargement est modeste pour ce voyage et ne crée pas de danger en cas de gîte important, comme cela peut se produire lorsque les armateurs veulent surcharger leurs bateaux. En revanche, le Philippin semble ignorer en quoi consiste la nature des biens transportés.

Quelques minutes avant 9 heures, Jean retrouve Susanne Grondahl dans le bureau du capitaine. Elle demande à passer sa visite médicale en premier. Il est heureux d'avoir trouvé un tensiomètre en état de marche dans la trousse médicale, cela donne à son intervention un côté plus professionnel que la simple auscultation ou l'examen de la gorge. Sur le bureau, il a disposé la plupart des objets qui composaient l'équipement de la trousse. Après Susanne, il examine les autres officiers et passe aux marins dans leur salle commune. Aux quelques-uns, qui ont un peu de fièvre, il prescrit simplement du paracétamol. Deux marins philippins se plaignent de douleurs dorsales, il leur demande de passer plus tard pour un massage et entendre des conseils de postures efficaces contre les lombalgies. Chez les marins, Jean détecte plusieurs pathologies qu'il ne peut soigner sur place. L'un d'entre eux a d'importants problèmes dermatologiques, un autre semble avoir les reins bloqués, un troisième souffre d'une toux chronique. Hakim a un abcès dentaire contre lequel on ne peut faire mieux que l'antibiotique. À tous, Jean conseille d'aller se faire examiner à l'hôpital, une fois de retour. Honesto lui glisse à l'oreille que ce conseil, pourtant parfaitement utile, n'a rigoureusement aucune chance d'être suivi, les marins ne veulent pas se trouver en arrêt de travail.

Déconnecté de tout, naviguant vers un horizon improbable ou en tout cas imprévisible, le moment s'avère réconfortant.

Le capitaine, mis au courant, sollicite aussi un massage. Jean le retrouve dans la chambre spacieuse et meublée dans le pur style du design scandinave. Il apprend enfin le nom de ce dernier en lisant une plaque sur le bureau : le capitaine se nomme Anders Moeller. Comme nombre de ses confrères, Jean possède des notions simples de massage et de soins de kinésithérapie. Moeller présente un corps très athlétique, tatoué dans le dos et surtout un peu noué. Jean lui masse le dos avec une pommade trouvée dans la pharmacie du bord. Peut-être sous l'effet apaisant du massage, ou simplement pour lutter contre l'ennui, Moeller engage la conversation :

— Je ne sais rien de vous. Comment avez-vous fait la connaissance de Lars ?

— Il m'a dépanné quand je cherchais du travail, il y a une quinzaine de jours.

— Je connais Lars depuis longtemps, nous avons été ensemble dans l'équipe nationale de hand. Vous avez fait du sport, vous, docteur ?

— Du foot. Que transportons-nous, capitaine ?

— Nous avons à bord cent six conteneurs, ce qui est suffisant pour un navire de notre taille. Au Groenland, le port de Nuuk est en travaux, mais nous aurons un endroit pour accoster, ce qu'un plus gros bateau ne pourrait faire. Nous avons d'abord à effectuer une livraison en Islande et ferons escale à Reykjavik. Nous transportons des engins de travaux publics, des bulldozers, des tuyaux, des kilomètres de câbles et des groupes électrogènes. On livre aussi de la nourriture aux Groenlandais. Les besoins locaux sont énormes pour les cinquante mille habitants dont un bon tiers à Nuuk, la capitale. Le pays manque de tout et, comme ce territoire dépend du royaume du Danemark, on doit l'aider à se développer. Et à se nourrir... Le réchauffement climatique permet maintenant quelques cultures dans le Sud, mais y avoir un potager demeure un luxe.

— Et au retour, vous rapporterez quoi ?

— Je ne sais pas encore, mais pas grand-chose hormis des tonnes de crevettes surgelées. Et leur poisson, le flétan, qui n'est pas mauvais.

— Je ne connais pas ce poisson.

— C'est un gros poisson assez plat. Il pèse généralement dans les vingt kilos. Vous pouvez être certain que vous allez en manger là-bas.

Après le capitaine, Jean va masser les deux matelots dans leur espace de récréation qui comprend des moniteurs de télé, des jeux et aussi deux ordinateurs. Jean reprend ensuite son exploration du navire et s'aventure dans les salles de machines où Rasmussen l'accueille avec amabilité. L'intensité du bruit rend une conversation presque impossible, les matelots ont tous mis des bouchons dans leurs oreilles. L'odeur de mazout ravivant son mal de mer, Jean ne s'attarde pas et monte reprendre position au bastingage bâbord où il se laisse griser par le vent et la pluie qui fouettent son visage. Comme l'avait suggéré Honesto, ce contact avec les éléments et l'observation de l'horizon lui permettent de moins ressentir les effets de son mal de mer bien que tangage et roulis restent forts.

Cette amplitude a occasionné la chute d'un des mécaniciens qui s'est déboîté l'épaule. Honesto vient chercher Jean et le conduit à nouveau dans le ventre du navire où le blessé est assis sur une marche et se tient l'épaule en grimaçant.

— Fais-moi voir, dit Jean en soupesant doucement le bras meurtri.

Le marin est inquiet, il grimace lorsque Jean prend son coude et manipule l'articulation. Jean lui fait ôter sa chemise et constate une luxation, la partie haute de l'humérus est sortie de son logement. Un classique dans le sport.

— Il y a combien de temps qu'il est tombé ? demande Jean à Honesto qui fait fonction de traducteur.

— Quinze minutes.

— Quinze minutes, pas plus, vraiment ? Honesto, assure-toi qu'il en est bien sûr, c'est important que je le sache.

— Il dit qu'il en est sûr.

— Alors je vais essayer de lui remboîter l'articulation, à chaud. S'il te plaît, Honesto, aide-le à s'allonger au sol.

Tout doucement, Jean prend à deux mains le bras du blessé. Il cale son talon contre l'aisselle du garçon et tire un coup sec, provoquant un cri de douleur du marin surpris. Jean le fait se relever et tâte l'épaule. L'humérus est à nouveau en place. D'ailleurs, le Philippin regarde Jean, hébété. À son tour, il tâte son épaule, il n'a plus mal.

— Bravo docteur, dit Honesto. Vous savez faire beaucoup de choses. C'est bien d'avoir un médecin à bord, ce genre d'accident, il y en a tout le temps.

Jean retourne à son bastingage et à ses contradictions.

Je me rends utile, c'est une manière de payer mon billet. Ai-je encore, au fond de moi, la foi pour me mettre au service des autres ? J'avais déjà eu cette réflexion, à propos de ma conscience. Elle a évolué. Elle s'est vidée. En fait, je n'ai plus de sens moral. La preuve en est que je déserte mon deuil. D'un autre côté, cette vie dans le confort maritime, je ne l'ai en rien demandée. Pur hasard. C'est Lars qui m'y a largué. Et comme une merde, sans me laisser le moindre choix. Ce qui au fond m'arrange bien, puisque je vais tout seul et sans effort au pôle, mon objectif, avec ce vœu secret fait à Hélène qui me sert d'alibi. Dans ma longue progression vers le Grand Nord, en autonomie revendiquée, c'est une parenthèse. Je suis abrité. Curieuse alternance entre le pire et le meilleur : un junkie se donne la mort et grâce à lui je me retrouve dans le confort et dans une vie sociale.

Jean s'efforce de manger un peu au déjeuner puis se réfugie dans sa chambre et décide de jouer du violon à l'aide des partitions trouvées à Bruxelles et avec l'archet parfaitement bien réparé. Pour la première fois depuis le début de sa fuite, il a le temps de s'y remettre. Le temps suspendu, c'est bien. Pour ça, au moins

Vers 17 heures, Jean rejoint la cuisine afin de cuisiner sa paella au poulet. Trouvant des fraises en abondance, il prépare une pâte sablée pour faire une tarte aux fraises améliorée d'une crème pâtissière, sous les regards très intéressés de Hakim et d'Honesto. Le dîner est exceptionnellement détendu et même joyeux car Moeller est de quart à la timonerie et n'est donc pas en mesure de plomber une ambiance ravie grâce aux deux plats préparés par Jean. Susanne Grondahl propose à Jean de la rejoindre au « château » quand elle prendra son quart après celui du capitaine, à la nuit tombée.

— Le capitaine est un type assez spécial, vous avez sans doute pu le mesurer. Il n'aime pas voir de touristes à la timonerie. D'ailleurs, il n'aime pas beaucoup de monde.

— Je m'en suis un peu aperçu. Et vous, vous ne verrez pas d'inconvénient à ma présence ?

— Après un si magnifique dîner, je suis prête à tout ce qui pourra vous encourager à retourner en cuisine. Je prends mon quart à minuit. Si vous ne dormez pas... Mais ne jugez pas Anders trop vite, c'est un homme qui parle cash mais qui a de grandes qualités de cœur.

— Je vous crois, Susanne, pour moi il n'y a pas de problème. Et je m'en fous.

Jean a emprunté de la lessive à Honesto et lavé son linge dans son lavabo. Il est remonté auprès du bastingage afin de pouvoir vomir plus facilement en cas de besoin. Le soleil décline puis finit par plonger brusquement dans un ciel orangé qui pâlit progressivement. Perdu en mer à la nuit tombante, avec le bruit des vagues contre la coque, à nouveau toutes ses pensées se figent sur l'accident. Pourquoi le car s'est-il embrasé en quelques secondes ? C'est ce qu'il faudra découvrir. La ou les vraies raisons de l'embrasement, la vraie question est là.

À minuit, Jean monte au poste de timonerie sans croiser le capitaine. Un des Philippins est à la barre et surveille le cap. Susanne est assise juste à côté. Elle montre à Jean un siège à sa droite. Elle ne quitte pas ses jumelles. La pièce est plongée dans le noir, seuls brillent les écrans des radars.

— Tout doit rester éteint ici, la nuit. Il faut que nous puissions repérer les feux des autres navires. Les radars nous aident évidemment, mais n'importe quel incident peut arriver. Un simple voilier de plaisance, par exemple, aura priorité sur nous. La mer est jonchée de débris flottants plus ou moins gros. L'erreur humaine coûte cher. Dans le Grand Nord, nous croiserons des icebergs, inutile de vous faire un dessin. Dans la journée, on les évite facilement, mais de nuit, s'il n'y a pas de lune, c'est une autre affaire.

Susanne lui fait penser à Anne, sa fille. Un peu plus âgée, mais même silhouette sportive.

— J'ai appris, dit-elle, que vous étiez très bon violoniste. Tout le monde ou presque est allé écouter à votre porte. Vous avez de la chance d'avoir ce talent.

— Je le dois à mes parents, et surtout à mon grand-père paternel.

— Ce que je trouve émouvant avec le violon, c'est l'intimité des violonistes avec leur instrument. Comme pour un bébé, le musicien tient cet instrument dans ses bras. C'est un geste de tendresse.

— Une position qui n'est pas toujours très confortable, j'en sais quelque chose. Parfois, après un temps, on commence à se sentir un peu tordu. Mais l'univers sonore proposé par le violon est d'une richesse infinie. Avec son violon, on parle, on déclame, on rit, on pleure. Et c'est vrai, vous avez raison, Susanne, il y a avec le corps une relation sensuelle. Enfin, il peut vous accompagner partout, on ne peut en dire autant de tous les instruments.

— Le piano, par exemple. Le piano, j'en jouais souvent quand j'étais plus jeune. Maintenant, je ne joue plus que rarement et je me « rouille ».

— Il y a une autre particularité, puisque vous parlez de la relation entre le violoniste et son instrument. Je ne veux pas me risquer à suggérer une hiérarchie entre les instruments, mais juste illustrer l'univers sonore qu'offre le violon : sur un piano, vous tapez la touche et la note est faite. Elle est préparée, elle attend le doigt. Avec le violon, la note il faut aller la trouver et ensuite la « fabriquer ».

— Exact. À vous entendre, je m'aperçois à quel point ça me manque de ne pas avoir un piano à bord.

Le fait de se trouver à côté de la barre a sur le mal de mer un effet apaisant, Jean constate qu'il ne souffre plus du moindre vertige, même occasionnel. Susanne a envie de parler d'elle, les soirées de traversée sont monotones. Cet étranger est pour elle un bon interlocuteur, un étranger qu'elle ne reverra sans doute jamais, un médecin de surcroît. Sans se forcer, Jean se montre attentif. Il apprend ainsi que le père suédois de la jeune femme a quitté le foyer conjugal quand la fillette n'avait que six ans. Elle a souffert de cette absence et c'est peut-être, pense-t-elle, à l'origine de son homosexualité. Susanne est mariée avec une Johanne qui travaille à Copenhague à la capitainerie du port. C'est donc Johanne qui, dans le couple, dispose de plus de temps pour élever leurs deux garçons, Mads et Frederik.

Susanne a sur elle des photos de ses deux enfants, Jean peut les admirer. Elle ne livre pas d'informations sur les procréations et il ne s'autorise pas à en savoir davantage.

Vers 3 heures du matin, Susanne commence à son tour à interroger Jean, en commençant par ses motivations pour se rendre en solitaire au Groenland. Jean n'esquive pas complètement les réponses, mais s'en tient à sa version habituelle : médecin de campagne, veuf, à la recherche d'une de ses dernières aventures à soixante-six ans. Susanne a l'impression d'un tableau très incomplet, mais elle sent Jean se raidir et reste sur la réserve.

Jeudi 16 juin et vendredi 17 juin – jours 37 et 38

Depuis l'aube, le *Georg Ulmer* avance sous la pluie et dans une brume persistante. Le commandant a fait réduire la vitesse, l'arrivée à Reykjavik ne se fera que le lendemain dans la matinée. Quand il ne travaille pas avec son violon, Jean erre dans le navire, entre le poste de timonerie, sa chambre, les coursives et les bastingages où il passe de longs moments. Il n'imaginait pas à quel point la vie à bord d'un cargo est un dérèglement de la vie quotidienne. On doit supporter en permanence un bruit infernal, on est sans cesse secoué, on vit en vase clos, aucune échappée dans la nature n'est possible et, à table, on mange les yeux rivés sur son assiette pour ne rien renverser. Pour se maintenir en forme, Jean s'impose d'accomplir plusieurs tours complets du bateau en marche rapide. Vingt fois sur le pont et autant de fois au niveau inférieur, ce qui n'est pas facile en raison du roulis et du tangage. Les séquelles du mal de mer ont fini par disparaître.

Vers midi, la pluie fait place à une brume légère et cotonneuse. Jean rejoint un bastingage. L'horizon ne peut plus être distingué, le ciel et la mer se confondent.

Je m'acclimate en douceur... Me voici dans ce bateau comme un fantôme dans un château écossais. Macbeth me poursuit. On n'a qu'une vie, dit-on. J'en avais une, elle m'a été enlevée et ce supplément qui est le mien en ce moment, en dépit des apparences, est une vie de fantôme. Je n'appartiens pas à cette petite communauté qu'est l'équipage. Si je passe par-dessus bord, je me demande si on s'en apercevra. Le bateau avance vers un horizon qui a disparu. C'est ainsi que j'imagine les portes de la mort. Un monde tout blanc, cotonneux, sans repères, comme dans les descriptions de personnes revenues d'un coma profond. Avec cette sensation de temps suspendu, je n'ai plus mes repères, moi le terrien, le paysan du Gers.

Au cours de l'après-midi, Jean reprend sa pratique du violon et puise parmi les vingt-quatre pièces de Paganini, ces morceaux réputés injouables en raison des difficultés techniques imaginées par le compositeur. Il choisit le *Caprice n° 24*, le plus fameux, pour commencer. Et clairement, c'est très ardu. Découvrir ces pièces magnifiques, c'est placer la barre très haut. Depuis des années et des années, il ne s'était pas confronté à des œuvres nouvelles. Hélène, malheureusement, ne les entendra pas. La concentration extrême qu'il s'impose et les constatations de son impuissance ont comme effet bénéfique de faire le vide dans sa tête. Vers 17 heures, Honesto vient frapper à sa porte.

— Docteur, le capitaine vous demande maintenant.

Le capitaine a pris goût aux massages, ses vertèbres lombaires de handballeur professionnel ont dû avoir une fin de carrière difficile. Jean fait de son mieux pour le détendre et, n'attendant pas de remerciements, est un peu surpris quand son patient, à la fin du massage, lui serre la main en silence.

— Je vous remercie, docteur. Vous me faites du bien.

Moeller peut donc être aimable. Quand il le veut.

— Je ne suis pas certain que des massages suffisent, c'est plutôt avec du repos qu'on guérit. Et régulièrement vous étirer ne peut que vous être profitable. Je vais vous montrer quelques exercices de stretching.

En fin de journée, Jean rejoint les cuisines et prépare un risotto aux crevettes pour la table du capitaine. Après le dîner, le ciel s'est complètement dégagé sous l'effet d'un vent qui s'est renforcé. La nuit tarde de plus en plus à tomber à mesure que le bateau avance vers le nord. Jean retourne à son bastingage et, vers minuit, monte au poste de timonerie où Todo a pris son quart.

— Nous serons à Reykjavik demain vers midi. Nous aurons sans doute à attendre quelques heures au large pour une place dans le port, avant de pouvoir décharger les conteneurs prévus pour l'Islande. De ce fait, le capitaine a décidé que nous repartirons seulement samedi matin. L'équipage va être content, ils auront la soirée pour aller à terre et s'amuser dans les bars de Reykjavik.

— C'est si bien que ça, Reykjavik *by night* ?

— C'est très vivant le soir. Surtout le samedi, car les bars restent ouverts toute la nuit. Comme ils sont tous dans la même rue ou juste à côté, les noctambules s'y retrouvent. Bien sûr, il y a de la viande soûle, mais dans l'ensemble, à part pisser dans la rue, les gens se tiennent bien. Demain, c'est vendredi, les établissements ferment plus tôt, 1 heure du matin normalement. Mais ceux qui veulent continuer la fête font leurs provisions avant et la fiesta peut durer, avec le jour qui n'en finit pas. Le centre reste très animé jusqu'à plus d'heure. Tu vas descendre en ville demain ?

— Je n'en sais rien. Tu sais, je n'ai jamais été un fêtard. D'abord, je ne sais pas ce que sont les formalités d'immigration pour nous, Français. Mais très probablement je vais sagement préférer rester à bord.

L'officier consulte le site de l'État islandais sur son iPhone.

— Zone Schengen. L'Islande ne fait pas partie de l'Union européenne, mais est bien dans la zone Schengen. Ta carte d'identité te suffit si tu ne dois pas rester plus de trois mois. Tu seras le bienvenu si tu nous accompagnes. En général, je sors avec Rizal et, cette fois, Rasmussen a dit vouloir nous accompagner.

Même s'il a le droit de poser les pieds en Islande avec sa seule carte d'identité, le moindre incident pourrait l'immobiliser sur place et l'empêcher de gagner le Groenland. De plus, il n'aura pas assez d'argent pour offrir une tournée.

— C'est une grande ville, Reykjavik ?

— Non, tu sais, l'Islande est un pays plutôt petit, peu peuplé. Tout l'intérieur de l'île est quasiment inhabitable, les villes sont toutes réparties le long des côtes. Reykjavik, la capitale, ne compte que cent vingt mille habitants, pas plus.

— Et dans tout le pays ?

— Les Islandais ne doivent pas être plus que quatre cent mille. Si tu décides de nous accompagner, on te fera découvrir le Lagon bleu, un endroit surprenant et unique au monde qui est à une demi-heure en taxi du centre-ville.

— Un lagon ?

— Un phénomène naturel, un grand lagon de formation volcanique qui a été aménagé pour accueillir des baigneurs. C'est une attraction unique au monde. L'eau est bleue, la température de l'eau y est de presque quarante degrés, c'est le chauffage « par le sol ». Il y a des bars, des restaurants. Parfois mille personnes s'y baignent en même temps. C'est joyeux. On peut y rester des heures en sirotant son cocktail. Et draguer les petites Islandaises.

Jean trouve apaisants ces longs moments près de la barre et ne retourne dormir que vers 3 heures du matin. Pour ce qui est de la drague des petites Islandaises, dans un bouillon de culture où chacun a loisir d'uriner, il est peu motivé.

Quand il se réveille, l'Islande est en vue.

Vers 13 heures, le *Georg Ulmer* commence à manœuvrer devant Sundaport, la zone du port qui reçoit les porte-conteneurs. L'autorisation d'accoster est donnée à 16 heures. Les opérations de déchargement sont effectuées sous la férule de l'officier Emilio Rizal, avec la collaboration du personnel du port. Jean observe que le capitaine reste en permanence aux côtés de Rizal. Les conteneurs sont enlevés selon un ordre précis afin de ne jamais mettre le navire en danger de déséquilibre. Les grues portuaires, équipées de pinces géantes, saisissent un à un les conteneurs et les déposent sur le quai à l'emplacement prévu en à peine une minute. Une grue sur rails vient prendre ces conteneurs pour les transférer à l'endroit où des camions viennent les chercher. En trente minutes à peine, tout ce qui devait être débarqué en Islande est sur le quai.

Jean et Susanne Grondahl se retrouvent être les seuls avec le capitaine et le cuisinier à ne pas avoir profité de l'escale. Ils dînent en compagnie de Moeller, lequel semble volontairement ignorer Jean et ne parle qu'à Susanne, en danois évidemment. Jean regagne sa cabine et reprend son corps à corps avec Paganini. Vers 22 heures, Jean est surpris par Honesto qui vient encore une fois le chercher.

— Venez vite, docteur, on a un blessé !

— Qui est-ce ?

— Carlo.

— Qu'est-ce qu'il a ?

— Je ne sais pas. On m'a dit de venir vous chercher. Il est dans le salon des marins avec les autres.

Jean prend sa mallette et court derrière Honesto. Il trouve le marin philippin allongé sur une banquette, ses collègues font cercle autour de lui. Dans sa cuisse droite, à travers l'étoffe de son pantalon, un couteau est planté et la plaie saigne.

— Comment est-il venu jusqu'ici ?

— On l'a porté.

— Il aurait été préférable de l'emmener à un hôpital, sa blessure est sérieuse.

— Le *captain* aurait refusé. Et Carlo aussi...

— Installez-le sur la table. Honesto, va dans l'armoire à pharmacie chercher de l'alcool, des compresses et des bandages. Je vais faire de mon mieux, mais une blessure à l'arme blanche c'est très mauvais.

Carlo est un très jeune homme, à peine sorti de l'adolescence. Il geint doucement quand on l'allonge sur la table. Jean découpe le pantalon pour dénuder la blessure. Le couteau a pénétré d'environ six centimètres sur la face externe de la cuisse. Les tissus sont donc fortement sectionnés et malheureusement la lame est assez large, c'est celle d'un couteau comparable à ceux que portent les scouts ou les randonneurs. Jean place un garrot au-dessus de la blessure puis nettoie les bords de la plaie avec du désinfectant.

— Honesto, trouve-moi un livre, s'il te plaît, et explique à ton copain qu'il doit le placer entre ses dents et serrer bien fort les mâchoires au moment où je lui dirai.

Jean sait que l'arrachage de la lame va être un moment très douloureux et le message est passé, il le lit dans le regard terrifié du jeune homme. Il demande à trois des marins de tenir fermement le blessé pour l'empêcher de bouger et tire doucement la lame vers lui. Le marin est pris de convulsions mais est solidement immobilisé et Jean peut enlever l'arme entièrement. À nouveau, il nettoie et désinfecte la plaie le mieux possible, puis place un pansement compressif et l'entoure d'un bandage.

— Honesto, à Nuuk, il faudra que tu emmènes ton collègue à l'hôpital. Il y a toujours un risque de gangrène. Explique-lui bien que sa cicatrisation complète est indispensable et qu'elle demandera beaucoup de temps.

Samedi 18 et dimanche 19 juin – jours 39 et 40

Le *Georg Ulmer* reprend la mer à 7 heures du matin. Carlo, à la demande expresse de Jean, est resté au repos. Au cours du petit déjeuner, le capitaine Moeller annonce la rencontre probable avec une forte zone dépressionnaire en provenance de l'ouest, rencontre qui devrait se manifester dans la soirée. Il prévient Rasmussen de se tenir prêt à réduire la vitesse. Todo traduit pour Jean.

— Tu as déjà subi une tempête en mer ?

— Non, jamais. Je n'avais jamais été en mer. Nous allons devoir en affronter une, c'est bien ce que laisse entendre le capitaine ?

— Oui. Prépare-toi à te faire secouer, ce sera certainement assez rude.

— Le bateau va être en danger ?

— Oui et non, ça fait partie de la vie de tout marin, mais il ne faut surtout pas prendre la moindre tempête à la légère.

Le capitaine confirme que cet épisode pourra être comme un baptême du feu. En attendant, il sollicite un nouveau massage. Et engage la conversation :

— Quand nous arriverons à Nuuk, vous devrez repartir immédiatement. Ce sont les instructions de Lars. Nuuk est la capitale, la police danoise est assez présente et, dans le cas où vous seriez recherché, on vous trouverait probablement. Je ne sais pas et ne veux pas savoir pourquoi la police pourrait vous rechercher, mais vous êtes sous ma responsabilité et je ne veux pas d'ennuis. Lars et moi, nous nous connaissons bien et on se fait confiance. Dès que nous serons arrivés, j'ai organisé que vous partiez pour la ville d'Ilulissat. Dans notre chargement, nous avons un scanner qui est destiné à l'hôpital d'Ilulissat. J'ai prévenu le client que vous aviez la mission d'accompagner le scanner pour en superviser l'installation.

— Pour en superviser l'installation ? Bien, capitaine, comme vous voulez. Mais je ne connais rien de ce qui concerne la mise au point d'un scanner.

— C'est votre problème, pas le mien. Le mien, c'est juste de vous expédier le plus loin possible et ma mission s'arrête là.

— Où se trouve Ilulissat ?

— Au nord, à cinq cents kilomètres de Nuuk sur la côte ouest. Au-delà du cercle polaire. C'est un patelin de quatre mille habitants. Vous vouliez aller au pôle Nord, m'a-t-on dit, alors Ilulissat c'est parfait pour vous. Notez que plus au nord il y a encore Thule, mais je ne crois pas que la fréquentation de soldats américains vous plaira autant que celle des chiens de traîneau.

Une fois de plus, Jean n'a pas vraiment le choix, le hasard décide pour lui. Dès lors qu'il se retrouve au Groenland, cela lui convient, à Nuuk, à Ilulissat ou ailleurs. Aller au contact des Esquimaux, c'est tout ce qu'il voulait.

— Comment vais-je me rendre à Ilulissat ?

— En avion. Il n'y a pas de routes au Groenland. C'est avion, hélico ou bateau. Pour vous, ce sera avion. Vous aurez les détails quand nous serons arrivés à Nuuk. La tempête qui s'annonce va sans doute retarder un peu notre progression. Mais nous y serons dans quarante-huit heures.

— Capitaine, permettez que je vous parle de votre marin qui a pris un coup de couteau hier. Cette blessure est très sérieuse et déclenchera probablement une infection. S'il vous plaît, faites-le sans faute conduire à un hôpital. J'ai pu intervenir pour les soins d'urgence, mais cet homme est en danger et doit être pris en charge par un service hospitalier. Déjà, il est très fiévreux, c'est le signe du début de l'infection.

Moeller grommelle un semblant d'acquiescement, Jean doit s'en contenter. Il passe la journée à continuer son apprentissage du *Caprice n° 24*, à surveiller le malheureux Carlo qui est de plus en plus fiévreux et à scruter l'horizon pour voir arriver la tempête.

Ce temps suspendu a un effet bizarre sur moi. Tantôt j'oublie l'accident du car, comme s'il n'avait jamais existé. Comme si j'étais né à soixante-six ans sur le bord du petit lac dans la forêt d'Aignan. Et à d'autres moments, j'en revis chaque seconde, je revois ces flammes et j'entends ces cris.

Le vent se renforce et subitement une forte chute de grêle s'abat sur l'océan. Jean se rapatrie au poste de timonerie où Susanne est de quart.

— Si vous voulez rester ici, je n'ai rien contre, dit Susanne qui, cette fois, est elle-même à la barre. Mais vous devrez faire comme tout le monde et vous sangler. Nous attendons des vents allant jusqu'à cent quatre-vingts kilomètres à l'heure et une houle avec des creux importants. Le bateau va être bien remué, je vous le promets.

Jean comprend tout de suite la nécessité d'être sanglé car déjà les vagues sont passées à l'attaque. Chaque impact est une collision, le bateau monte et descend, le pont reçoit des tonnes d'eau. Il se demande si la situation est vraiment contrôlable.

— Le danger serait réel si nos conteneurs n'étaient pas parfaitement arrimés. Nous pourrions perdre de la marchandise, ou aussi nous retrouver déséquilibrés. Le capitaine, Rizal et Todo sont allés tout revérifier. Vous n'imaginez pas le nombre de conteneurs tombés à l'eau et qui dérivent sur tous les océans.

Le capitaine surgit dans le poste de timonerie, complètement trempé dans son ciré et de mauvaise humeur. Il écarte Susanne sans ménagement et s'empare de la barre. S'apercevant à ce moment de la présence de Jean, il se met à éructer :

— Docteur, ce n'est pas la fête foraine ici ! Regagnez votre chambre et tenez-vous-y jusqu'à la fin de cette tempête.

Jean obéit à l'ordre et quitte la timonerie en s'accrochant à tout ce qu'il peut trouver. Il a compté jusqu'à douze chutes, dont une sérieuse, dans son parcours jusqu'à sa cabine.

Impossible de jouer du violon, impossible de monter regarder le paysage, rester cloîtré et espérer ne pas voir le retour du mal de mer est la seule option. Vain espoir. Jean passe une nuit blanche. Pour s'occuper, il s'entraîne à enfiler sa combinaison de survie et chronomètre ses performances.

Vers 7 heures du matin, tangage et roulis sont encore assez forts mais nettement moins que pendant la tempête de la nuit. Au petit déjeuner des officiers, personne ne semble impressionné par la violence rencontrée. La cargaison ne s'est pas fragilisée, il n'y a aucun blessé, le temps se calme peu à peu. La tempête a contraint le navire à ralentir, Moeller demande à son officier mécanicien de pousser les diesels à six nœuds supplémentaires. Jean retourne auprès du marin Carlo et lui refait son pansement. Il montre la plaie à Honesto.

— La plaie est vilaine. Je la désinfecte comme je peux, mais il faut que Carlo prenne ses antibiotiques et surtout que, dès l'arrivée, tu veilles à ce qu'il soit amené à l'hôpital. C'est un ordre ! J'en ai parlé avec le capitaine, il est au courant.

Pour lutter contre le retour du mal de mer, Jean reprend ses marches sportives le long des coursives. Dans la soirée, il retourne à sa mission de cuisinier pour la table du capitaine. Ayant trouvé des soles, il les prépare meunières, accompagnées de pommes rissolées et d'un gratin de courgettes.

— Docteur, je crois que vous allez nous manquer pendant le voyage de retour, dit soudain le capitaine.

Peu habitués à la moindre civilité provenant de leur chef, les autres dîneurs se regardent discrètement, plutôt médusés. Encouragé, Rizal lève son verre de bière.

— Portons un toast à Pascal, champion des cuisiniers ! Bonne chance à toi dans ta mission humanitaire et surtout arrange-toi, à ton retour, pour voyager à nouveau avec nous !

Jean se sent obligé de répondre. Il se lève, verre à la main.

— Merci beaucoup, capitaine, Susanne, messieurs. J'ignore encore ce que sera mon voyage de retour, mais merci pour ces encouragements et surtout merci d'avoir accueilli un paysan français en votre compagnie.

Dans la foulée de cette bonne humeur que seul Todo ne partage pas, car il effectue son quart, le capitaine tolère qu'on apporte la bouteille d'aquavit mais n'y touche pas lui-même. Susanne non plus, elle prendra le relais de Todo. Jean trinque avec Rasmussen et Rizal. Au moment où il avale sa première gorgée, il sait qu'il vient de se condamner au mal de mer pour la nuit à venir.

Lundi 20 juin – jour 41

Quand Jean partage son petit déjeuner avec Rizal et Todo, la côte du Groenland est en vue à tribord.

— Nous contournons maintenant le sud du pays. La capitale, Nuuk, est au sud-ouest, côté Canada. Nous y arriverons dans quelques heures.

— En ce moment, ajoute Todo, nous passons au large de la pointe sud du Groenland, face à la petite ville de Narsaq. Petite encore pour l'instant, mais on a fait d'importantes découvertes de minerais dans les parages. De l'uranium tout particulièrement. Si tu repasses ici dans dix ans, tu verras certainement un port géant pour les gros porte-conteneurs. Cette région risque de se retrouver totalement chamboulée.

— Oui, même si l'hiver, par ici, est rude pour la navigation, enchaîne Rizal. Si la mer est formée, les embruns se mettent à geler, on doit sans cesse veiller à ne pas les laisser immobiliser certains équipements. Je vais moi aussi découvrir le nouveau port, qui vient d'être achevé, à Nuuk. On peut enfin y accoster des porte-conteneurs pas trop gigantesques, comme le nôtre, la profondeur du chenal vient d'être portée à quinze mètres.

— Avant d'y arriver, on va croiser des icebergs ?

— Tu n'as pas vu ? On ne fait que ça ! Juin est toujours une grosse période et pour ne rien arranger, le réchauffement climatique accélérant la fonte des glaciers, des blocs se détachent de plus en plus nombreux et dérivent vers le sud, c'est-à-dire vers nous... Le *Titanic*, ça te dit quelque chose ?

— Comme tout le monde. C'est une grande ville, Nuuk ?

— Non, pas même vingt mille habitants. Pourtant, c'est le tiers de la population totale du Groenland.

Une capitale dont la population est proche de celle d'Auch dans un pays qui n'en est pas vraiment un. Pour un mort qui n'en est pas vraiment un, un pays aussi surréaliste convient au mieux...

— Presque toute la population se trouve à l'ouest, que les colonisateurs ont trouvé un peu moins hostile. Le centre est une immensité glaciaire inhabitable et l'Est, peu accueillant, est parcouru en permanence par un courant marin venu du nord avec des icebergs.

Jean s'accoude au bastingage tribord et constate que Todo n'a rien exagéré à propos des icebergs. Certains ont la taille d'un immeuble de deux à trois étages et le navire doit modifier son cap en permanence pour se faufiler entre eux.

En fin de matinée, le porte-conteneurs arrive dans le port de Nuuk et entreprend ses manœuvres de déchargement. Rizal a confirmé à Jean que son transport de scanner pour Ilulissat se fera le lendemain matin et qu'il devra se présenter au comptoir informations de l'aéroport à 9 heures. Dans l'intervalle, libre à lui d'aller se promener.

Jean s'assure du transfert du marin Carlo vers un hôpital. Avec Honesto, ils le conduisent en taxi à l'hôpital de la Reine-Ingrid, à proximité du port. Rassuré, après avoir vu le médecin qui prendra le relais, il découvre le Pays esquimau. La parka est la bienvenue. Il n'y a pas de neige au sol, mais la température est à peine de six degrés au-dessus de zéro et un vent assez réfrigérant domine. Une majestueuse montagne enneigée domine la ville. Quelques taxis et autobus sillonnent les rues, les voitures particulières sont rares. Il y a quelques kilomètres de bitume, mais les routes se terminent sur de la toundra ou des rochers. Les maisons sont petites, généralement mansardées et toutes colorées. Leurs teintes sont principalement le jaune, le rouge, le vert et le bleu. Partout, le linge sèche aux fenêtres. Les toits sont pointus et uniformément gris. Les conduites d'eau et d'électricité en surface en nombreux endroits. Jean comprend pourquoi on livre tant d'engins de chantier aujourd'hui. La roche doit être sacrément dure.

Au bout de quatre heures de balade, les mains dans les poches, il a fait deux fois le tour de la ville et rejoint la zone centrale qu'on lui a décrite comme étant le Vieux Nuuk. Bien que toute petite, la cathédrale, un bâtiment en bois de couleur grenat, est visible de loin grâce à son clocher pointu. La galerie commerciale lui offre son premier contact avec une population locale qui vaque à ses occupations sans prêter attention à cet Européen que rien ne distingue des autres touristes. Les vêtements traditionnels en peau s'avèrent plus rares que les anoraks North Face, les blousons Adidas et les chaussures de jogging Nike. Entre les boutiques, il repère un supermarché, des supérettes, des fast-foods et des magasins d'artisanat pour les touristes. Jean s'attarde pour écouter les Groenlandais parler entre eux et s'imprégner de la musique de leur langue. Les Inuits ressemblent à ceux qu'il a parfois vus à la télévision. De taille plutôt modeste, peau foncée et des visages aux traits asiatiques. Il a atteint le pays des Esquimaux, son errance touche au but. Pour tenir la promesse faite à Hélène, reste à se rendre utile ici et, pour cela, trouver les moyens de rester et de survivre. Jean aurait aimé dîner en ville, mais ses poches presque vides lui font regagner le *Georg Ulmer* pour ce qui sera sa dernière nuit à bord. Il y retourne trop tard, l'heure du dîner est dépassée, la cuisine est fermée à clé. Alors il opte pour un peu de Bach.

Mardi 21 juin – jour 42

TOUS LES CONTENEURS du *Georg Ulmer* ont pu être transférés à terre et certains ont été déjà chargés sur un plus petit cargo qui remontera le long de la côte ouest afin de livrer, dans les différents ports, les réserves de nourriture nécessaires pour une bonne quinzaine de jours. Le scanner a été transporté à l'aéroport la veille.

Jean quitte le navire de bonne heure. Une fois sur le quai, il se retourne vers les membres de l'équipage qui, depuis le pont, le regardent s'éloigner et lui adressent des gestes de sympathie. Le capitaine Moeller ne se joint pas à ces adieux. Sans importance. Aucun véhicule ne lui ayant été proposé, il se rend à pied à l'aéroport. Une petite heure de marche. Après la « villégiature » sur le bateau de Lars, la semaine à bord du *Georg Ulmer* a été salutaire pour effacer le reste des contusions subies lors de la bagarre dans le métro parisien, il a bien récupéré. Sa lèvre et son arcade ayant cicatrisé, il est redevenu « présentable ». Il s'est à nouveau chargé du sac à dos de Pascal, de l'étui à violon et de la trousse de médecin.

L'architecture de l'aéroport de Nuuk rappelle à Jean celle de l'hôtel « *Stop and Sleep* » de son arrivée sur le sol danois. Un bâtiment sans relief, gris et rectangulaire, surmonté d'une tour de contrôle de même aspect. Au comptoir informations, il est attendu et récupère ses documents de voyage. Après une attente d'une heure environ, on le dirige vers la piste et il embarque dans un avion tout rouge, de taille moyenne et à hélices, en compagnie d'une vingtaine de passagers. C'est un transport mixte, l'arrière et la soute de l'appareil sont utilisés pour des marchandises parmi lesquelles, Jean en a eu confirmation, « son » scanner. Il a la chance d'être assis à côté d'un hublot. Le pilote annonce en anglais que la compagnie Air Greenland est heureuse de souhaiter à ses passagers un bon vol et que la durée du trajet sera de deux heures avec escale. Jean ferme les yeux.

Plus loin vers le nord ! Je m'éloigne encore plus de l'enfer même si mon cœur saigne toujours autant. Avec beaucoup de chance, j'ai atteint le pays des Esquimaux. Mais cela ne gomme en rien ma tristesse et ma colère. La disparition de mes êtres les plus chers dans cette violence m'a ôté toute capacité de joie et même d'une vie normale. La mort, je l'ai fréquentée de près pendant ma vie de médecin. J'en ai souvent parlé avec mes patients. Je sais comme la mort d'un proche était moins insupportable quand on avait pu, avant les obsèques, présenter le corps lavé, coiffé, maquillé et bien habillé. Serein d'aspect en quelque sorte, ou plutôt rasséréné. Cette présentation soignée apaise parfois un peu la tristesse de ceux qui viennent le saluer. Mais dans le cas qui me concerne, les corps d'Hélène et Anne sont forcément ravagés. Je n'ai pas eu envie d'être confronté à cette vision d'horreur, leurs cadavres doivent ressembler à des momies incas.

Vu du ciel, le paysage est surtout constitué de rochers et de quelques prairies où poussent des fleurs des champs. Par endroits, Jean remarque quelques rennes, des ovins et aussi des bœufs musqués. En volant vers le nord, l'avion survole de plus en plus de fjords où dérivent des plaques de glace tandis que les surfaces enneigées se font plus fréquentes. Après quarante-cinq minutes de vol, le pilote annonce qu'on se prépare à faire l'escale prévue à Kangerlussuaq. L'appareil se pose sur un aéroport plus grand que celui de Nuuk et les passagers sont autorisés à descendre un moment. Sur le tarmac, devant l'aérogare, il aperçoit trois avions identiques au sien et un autre plus grand encore. Il s'en étonne et interroge son voisin de siège qui, lui aussi, attend que reprenne le voyage vers Ilulissat.

— C'est un grand aéroport ici, Kangerlussuaq doit être une ville importante.

— Pas du tout. Une toute petite ville. Je crois bien qu'il n'y a pas plus de cinq cents habitants.

— Mais un si grand aéroport ?

— À l'origine, ce fut une construction pour les troupes américaines pendant la guerre. Maintenant, c'est un aéroport qui sert de plaque tournante à une partie du trafic. Une bizarrerie. On dirait que vous êtes français ?

— Exact.

— Pour ma part, je suis italien d'origine et j'ai épousé une Danoise. Je possède une agence de voyages à Ilulissat. Je m'appelle Vittorio Innocenti. Vous allez donc, vous aussi, à Ilulissat ?

— Enchanté. Pascal Cazals. Je suis médecin et vais à l'hôpital d'Ilulissat.

— Bonne nouvelle, un médecin de plus chez nous, ce ne sera pas du luxe. Ils sont un peu débordés à l'hôpital en raison du nombre de touristes. Notez que pour ma part je ne m'en plains pas. Vous allez travailler à l'hôpital ?

— J'y convoie simplement un nouveau scanner. J'ignore si par la suite on aura besoin de mes services.

— Passez me voir, si vous ne connaissez pas la région, je pourrai vous aider à découvrir ce qu'elle a de mieux. Les fjords, les icebergs, les baleines, la chasse aux phoques... Mon agence est la meilleure pour les excursions en traîneau à chiens. Tenez, voici ma carte, vous serez le bienvenu.

— Merci, je serai ravi. Ilulissat est aussi une toute petite ville ?

— Non, bien plus grande. À Ilulissat, nous sommes quatre mille cinq cents habitants et il y a aussi six mille chiens. Ces chiens, vous les entendrez aboyer tous, les six mille à la fois, le soir, à l'heure du repas. C'est réglé sur 18 heures et c'est d'une précision incroyable, à une minute près.

— Je suis curieux d'entendre ça.

— Ne parlez pas trop vite.

Au bout d'une demi-heure, Innocenti réveille brusquement Jean.

— On va se poser dans quelques minutes et on survole le plus beau fjord du monde ! Ne ratez pas ce panorama ! En langue locale, le mot *ilulissat* signifie iceberg et vous n'allez pas attendre longtemps pour savoir pourquoi.

Tandis que l'appareil décrit un cercle pour s'aligner avec la piste d'atterrissage, il est époustouflé par le spectacle qu'il découvre. Des icebergs immenses sont rangés les uns à côté des autres, sur un des côtés du fjord, immobiles. Les teintes vont du blanc pur au gris pâle en passant par des verts et des bleus très légers. Tandis que l'avion s'oriente plus vers l'est, il a un rapide aperçu de la côte et y voit un monumental paquebot de croisière. Une fois débarqué, il est abordé en anglais par deux manutentionnaires inuits.

— Vous êtes le Français qui convoie le scanner, oui ? Nous sommes de l'hôpital, on doit récupérer le scanner et le charger sur le camion.

Jean patiente un peu plus d'une heure à côté du bar-restaurant en attendant que les deux hommes viennent le rechercher. Un vol pour Copenhague est en préparation et les passagers, qui consomment autour de lui en attendant d'embarquer, sont au moins une centaine. Presque tous sont des Scandinaves et des Allemands. Des touristes en fin de séjour, heureux en apparence.

Jean monte à l'avant d'un camion avec les deux employés inuits et arrive rapidement devant l'hôpital. La ville paraît très animée. On croise peu de voitures mais énormément de groupes à pied. Le camion se range dans la cour d'un bâtiment plutôt lugubre en pierres grises. Sur le haut du perron, un homme en costume foncé les attend. À ses côtés, un autre homme en blouse blanche. L'homme en costume prend les devants :

— Vous êtes monsieur Cazals ? Bonjour et soyez le bienvenu à Ilulissat. Je suis Kurt Nielsen, le directeur de l'hôpital. Et voici le Dr Torben Ulrich, il est le futur utilisateur du joujou magnifique que vous nous apportez.

Nielsen a le même âge que Jean et une silhouette enveloppée. Cheveux et barbe poivre et sel et poignée de main franche. Son costume gris de trois pièces est bien un costume de directeur, on ne peut le confondre avec un médecin. Le Dr Ulrich a une quarantaine d'années. Il est mince, blond et porte une courte barbe bien taillée. Il est un peu sur la réserve et cette relative froideur contraste avec l'attitude avenante du directeur. Jean s'adresse au médecin :

— Vous aurez effectivement un très bel outil à votre disposition, mon cher confrère.

Employer le terme de « confrère » est un moyen d'être considéré comme un visiteur respectable, comme quelqu'un qui est du métier. Mais les deux interlocuteurs ne réagissent pas. Nielsen a dû être informé que Jean n'était qu'une sorte de livreur et non un spécialiste du scanner.

— Oui, nous l'attendions depuis trop longtemps, répond le directeur. Merci beaucoup d'avoir assuré cette livraison à la date prévue. Les deux techniciens de chez Philips qui vont nous le mettre en ordre de marche sont arrivés depuis deux jours. Ils vont pouvoir arrêter de se tourner les pouces.

— Je m'associe, ajoute le Dr Ulrich, aux remerciements de Kurt pour cette livraison parfaitement en temps et en heure et je vous souhaite une bonne fin de journée.

Ulrich tend la main à Jean et retourne à l'intérieur de l'hôpital. Nielsen fait de même après lui avoir proposé d'aller se servir un café dans le hall de la réception. Pris de court, Jean se trouve idiot de ne pas avoir pris des informations sur l'appareil et étudié, même rapidement, son fonctionnement. Avec un semblant de compétence, il aurait peut-être pu éviter l'amalgame avec un livreur de chez Fedex. Pour le directeur, c'est évident, la mission s'arrête là. Après avoir avalé le plus lentement possible un café allongé en compagnie d'une réceptionniste indifférente, il descend les marches de l'entrée pour regagner la rue. Perplexe.

Cette fois, je me retrouve en rade. Ces deux personnes ne peuvent évidemment pas imaginer ma situation. Larsen et Moeller me l'avaient présentée un peu trop belle, l'évasion. Je n'ai pas d'endroit pour dormir et suis dans l'incapacité de dépenser plus que pour un seul repas. Et encore. J'ai glissé que j'étais de la partie médicale mais ils n'ont pas réagi. Je dois trouver une fois de plus comment m'adapter, je ne peux plus faire demi-tour...

Portant le sac à dos, la trousse de médecin et son étui à violon, Jean quitte à pied l'hôpital quand Nielsen réapparaît en haut des marches et crie quelque chose dans sa direction. Jean revient sur ses pas pour mieux entendre. Son cœur se met à battre un peu plus fort. L'espoir d'un accueil s'entrouvrirait-il ?

— Pardon, monsieur Cazals, mais j'aurais dû penser que vous étiez sans moyen de locomotion. J'en suis vraiment désolé. Aimeriez-vous que je vous fasse déposer à votre hôtel ?

— Mon hôtel ?

— Vous êtes descendu à l'*Arctic* ?

L'*Arctic* est probablement un hôtel. Jean n'a d'autre choix que de simuler. « Non, je suis SDF » ne parait pas être, dans le contexte, la bonne réponse. L'espoir était monté trop vite, il s'écroule dans l'instant.

— Oui, si vous me faites déposer à l'*Arctic*, ça sera parfait.

— Un conseil pour vous qui venez d'arriver et ne connaissez pas encore la ville, ne vous promenez pas seul la nuit dans les rues. Dans la journée, il n'y a pas de problème. La nuit, si je peux dire la nuit, car il fait jour pendant vingt-quatre heures en ce moment, mais comprenez après 22-23 heures, soyez bien sur vos gardes. Les locaux ont une très fâcheuse tendance à se soûler et ensuite ils peuvent devenir idiots et agressifs, surtout envers des étrangers. On a eu quelques touristes blessés récemment, je vous en informe, soyez plutôt prudent.

— Ah... Merci, je ferai attention.

Cinq minutes plus tard, la grosse Audi du directeur, conduite par un employé de l'hôpital, dépose Jean devant l'entrée de l'*Hôtel Arctic*. Il fait semblant de chercher quelque chose dans son sac à dos pour laisser au chauffeur le temps de disparaître avec la voiture, puis lève les yeux vers l'hôtel et, face au confortable établissement, se compare intérieurement à Charlot, le vagabond. Tout concorde : baluchon, croquenots, pas de domicile, ni fixe ni mobile. Et un penchant pour la musique... L'hôtel est un long bâtiment en L, bâti sur deux niveaux, de couleur rouge grenat et avec un toit gris foncé. Il est situé au bord de la côte, à une cinquantaine de mètres de l'eau, en face des splendides icebergs. Un portier en uniforme est de garde devant l'entrée, Jean évite de croiser son regard, prend ses affaires et s'éloigne.

Il doit faire six à huit degrés et il est 13 heures. Avec ce vent, le ressenti est plus proche de deux degrés. Si je dois dormir dehors, ça va être rude.

Que faire sinon aller découvrir la ville en espérant trouver un abri. Ilulissat est une ville nettement plus petite que Nuuk, Jean en fait assez rapidement le tour. Il y a beaucoup de maisons individuelles colorées, pas de vrai plan d'urbanisme et des rues goudronnées en mauvais état. Épars, quelques rares habitats collectifs. Dans les rues, de nombreux enfants jouent au football. Ilulissat dispose de quelques équipements modernes. Jean a déjà vu l'hôpital. Il croise des écoles, des banques et des supérettes. Ce qui est toutefois le plus frappant est la masse des visiteurs étrangers qui déambulent dans les rues, entre les boutiques de souvenirs et les agences de tourisme.

Jean se rend devant le port. De l'autre côté du fjord sont dressés les monstrueux icebergs vus depuis l'avion. Un monde de géants qui ont dû s'entrechoquer pour trouver leur place et s'y fixer, accolés les uns aux autres. Devant l'entrée du port, c'est un va-et-vient de petits chalutiers. Quelques kayaks zigzaguent entre les plaques de glace à la dérive et les navires des pêcheurs. Vers 18 heures, il retourne dans le centre-ville et le flot des touristes. Les hurlements de chiens annoncés par Vittorio se déclenchent d'un seul coup, assourdissants, comme si, à cette heure-là, la gent canine s'était emparée du pouvoir. Deux heures plus tard, il réalise qu'il est resté tout ce temps assis sur un bloc de béton devant une supérette à regarder la foule. Il commence à avoir faim, et recherche l'agence de tourisme de Vittorio. Quand il la trouve, elle est fermée. Il se juge idiot de ne pas avoir emporté quelques provisions du bateau. Et le froid le fait grelotter. Dans un fast-food, il dépense presque toutes les couronnes dont il disposait encore pour un seul sandwich. Revenu devant le port, il contemple les icebergs géants et ne se lasse pas du spectacle. Le plus impressionnant est le fracas que fait un bloc d'iceberg quand il se détache et s'écroule dans l'eau. Comme un coup de tonnerre.

Du café encore ouvert et bruyant, qui se trouve à proximité, sortent deux jeunes Inuits totalement soûls. Ils repèrent ce promeneur solitaire et commencent à le bousculer. Surpris, Jean en lâche son sandwich encore emballé et l'un des deux agresseurs s'en saisit. Ni l'un ni l'autre ne semble comprendre l'anglais. La mise en garde de Nielsen n'était pas infondée, les deux poivrots semblent vouloir se payer un Européen, voler son dîner ne leur suffit pas. Ils le font reculer tout en proférant des menaces. Jean s'adosse au mur du café afin de ne pas être attaqué par-derrière et se prépare au pire car l'un des hommes brandit une grosse pierre. Il les regarde alternativement et sent ses pulsations cardiaques s'emballer. Les alentours sont déserts et les deux agresseurs lui bloquent l'accès au café pourtant distant seulement d'une dizaine de mètres. L'homme à la pierre s'avance en grommelant. Jean tente de le repousser en se gardant de frapper, afin de ne pas déclencher de bagarre.

Soigner les Esquimaux était le but. Pas me faire assassiner. Mais si c'est mon heure, après tout pourquoi pas ? À Hélène, Anne et son futur bébé, je n'aurai survécu que quelques semaines.

Ce n'est pas l'heure de Jean. Du café sort un groupe d'une dizaine d'hommes et de femmes qui rient et parlent fort. Les deux agresseurs prennent le large instantanément. Le tout n'a pas duré une minute, mais il se met à trembler et éprouve le besoin de s'asseoir au sol. Le groupe de fêtards, qui l'a involontairement sauvé, n'a rien vu de l'incident. Ce sont aussi de jeunes Inuits. Ils s'éloignent sans prêter attention à lui. Inquiet de retomber nez à nez avec le duo violent, il s'éloigne de la ville et choisit pour se reposer un groupe de rochers entre lesquels une bande de lichens lui permet de s'allonger. La température est nettement descendue, elle est aux alentours de zéro. Crevant de froid et de faim, atteint par une toux qui lui brûle la gorge, il passe la nuit entière à grelotter et pester contre son beau-frère qui n'avait pas pensé à mettre des gants dans son paquetage.

Mercredi 22 juin – jour 43

PENDANT CETTE NUIT qui n'a pas existé puisque l'obscurité n'est jamais arrivée, Jean a eu vraiment très froid. Froid comme jamais dans sa vie. Le temps est encore plus long dans le froid quand on a l'estomac vide. À plusieurs reprises, il s'est levé pour effectuer des mouvements de gymnastique et tenter de réchauffer articulations et membres engourdis. Il s'est fortement enrhumé. Il est à bout de forces et ses mains qui sont proches de se retrouver gelées le font beaucoup souffrir.

Vers 7 heures du matin, il se décide à franchir l'entrée de l'*Hôtel Arctic* au culot, passe devant la réception sans se faire interpeller et se rend au restaurant où déjà de nombreuses tables sont occupées. Incapable d'arrêter de grelotter malgré le chauffage, Jean reste debout près de l'entrée de la salle jusqu'à ce que l'un des serveurs vienne à sa rencontre. C'est un jeune Danois d'une vingtaine d'années, parfaitement avenant comme on le lui a enseigné à l'école hôtelière.

— Bonjour, monsieur. Vous avez quel numéro de chambre ? demande le jeune, soucieux de vérifier à facturer à la bonne personne le très onéreux petit déjeuner de cet établissement quatre étoiles.

— Je ne suis pas à l'hôtel, répond Jean en s'efforçant de ne pas claquer des dents.

— Ce n'est pas un problème, monsieur. Je vais vous installer, suivez-moi.

Jean fait un premier pas puis se ravise. Avoir affaire à la police locale ne paraît pas opportun.

— Attendez... Je n'ai pas de quoi payer.

— Pardon ?

— Je n'ai pas d'argent, on m'a attaqué et on m'a volé mon portefeuille.

— Alors, s'il vous plaît, attendez ici un instant, je vous prie, je vais aller demander à mon responsable.

Le supérieur hiérarchique rapplique dans la minute et met à la porte, sans la moindre courtoisie, ce voyageur fauché, sale et mal rasé, dont le second passage devant la réception ne passe pas inaperçu, cette fois.

Jean envisage ses options pour pouvoir manger et dormir. Retourner tenter sa chance à l'hôpital ou à défaut auprès de l'agent de voyages italien rencontré dans l'avion ? Dans un premier temps, il choisit l'hôpital. En voiture, la veille, le trajet avait duré sept à huit minutes. Il retrouve son chemin et, à pied avec son chargement, ne met pas plus qu'un quart d'heure. Ayant attendu, à l'entrée de la cour, qu'il soit 8 heures, il se présente à l'accueil et demande si le directeur peut le recevoir. À l'élégante réceptionniste inuk, bien coiffée et légèrement maquillée, il explique être le médecin français qui, la veille, est venu avec le scanner. La femme demande à Jean de s'asseoir et décroche son téléphone. Une demi-heure plus tard, des escarpins claquent lourdement dans l'escalier qui descend vers la réception. Une femme de type européen, d'une soixantaine d'années et de forte corpulence, se présente. Instantanément, Jean trouve à cette matrone scandinave une ressemblance avec la Castafiore, la cantatrice des albums de *Tintin*, avec ses cheveux blancs arrangés en un impeccable chignon. Ses lunettes rondes à fine monture sont rabattues sur ses narines et tenues par un fin cordon autour de son cou. Elle porte des dossiers pour bien signifier, à qui en douterait, qu'elle est une personne très occupée, que son temps précieux est compté. Le ton de son entrée en matière est parfaitement hautain.

— Bonjour, je suis la secrétaire de M. le directeur, puis-je connaître le motif de votre demande de rendez-vous ?

— Madame, j'aurais aimé pouvoir lui parler, je suis médecin en France, je suis la personne qui hier a apporté le scanner du Dr Ulrich.

— Oui, je vous ai aperçu hier. Vous êtes médecin ?

Longue pause pendant laquelle la Castafiore le scrute des pieds à la tête. Elle est incrédule devant le pantalon tire-bouchonné, la parka informe, les yeux cernés et la pâleur du visage. À ses yeux de grande professionnelle jamais prise en défaut, un type avec une si pitoyable présentation saurait difficilement être médecin. Jean reste très figé et ne lâche pas un instant le regard inquisiteur de la duègne qui finit par abandonner du bout des lèvres une réponse dilatoire :

— M. le directeur est à l'extérieur, il sera ici vers 11 heures. Je verrai si je peux lui parler à son retour. Il est très occupé, je ne peux rien vous promettre. S'il ne dispose pas de temps, il faudra attendre demain.

En tournant déjà le dos, elle désigne un banc.

— Vous pouvez-vous asseoir ici, si vous voulez attendre. Sinon, revenez plus tard. Quel est votre nom, déjà ?

— Je suis le docteur Cazals. Je suis français.

Deux heures au chaud juste pour attendre, même en totale oisiveté et avec le ventre toujours aussi creux, c'est déjà mieux que traîner dehors. Très aimablement, la réceptionniste a proposé un thé et un biscuit. Jean a mis à profit l'occasion pour se raser discrètement dans les toilettes.

Comme prévu, Nielsen est de retour à 11 heures.

— Vous vouliez me voir, monsieur Cazals ?

— Monsieur, s'il vous plaît, pourriez-vous m'accorder quelques minutes ?

— Un problème avec le scanner ?

— Non, ce n'est pas ça. Rien à voir avec le scanner.

— Venez dans mon bureau, vous allez m'expliquer.

Dans l'escalier qui accède au premier étage, sous l'œil dubitatif et presque inquiet de la Castafiore, Jean suit Nielsen avec le sentiment d'avoir réussi une étape préliminaire, pouvoir être écouté. Pour la suite, il a établi une stratégie.

Si jamais, par chance, il envisage de m'aider, idéalement en me permettant de rester quelques jours à l'hôpital, il voudra vérifier si oui ou non je suis médecin, donc aller sur Internet où on retrouvera le Dr Casamayou de Guinlet. Je dois prendre le risque de me dévoiler. Mon nom peut aussi se retrouver lié à l'accident du car. Un avis de recherche peut maintenant avoir été lancé.

— Merci de m'écouter. Voici en deux mots mon histoire récente.

En trois minutes, il déballe tout. Son vrai nom, l'accident, sa réaction de fuite, un résumé de son itinéraire et surtout son désir de mettre le maximum de distance avec sa vie d'avant. Il ne cache en rien sa propre faiblesse et les reproches qu'il se fait, assumant vivre dans une forme de déni. La seule omission notable dans son récit est celle du junkie balancé à la mer. Nielsen est attentif. Calé sur son siège au début, il se penche de plus en plus en avant sur son bureau, comme pour se rapprocher de la parole. Cette attitude met Jean en confiance pour la suite.

— Quelle aventure ! Comment puis-je vous venir en aide, puisque c'est ce que vous êtes venu chercher ? Voulez-vous que je vous aide à revenir chez vous ? À prendre contact avec le maire de votre commune ?

— Non, je vous en prie, surtout pas. Je ne veux plus retourner là-bas. Enfin, pas maintenant. Ce que je souhaite est de pouvoir rester quelque temps, reprendre pied et soigner les gens. J'ai soigné au Soudan, j'ai su m'adapter. Je saurai m'adapter ici. Ce qu'il me faudrait, c'est juste votre confiance, un lit et un repas. Pas d'argent, pas de considération. Aide-infirmier, homme de ménage, cuisinier, plongeur. Je suis au terme de mon voyage, ma douleur est toujours aussi forte et je ne me reconstruirai pas rapidement, à supposer qu'un jour j'y parvienne. Je désire juste être utile pour un temps. Pour le temps que vous voudriez bien. Je suis compétent et infatigable.

— Je n'en doute pas, mais pour parler cartes sur table : vous souhaitez donc que je vous trouve un job dans mon hôpital ?

Nielsen a parfaitement compris la situation. C'est le moment de vérité.

— Je compatis à votre détresse et je n'ai aucune raison de douter de la véracité de votre récit. Je me dis qu'à votre place j'aurais peut-être agi de la même façon. Bien qu'on ne puisse jamais se mettre à la place d'un autre. Bon, je vais voir s'il est possible de vous aider et comment. Pouvez-vous me donner la date exacte de l'accident du car ?

Jean est repris par le tremblement qui l'avait affecté dans la nuit, cette fois par nervosité.

— C'était le 11 mai.

— On est peut-être au bout du monde, dans l'Arctique, mais on est aussi dans la dépendance administrative du Danemark. Il y a des lois, ce n'est pas le Far West comme certains peuvent avoir tendance à le croire. Employer quelqu'un ne peut se faire que dans un cadre réglementaire. Même si je suis en sous-effectif.

Jean serre les poings et les dents sans rien montrer. Cette référence aux lois ne présage rien de favorable pour un clandestin en fuite. Nielsen se recule dans son fauteuil sans cesser de scruter Jean, comme s'il cherchait encore si tout dans le récit était bien la vérité.

— Je comprends que vous êtes un homme estimable frappé par un drame épouvantable. Je dois réfléchir. Laissez-moi un peu de temps, revenez me voir à 17 heures.

Jean n'a pas osé mendier un repas et passe sept longues heures à errer. Dans le supermarché où il fait moins froid, Jean s'attarde devant les étals des poissonniers, très chargés en phoque, flétan, crevettes. Ces étals sont bien plus fournis que ceux, pauvrets, des marchands de fruits et légumes. Il combat la tentation de chaparder un peu de nourriture. Une fois un peu réchauffé, il retourne dans les rues et se mêle aux touristes. Les boutiques de souvenirs proposent des vêtements en peau de phoque ainsi que toutes sortes d'anoraks, T-shirts et polaires aux armes de la ville. Partout, des peluches (phoques, morses, ours, baleines), photos, magnets, mugs. Généralement du « made in China ». Tous les signes désolants du tourisme de masse que l'époque fabrique. À l'heure convenue, il se présente à nouveau devant le directeur de l'hôpital, qui le reçoit en compagnie de la secrétaire.

— Ce matin, je vous ai écouté sans mettre en doute votre récit, ensuite je suis allé consulter Internet. Même si je parle mal votre langue, avec l'aide de Mme Bengtsson (il désigne la Castafiore), nous avons trouvé de l'info sur cet accident de car dans votre pays dont vous m'avez parlé : au mois de mai dernier, quarante et une personnes décédées au sud de la ville d'Eauze.

Jean commet l'erreur de se tourner un instant vers Mme Bengtsson et croise un regard hostile. Nielsen poursuit :

— J'ai aussi cherché à trouver le Dr Casamayou et ai bien eu confirmation qu'un Jean Baptiste François Casamayou, époux de Mme Hélène Lucie Marie Cazals, exerce ou exerçait le métier de généraliste à Guinlet. J'ai vu une photo de ce médecin, un beau barbu. Cette personne fait l'objet d'un avis de recherche émis par la gendarmerie de son pays. Cet homme est recherché dans son propre intérêt car ce n'est évidemment pas un délinquant. C'est quelqu'un qui aurait probablement subi un fort traumatisme lors de l'accident et pourrait être soit décédé, soit amnésique. Personne ne l'a revu depuis le jour de l'accident.

— Vous le savez maintenant, le Dr Casamayou est devant vous, monsieur Nielsen, il n'est pas frappé d'amnésie.

— Auriez-vous l'amabilité de me montrer le passeport avec lequel vous êtes entré au Groenland ?

Jean sort la carte d'identité de son beau-frère et la tend à Nielsen qui l'examine en prenant son temps.

— Non, monsieur, le Dr Casamayou, je ne sais pas ce qu'il est devenu, ce malheureux. En face de moi se présente un certain Pascal Cazals, un citoyen français qui bourlingue et qui se dit médecin mais qui ne l'est probablement pas. Sur sa carte d'identité, aucune profession n'est mentionnée. Il est arrivé ici pour livrer un appareil médical, je ne savais rien d'autre le concernant avant cette conversation et qu'il me parle de cet accident épouvantable.

Que veut dire Nielsen ? S'il ne croit pas que je suis vraiment médecin, il ne va pas me proposer de rester.

— Mais si, je suis médecin, interrogez-moi, vous verrez. Je vous assure. Je suis généraliste, j'ai une forte expérience.

— Pour moi, vous êtes monsieur Cazals, c'est encore une fois ce que je vois sur votre document d'identité. Je ne connais que ce Pascal Cazals, ici présent, et c'est à lui que je vais tendre la main car je crois que cet homme a traversé un calvaire et souffre peut-être d'une mémoire défaillante. Main tendue tout provisoirement, pour quelque temps, vous entendez bien, afin que physiquement et moralement il se rétablisse un peu. Il y a énormément de travail ici en raison de l'afflux de touristes et je manque de personnel plus ou moins qualifié. Vous ne chômerez pas, croyez-moi, mais vous n'aurez pas de mission de soignant. Vous serez affecté à la traduction quand nous aurons des patients français, ce qui n'est pas aussi rare qu'on pourrait le croire. Vos compatriotes ont un réel penchant pour la grippe.

Apparemment, ça le fait sourire, alors Jean sourit lui aussi d'une manière approbatrice.

— Vous aiderez notre personnel d'entretien et notre personnel de cantine. En échange, vous aurez un lit et les repas de la cantine du personnel. Mais pas de rémunération. J'insiste sur ce point. En vous hébergeant ici provisoirement et sans statut officiel, comme je le fais, je contreviens à la loi et j'espère que le personnel ne protestera pas. Il faut aider son frère quand on le peut. Je suis chrétien, c'est ce que doit faire un chrétien.

Il se tourne vers Mme Bengtsson pour y quêter une approbation, mais la duègne semble bien trop occupée à consulter ses dossiers.

— Donc, pour terminer, monsieur Cazals, je vous aide, et vous aurez à aider autour de vous. Pour la durée de séjour que je vous autoriserai. Ceci vous convient-il, monsieur Cazals ?

— Alors vous m'acceptez ! Merci, oui, ça me convient. Je vous en suis reconnaissant, vous ne serez pas déçu.

Jean reprend sa respiration. Être admis à résider dans l'hôpital est une telle chance. Maintenant, tout faire pour se faire accepter, y compris par la redoutable Mme Bengtsson. Et commencer par soigner son énorme grippe de Français le soir même.

Jeudi 23 juin au jeudi 4 août – jours 44 à 86

Six semaines passent au cours desquelles Jean s'investit et s'abrutit volontairement dans le travail, comme il l'avait fait au restaurant à Copenhague. Nielsen n'avait pas exagéré, le personnel soignant est débordé. Le personnel d'entretien également. Il aide partout où il le peut. En cuisine, il aide le service et fait la plonge. Dans les chambres et les parties communes, il aide au ménage. Son obsession est d'être considéré par Nielsen comme offrant une force de travail exceptionnelle et ne pas se voir signifier trop vite la fin de son séjour. La nuit, il dispose d'une paillasse dans une soupente du bâtiment et a accès aux douches. Les repas sont plutôt infects mais il apprécie de pouvoir les partager avec le personnel bien que, lors des premières semaines, personne ne lui adresse la parole. Avec cet étrange Européen suractif et dont le statut n'est pas clair, les employés inuits gardent une distance.

Jean est sur le pont environ dix-huit heures par jour. Son but est de se coucher crevé et moins broyer du noir la nuit. Pourtant, l'effacement de ces images tragiques est impossible.

Quand des patients français viennent pour des soins, leur pratique de la langue anglaise est souvent insuffisante. Il est appelé comme traducteur par ses deux confrères, le généraliste danois,

Tobias Solberg, ou le pneumologue inuit, le Dr Saqqloq. Jean veille à rester à sa place de simple interprète et ne s'autorise aucun diagnostic ni aucune proposition. Toutefois, les deux médecins ne mettent guère de temps à soupçonner cet interprète tombé du ciel d'avoir une compétence du même niveau que la leur. Saqqloq finit par s'en ouvrir auprès du directeur et ce dernier confirme que ce Français hébergé provisoirement est effectivement médecin, mais qu'il n'est pas, pour des raisons administratives évidentes, autorisé à exercer au Groenland. Cet entretien, dont la teneur parvient rapidement à toutes les oreilles, a pour résultat d'améliorer subitement la sympathie dont Jean commençait à bénéficier. Au bout d'un mois, nombreux sont les employés qui commencent à apprécier le savoir-faire et le sens de la pédagogie de cet étranger. Il est autorisé à porter une blouse blanche et à effectuer quelques missions d'infirmier en plus de son travail régulier d'homme à tout faire. Peu de temps après, il se porte volontaire pour remplacer certains collègues lors de gardes de nuit. Face au déficit de médecins disponibles, Nielsen ferme les yeux. Pour ces gardes, l'hôpital adjoint à Jean un infirmier qui parle bien l'anglais, du nom d'Angitituak. Il décide de l'appeler Angi, diminutif plus facile à prononcer.

— Quel âge as-tu ?

— Quarante-six ans.

Angi est rond de visage et rond de corps. Il lui rappelle Honesto. Le type asiatique est bien prononcé sur son visage aux joues généreuses. Les yeux en amande sont très foncés, sous des sourcils épais. La tignasse est noire et coupée court mais en désordre. Jean n'a pas eu le choix de son adjoint, mais l'homme lui fait une bonne impression.

— Comment dit-on « merci » dans ta langue ?

— *Qujanak.*

— OK. *Qujanak*, Angi. Merci de m'aider.

Dès la première semaine de garde, il se trouve confronté à une maladie dont le diagnostic lui pose problème. Vers minuit, un couple amène une fillette de dix ans environ qui a des diarrhées, vomit et se plaint de très fortes douleurs au ventre. Jean est assez perplexe et Angi lui souffle le diagnostic : un accès de saturnisme. Il n'a jamais rencontré cette pathologie dans sa carrière, mais il se souvient de ses cours à la fac de Bordeaux et de quelques cas qu'il avait eus à étudier. Le plomb peut s'incruster dans l'organisme, sur les os principalement, et devient le responsable de ces accès de saturnisme. Dans ses souvenirs, les contaminations provenaient de peintures ou de tuyauteries anciennes. La médecine doit réussir à éradiquer cette maladie sans retard car, si elle devient chronique, les conséquences peuvent être gravissimes : risques de cécité, retard mental, et autres dysfonctionnements. Jean est perplexe et choisit de ne pas s'en tenir à la suggestion d'Angi. Il met la fillette en observation pour la nuit et préfère attendre l'avis de Solberg le lendemain.

Le lendemain matin, le Dr Solberg confirme le diagnostic avancé par Angi et explique à Jean l'origine du saturnisme sur le sol groenlandais. Cette origine, c'est la chasse. Les cartouches et les balles en plomb. Pendant des dizaines d'années, dans leur pays qui ne pouvait avoir d'agriculture, les Groenlandais ont chassé à outrance pour se nourrir. Dans les sols et dans les cadavres d'animaux, le plomb est resté. Les oiseaux ont assuré la distribution.

Les oiseaux de malheur... c'est comme dans mon Sud-Ouest avec le virus de la grippe aviaire.

Le traitement approprié est un traitement oral, la fillette pourra le prendre facilement. Une semaine plus tard, l'enfant se porte mieux. Jean se laisse absorber peu à peu par cet environnement nouveau. Tout en continuant à se fondre sans réserve dans ses fonctions d'homme de ménage-infirmier suppléant, il apprécie la tolérance du directeur qui ne lui a toujours pas donné congé et lui permet de procéder à des consultations d'urgence au cours des nuits. Les touristes ont généralement pris froid. Les patients locaux, eux, souffrent le plus souvent de troubles dus à l'alcoolisme. La nuit qui ne tombe jamais rend ce monde irréel, ce monde où Jean se sait immobilisé car, au-delà, il n'y a plus rien. Il commence à apprécier cette bourgade où la vie est un combat permanent, les paroles rares et la frugalité de règle. Un réel contraste avec le quotidien dans le Gers. Le seul vrai bavard est Angi, cet adjoint inuit tombé du ciel, dont il apprécie la compétence et l'humanité. Angi est fasciné par le couteau suisse de Jean et l'emprunte chaque fois qu'il le peut.

Une nuit, Jean et Angi sont appelés pour une urgence à l'extérieur. Un homme vient de chuter de son toit et est resté sur place, intransportable, dit-on. C'est la première fois qu'il doit intervenir hors de l'hôpital. En pressant le pas, ils parviennent devant une maison aux parois jaunes, construite au pied des collines rocheuses qui dominent le fjord. Protégé par une couverture, un homme d'une soixantaine d'années est assis au sol, adossé à un mur. Quelques-uns de ses voisins sont auprès de lui et s'écartent. Dans un enclos, une douzaine de chiens observent, silencieux. Les voisins expliquent à Angi la situation et Angi traduit :

— Il est tombé du toit, il s'est fait très mal à la jambe, il ne peut plus bouger.

Jean regarde le toit devant lui. Incliné, certainement glissant, pas de gouttière. Et sur le toit, un chien qui semble le défier du regard.

— Pourquoi ce chien est-il là-haut et que faisait notre homme sur ce toit glissant ?

Angi traduit :

— Tout a démarré avec une bagarre de chiens dans sa meute. Auparavant, le mâle dominant avait choisi le toit comme terrain personnel et aucun des autres chiens n'avait le droit d'y monter. Ce chef de meute dormait donc toujours sur son toit et tous les chiens respectaient cette suprématie. Ce soir, un jeune rival a voulu tenter sa chance, c'est celui qui nous nargue de là-haut. Il est allé affronter le chef avec le but de le déloger. Les deux se sont battus. Le propriétaire est monté pour essayer de les séparer et il a glissé en même temps que le vieux chien.

Jean examine le blessé.

— Fracture du tibia et probablement aussi fracture du bassin. Je vais lui confectionner une attelle de fortune. Il faut immobiliser au maximum sa jambe. Angi, appelle pour demander qu'on nous envoie l'ambulance, on va transporter ce monsieur à l'hôpital le plus vite possible.

Cet épisode a naturellement fait le tour de la ville, on parle dorénavant de ce médecin français récemment débarqué. Une autre intervention exceptionnelle pour Jean se présente quelques jours après l'épisode de la bagarre de chiens.

Jurgen Mikkelsen, le directeur de l'*Hôtel Arctic*, ayant lui aussi appris qu'à l'hôpital officiait un médecin français, envoie un de ses employés chercher ce médecin. Il a appelé Nielsen et demandé expressément « le médecin français ».

— C'est pour un VIP, a-t-il ajouté.

Nielsen a demandé à Torben Ulrich d'accompagner Jean, qui se rend à cette consultation habillé d'une blouse blanche. Autour du cou, il porte un stéthoscope, comme on porterait une amulette.

Un VIP... ?

Pour l'occasion, Jean bénéficie de la voiture et du chauffeur de Nielsen. Ulrich et lui se trouvent rapidement face au directeur qui les attendait devant la réception.

— Docteur, j'ai ici un visiteur de marque, un Français. Son épouse est souffrante. Il a demandé la visite d'un médecin. J'ai pensé à vous.

Si le directeur de l'hôtel est un peu fébrile, Jean l'est encore plus. Le vieux routier de la médecine est ému comme à son examen d'internat. Il a l'impression que ses battements de cœur résonnent dans le couloir. Mikkelsen frappe à une porte qui s'ouvre instantanément et Jean reconnaît l'homme qui vient d'ouvrir, Robert Véline, l'actuel ministre des Affaires étrangères. Allongée sur le lit, une femme d'une soixantaine d'années se redresse pour saluer les médecins.

— Le directeur nous a dit qu'il y avait un médecin français à l'hôpital d'Ilulissat. C'est donc vous ? Merci d'être venu m'examiner, docteur. Docteur ?

— Cazals, madame, je suis le docteur Cazals et je vous présente mon confrère le Dr Ulrich qui m'accompagne pendant ces premières semaines où je prends mes marques.

— Comment se fait-il qu'un médecin français soit à l'œuvre ici ? demande le ministre, lequel ne s'est pas présenté et semble ignorer Ulrich.

Tandis que discrètement le directeur Mikkelsen quitte la pièce, Jean ignore la question et se tourne vers la patiente tout en faisant semblant de ne pas reconnaître le ministre.

— Je vais vous examiner, madame. Décrivez-moi ce qui vous fait souffrir.

La maladie de Mme Véline est classique. Elle a pris froid durant l'excursion en traîneau à chiens proposée par l'hôtel et a une forte inflammation de la gorge et des sinus. Jean échange son diagnostic avec Ulrich et ce dernier rédige une ordonnance. Mme Véline s'est rhabillée et son époux revient à la charge :

— Docteur, permettez que je vous invite à boire un verre avec nous au bar de l'hôtel pour vous remercier et le plaisir de bavarder un moment avec un compatriote qui a choisi de vivre dans ce pays superbe.

En quittant la chambre, Jean donne l'ordonnance à Mikkelsen pour que ce dernier envoie quelqu'un chercher les médicaments malgré l'heure tardive. Ulrich prend congé à son tour tandis que Jean et le couple Véline prennent place dans trois fauteuils auprès du bar, ce qui rend perplexe ce même maître d'hôtel qui, un mois plus tôt, l'avait viré sans ménagement…

— Je vais vous régler vos honoraires, combien vous dois-je ? demande Véline.

Embarrassé, Jean ne peut évidemment pas dévoiler son statut de squatteur à l'hôpital.

— Ne vous préoccupez pas de cela, M. Mikkelsen va se charger des formalités administratives avec l'hôpital et il vous tiendra au courant. C'est bien plus simple.

Étonné, le ministre acquiesce.

— Vous prenez quoi, docteur ?

— Un café, merci.

— Mon épouse et moi visitons Ilulissat pour la seconde fois. La première, c'était il y a une vingtaine d'années, et nous sommes stupéfaits de voir à quel point cette ville a changé. La ville, maintenant, est otage du tourisme, c'est affolant et navrant pour qui avait apprécié la vie locale et la culture inuit auparavant. Cette culture se noie, ici, sous le tourisme, c'est tellement regrettable. Ce qui est singulier est le paradoxe qui a engendré cette incroyable mutation : jadis, ces terres étaient inhospitalières et les conditions de vie, nous Européens les jugions abominables. Qui venait par ici ? Uniquement des explorateurs, des chercheurs, des aventuriers. Ces mêmes régions, aujourd'hui sont devenues attirantes et confortables, les visiteurs s'y pressent. M. et Mme Tout-le-Monde viennent s'y prélasser, et pourtant la géographie n'a pas changé, les terres sont exactement les mêmes avec quelques adaptations, vous me l'accorderez.

— C'est effectivement un changement paradoxal. Ceux qui sont venus mourir ici il y a un siècle doivent se retourner dans leurs tombes.

— Le changement climatique est engagé et irréversible, enchaîne le ministre. On ne peut en douter, les indices sont tellement évidents. Les glaciers fondent progressivement. Dans cette zone polaire, ceci entraîne la disparition progressive des espèces comme les morses et les phoques. Comme les phoques sont indispensables aux ours, à terme l'ours polaire est condamné. Il y a encore plus grave, docteur. Cette terre vierge et non polluée, hormis les résidus de plomb, est destinée à être martyrisée par les grandes puissances. Récemment, on a découvert, au Groenland et dans les eaux environnantes, des ressources souterraines très intéressantes. Du pétrole et des métaux rares. Le gouvernement est aveuglé par l'argent que ça peut rapporter. Le pétrole, il y en a, c'est certain, dans des quantités énormes. Pour leurs recherches arctiques, les Russes ont construit des brise-glace nucléaires. Ils en ont déjà au moins cinq ou six qui patrouillent et veulent viabiliser la route du Nord.

— Avec les Américains et les Canadiens, comment ça va se passer ?

— À votre avis ? Des conflits sont prévisibles, même si ce n'est pas encore ce qui s'annonce. Les Américains ont toujours considéré qu'ils étaient ici chez eux. Je vais vous apprendre quelque chose : en 1968, à proximité de la base américaine de Thule, encore plus loin au nord, un de leurs bombardiers nucléaires a été accidenté et est tombé à la flotte. Il était porteur de quatre bombes. Après d'énormes recherches comme vous pouvez l'imaginer, seules trois de ces bombes ont été retrouvées. Vous voyez, il n'y a pas qu'à Tchernobyl que ça arrive.

— Les médias ne semblent pas en avoir beaucoup parlé à l'époque.

— Encore une chose, concernant aussi les Américains. Google a un colossal besoin de place partout dans le monde pour stocker d'énormes bases de données et ça ne fait que commencer. Google a construit quelque part sur le sol groenlandais un site énorme, un gigantesque blockhaus, gardé par une armée d'agents de sécurité.

Tout en participant à la conversation, Jean est terrorisé à l'idée que son interlocuteur pourrait faire une recherche sur lui. Peut-être chercherait-il à vérifier si ce Dr Cazals aurait été radié de l'ordre des médecins, situation qui expliquerait son exil. Un ministre de la République, d'un simple appel téléphonique, peut obtenir une recherche sur quiconque, découvrir l'imposture et lui créer des ennuis. Il n'a qu'une idée, s'esquiver le plus rapidement possible, et se creuse la tête pour trouver comment réussir à écourter la conversation sans pour autant que sa fuite soit trop précipitée et semble louche au ministre.

— Mais vous, docteur, racontez-nous donc ce qui vous amène ici.

C'était trop beau pour être vrai, il va à nouveau falloir inventer des bobards.

— Vous savez, je suis à la retraite et j'ai une passion pour les populations du Grand Nord. C'est la raison pour laquelle je suis de passage ici où je donne un coup de main.

— En France, vous étiez où, alors ? Cazals, c'est un nom qui évoque le Sud-Ouest.

Jean se garde de citer un lieu précis :

— Oui, c'est l'origine de la famille Cazals, mais mes parents habitaient au Liban et je n'ai pas exercé en France. J'ai fait mes études et travaillé à Beyrouth et en Afrique, à Abidjan et puis ensuite à Ouagadougou, et j'ai fini ma carrière au Sud-Soudan avec des ONG.

Cette réponse est venue spontanément. Il est assez content d'avoir tenté le coup et bien embrouillé les informations sur son supposé parcours professionnel. Véline devrait être découragé de rechercher dans le passé itinérant de ce médecin original. Mais c'est sans compter les réflexes d'un homme de ce calibre intellectuel.

— Médecine tropicale, donc. Est-ce que c'est l'attirance pour ce contraste qui vous a conduit dans les zones polaires ? Une chose est sûre, vous êtes intéressé par les extrêmes. J'ai le privilège d'avoir bien pratiqué les pays de l'Ouest africain et je doute que vous y ayez trouvé les mêmes types de maladies qu'ici au Groenland.

Le ministre sourit de sa propre formule et reprend le questionnaire :

— Vous êtes ici depuis longtemps ?

— Depuis très peu, je suis encore en train de m'installer.

— À Ouagadougou, vous avez pu connaître Pierre Bidou, il a été attaché culturel pendant pas mal de temps, c'est un de mes bons amis.

Jean redoute un piège. Si ce Pierre Bidou n'avait pas existé ? Ou simplement jamais mis les pieds à Ouagadougou ? Répondre l'avoir rencontré, alors que peut-être c'est un nom bidon, et il sera démasqué comme menteur. Et imposteur.

— Non, ça ne me dit rien. Je n'étais pas le médecin attitré de l'ambassade.

C'est de Mme Véline que vient le sauvetage.

— Arrête, Robert, avec ta manie de vieux diplomate qui voudrait que tout le monde connaisse tout le monde. Je crois que je vais vite me sentir beaucoup mieux. C'est l'effet produit par la rencontre d'un compatriote médecin.

Jean saute sur l'occasion :

— Merci beaucoup pour le café, je dois vous quitter, j'ai des patients qui m'attendent à l'hôpital. Attention, si vous allez à nouveau en excursion, madame, surtout, couvrez-vous bien.

Jean file sans se retourner, salue à peine Mikkelsen qui l'attendait à la réception. Le portier l'accompagne jusqu'à la berline de Nielsen dont le chauffeur ouvre la portière.

Changement subit de statut…

Juste à ce moment, la sérénade canine démarre. Il est 18 heures, inutile de regarder sa montre.

Vendredi 5 août – jour 87

NE PLUS ÊTRE UN VAGABOND n'est pas désagréable. Sans faire l'unanimité, il a progressivement gagné l'amitié de certains de ses confrères et plus spécialement celle de Torben Ulrich, l'homme du scanner. Mais, devant cette reconnaissance sociale qui progresse, Jean redevient peu à peu le Dr Casamayou. Celui qui avait une femme et une fille enceinte. Celui qui a fui, qui n'a pas honoré ses proches après leur décès. Celui qui refait surface progressivement avec les principes d'Épicure et se culpabilise. Doit-il prendre enfin la décision de revenir ? Au moins retourner sur Internet pour trouver des informations nouvelles sur l'accident. Ce qu'il y découvre est particulièrement intéressant : l'enquête n'est pas close, un collectif des proches des victimes s'est constitué afin de connaître les vraies causes de l'incendie et se pourvoir en justice contre les responsables éventuels. Cette association regroupe plus de deux cents personnes, majoritairement des parents, mais aussi des amis. Il découvre avec intérêt que l'association est présidée par Caroline Lemerle, une amie intime d'Hélène.

Jean est partagé dans ses conclusions.

Cette action collective pourrait être un argument pour pousser Jean Casamayou à retourner dans le conformisme endeuillé de son village. Mais aujourd'hui, l'idiot, le mort-vivant qui voyage sous la fausse identité de Cazals n'a pas changé d'état d'esprit. Même s'il ressent que peu à peu il est déstabilisé, il n'a aucune envie de se soumettre. Plutôt envie de se fondre dans cette immensité polaire qui finira par l'engloutir tôt ou tard. Personne ne le cherchera, personne ne le trouvera. C'est même étonnant, la mention de ma disparition ne figure pas sur ce site Internet que je viens de consulter alors que Nielsen, lui, l'avait vue quelque part. Par chance, mon téléphone portable était dans le sac d'Hélène. Je suis toujours un fantôme.

Ulrich invite Jean à déjeuner pour, dit-il, lui faire découvrir la fine cuisine groenlandaise. Il se retrouve une fois de plus à l'*Arctic*, cette fois dans la salle à manger. Ulrich semble avoir plaisir à l'initier aux spécialités. En entrée, il découvre les oursins locaux. Suivent le bœuf musqué et le lièvre de l'Arctique, puis une salade qui évoque le cresson. En bon Gersois gastronome, il est ravi d'échapper à la roborative cuisine de la cantine. Ulrich parle de sa carrière et de sa passion pour ce pays où il s'est installé tout de suite après l'obtention de son diplôme. Selon lui, l'avenir du Groenland se révèle plein de menaces. À l'instar du ministre Véline, Ulrich déplore les effets du tourisme de masse. Un tourisme modéré et absorbable serait utile, mais pas ces déferlements d'envahisseurs, dont certains sont porteurs de maladies qui, auparavant, étaient inconnues au Groenland. À ces contacts aussi, la jeunesse perd progressivement ses repères. On construit des barres d'immeubles au pied desquelles le taux de suicides est le plus élevé de la planète.

— Le plus élevé de la planète, Pascal. Ici, chez nous, tu te rends compte !

— Je ne l'imaginais pas ainsi.

— Les jeunes qui ont de l'ambition et de l'espoir ne restent pas ici. Sans le tourisme, la ville se dépeuplerait. Les jeunes préfèrent aller à Nuuk pour étudier ou trouver du travail. Parfois aussi émigrer s'ils le peuvent. Ceci dit, le réchauffement climatique dont toutes les populations du monde se lamentent représente ici un bienfait. On dégage des routes nouvelles, on accède plus facilement à des endroits isolés et on va commencer un peu à cultiver les sols. Ceci compensera la raréfaction des phoques. Mais j'ai autre chose pour toi à l'ordre du jour : Pascal, cette invitation à déjeuner est aux frais de Nielsen. C'est lui qui m'a demandé de te parler, il n'a pas voulu le faire lui-même afin de ne pas essuyer un refus de ta part. On a quelque chose à te dire.

— Je fais peur à Nielsen, maintenant ?

Ulrich sourit. Jean s'en doutait, il y avait bien un but derrière cette invitation et ce repas superbe.

— Quel est donc ce message, Torben ?

— Nielsen est vraiment ennuyé car tu as pris une vraie importance en peu de temps dans son établissement. Surtout depuis que tu soignes sans avoir un statut officiel. Certains collègues, remontés contre toi par cette chipie de Bengtsson, voient ceci d'un très mauvais œil. En fait, certains t'apprécient, c'est d'ailleurs le cas pour la majorité, mais pour d'autres tu es devenu gênant. Nielsen prend peur d'une sorte de fronde et des problèmes que ceci pourrait lui causer auprès du ministère de la Santé.

— En dehors de la redoutable Mme Bengtsson qui ne peut pas me sentir depuis le premier jour, tu parles plus spécialement du chirurgien Andersen et des gens de son service ? Effectivement, je vois bien qu'ils me sont hostiles, aucun d'entre eux ne m'adresse la parole. Pas même « bonjour-bonsoir ». Il y a aussi Saqqloq que je pense assez faux-cul et qui est très proche d'Andersen. Mais je comprends très bien le message que tu me passes. Alors ?

— Alors il avait été décidé que ton séjour chez nous était terminé et qu'on allait te demander de partir, quand un imprévu est arrivé au cours de la semaine, et finalement on a peut-être encore besoin de toi. Tu vas me répondre.

— Besoin de moi ? On aurait peut-être besoin de moi ?

— Nielsen envisage que tu reprennes provisoirement un poste de médecin généraliste sur l'île de Disko.

— Sur l'île de Disko ? C'est l'île qui se trouve au large d'ici, c'est ça ?

— Oui, en face de nous, à l'ouest, à près de cent kilomètres. C'est une grande île mais avec à peine mille habitants.

— Grande comment ?

— Vraiment grande. On n'en fait pas le tour complet en une journée de navigation.

— Nielsen voudrait que j'aille là-bas et n'ose pas me le dire en face ?

Jean se cale dans son siège et respire profondément. Ce n'est donc pas encore l'expulsion si redoutée vers la case départ. Jean est même ravi car la mission l'envoie dans un lieu qui semble encore plus perdu. Exactement ce que inconsciemment il commençait à souhaiter, jugeant que son errance demandait encore plus d'efforts et qu'il commençait à s'embourgeoiser.

— Je te réponds sans attendre : je suis heureux d'accepter cette mission. Ici, on m'a accueilli. Recueilli même. Je suis redevable, je sais ce qu'est une dette. Accepter cette mission est un moyen de m'en acquitter au moins partiellement. De plus, si tu me dis que là-bas à Disko les gens n'ont plus de médecin, je dois y aller. J'ai prêté le serment d'Hippocrate. Torben, je te confirme que je me porte volontaire pour l'île de Disko.

— Cool ! Nielsen va être content. Sache que le dispensaire de Disko est assez rudimentaire, les touristes ou les autochtones qui tombent sérieusement malades, on préfère les ramener ici.

— Sur cette île perdue, Disko, il y a des touristes quand même ?

— Moins qu'ici, et les paquebots sont plus petits. Il y a des jours, toutefois, où l'on y voit débarquer jusqu'à cinq cents personnes, des amateurs de randonnée en traîneau ou des gens que le vide et la solitude attirent.

— On y va comment dans ton île ?

— L'été, en bateau. Quatre heures de traversée. En hiver, c'est un service d'hélico qui fait les navettes.

— Le toubib local qui doit être remplacé, que lui arrive-t-il ?

— Il vient de décéder. Il n'était pas si vieux pourtant, le brave Uutaak. Soixante-dix ans, pas plus. C'est l'oncle de Saqqloq. Il nous a caché sa maladie pendant plusieurs mois, mais on a fini par s'en apercevoir quand le dispensaire a commencé à appeler son neveu à l'aide. Et c'était trop tard.

— Ce dispensaire ? C'est là où je vais travailler ?

— Oui, mais, tu verras, c'est un peu bricolé. Sans Uutaak, il ne reste qu'un jeune médecin local et il va être débordé. Nielsen, qui a cette zone sous sa responsabilité, a toujours insisté pour qu'il y ait là-bas au minimum deux généralistes pour la population. Donc tu auras un supérieur hiérarchique de trente-cinq ans de moins que toi.

— *No problem.* Comment vais-je communiquer avec les patients ? Je n'ai que l'anglais et j'imagine que sur l'île on ne connaît que votre langue groenlandaise, le ka... Comment dis-tu ?

— Kalaallisut. Nielsen y a bien pensé. L'infirmier Angitituak va avec toi. Il est volontaire, Nielsen n'a pas eu besoin de l'y forcer. Vous partiriez dès demain matin si c'est bon pour toi. Alors, ta réponse ?

— Angi me suit, vraiment ?

— Il t'accompagne, je confirme.

— C'est bon pour moi aussi, Torben, sois rassuré. Pas de problème. Demain, Disko !

Ulrich paraît soulagé, il doutait lui aussi de sa réaction.

Samedi 6 août – jour 88

En début de matinée, Jean embarque sur la navette qui relie Ilulissat à Qeqertarsuaq sur l'île de Disko. Une grosse barque à moteur avec une trentaine de sièges passagers. Kurt Nielsen est venu saluer Jean à l'embarcadère.

— Monsieur Cazals, je vous fais confiance pour cet intérim. Ce ne sera pas long mais pour l'instant je n'ai encore personne sous la main. Officiellement, je tiens à vous préciser à nouveau que vous êtes un touriste avec une formation d'infirmier et que vous êtes bénévole. Je sais combien c'est hypocrite, mais je n'ai pas le choix et surtout vous savez que j'ai en vous une grande confiance. Le jeune médecin qui sera votre patron me rendra compte de votre adaptation et le dispensaire subviendra à vos besoins. Dès que j'aurai recruté le nouveau titulaire, vous serez averti et relevé, ça ne doit pas prendre trop de temps, ne soyez pas inquiet.

Inquiet, oui, mais inquiet surtout d'être vite remplacé. Plus tard le nouveau médecin arrivera et plus je serai heureux.

Jean sourit et rassure Nielsen :

— Je ne suis en rien inquiet... C'est plutôt vous, vous vous demandiez sans doute, jusqu'à la dernière minute, si j'allais ou non me dégonfler. Vous pouvez me demander ce que vous voulez, je suis endetté vis-à-vis de vous qui m'avez si extraordinairement tendu la main.

Je serai là-bas un exilé volontaire, comme Hugo à Jersey. C'est probablement le bout du voyage, à moins que les circonstances décident de m'envoyer encore plus au nord, là où il n'y a plus rien.

La poignée de main de Nielsen est chaleureuse, alors Jean lui donne l'accolade, comme on le fait volontiers dans les pays du Sud. Nielsen se laisse faire, Jean s'étonne de sa propre audace. À bord, il retrouve Vittorio Innocenti, l'agent de voyages italien, l'homme du vol Nuuk-Ilulissat. Il lui raconte dans les grandes lignes ses deux mois comme suppléant à l'hôpital et son enthousiasme pour sa nouvelle mission à Disko.

— Pascal, avez-vous déjà vu des baleines ?

— Jamais encore, mais on m'a conseillé de bien ouvrir l'œil, car, paraît-il, on en croise au cours de la traversée.

— Oui, il est assez fréquent que nous rencontrions des baleines dans cette zone. Ce sont des baleines à bosse. Pour mes clients, j'ai une excursion formidable à proposer, vous devriez venir, je vous l'offrirai. Nous avons aussi une autre curiosité locale, moins agréable celle-ci : est-ce que vous avez déjà vu un iceberg se retourner ?

— Non. Seulement des blocs de glace qui se détachent et déclenchent des montagnes d'écume dans l'eau. C'est déjà impressionnant.

— Parfois, et heureusement c'est rare, un iceberg bascule entièrement sur lui-même. Et là, c'est un tsunami, car, vous le savez, la partie immergée est quatre fois plus volumineuse que la partie émergée. Alors même le port est envahi par la vague géante ! En mer, *Mamma Mia* ! Notre bateau peut tout à fait chavirer et ça peut arriver n'importe quand. Au cours de cette traversée par exemple ! Attention, je plaisante, c'est tellement rare comme phénomène.

Si une chose est sûre, ce serait la plus belle des conclusions pour mon errance, un tsunami entre Ilulissat et Disko, une mort dans l'eau glacée au milieu des baleines, par contraste avec le brasier du car.

Le ciel est totalement pur mais au large le froid est vif, bien plus qu'à terre, le vent est à l'œuvre. Tous les passagers, à l'exception d'Angi, sont restés en plein air, emmitouflés dans leurs anoraks et doudounes afin de ne rien perdre du spectacle. Angi, lui, dort à l'intérieur de la cabine. Le bateau progresse en ligne droite en heurtant les blocs de glace qui dérivent dans le fjord, obstacles suffisamment petits pour ne pas être dangereux. Un groupe de kayakistes salue le bateau en levant les rames au-dessus de la tête. Les baleines annoncées par Vittorio sont bien au rendez-vous, mais trop loin pour que l'on puisse vraiment profiter de leur chorégraphie aquatique. Après quatre heures de traversée, sur une mer calme et plus de mille chocs avec des blocs de glace sans le plus infime tsunami, la navette accoste à une jetée en bois. Angi s'est rapproché de Jean et s'empare de ses bagages.

— On est à Disko ! dit Angi avec un sourire qui indique à quel point cette nouvelle le réjouit. Les infirmières nous attendent. Regarde, elles sont là toutes les deux !

Angi saute à terre et serre dans ses bras deux femmes inuits entre deux âges.

— Docteur, voici Alaqasina et voici Taluliyuk. Ce sont les infirmières.

Les deux femmes offrent de chaleureux sourires où manquent quelques dents, ce qui est le cas fréquemment chez les populations locales. Elles sont heureuses de partager avec Angi cette apparente, mais certainement non feinte, joie de retrouvailles. L'une des deux prend le sac à dos et tous les quatre s'éloignent de la jetée.

— On va au cabinet médical, docteur Pascal. Ce sera ta maison. Tu auras ici une vraie maison, ça va te changer du grenier de l'hôpital. C'est aussi là où tu pourras recevoir des patients quand tu ne le feras pas au dispensaire. Moi, je vais habiter avec Alaqasina et Taluliyuk.

— Sans blague ! Ma nomination ici est peut-être le résultat d'une basse manœuvre de ta part, j'ai comme l'impression que tu ne débarques pas en territoire inconnu.

Angi sourit mais ne répond pas.

Le village de Qeqertarsuaq ressemble à Ilulissat en plus petit. Les maisons colorées sont espacées, comme si, dans ce village aussi, aucun plan d'urbanisme n'avait été possible en raison de la nature du sol. Le village est dominé par une longue falaise qui semble dépasser les mille mètres d'altitude. Partout des enfants jouent au football entre les maisons.

— L'hiver, les enfants sont privés de foot à cause de la neige et de l'obscurité. Alors l'été, ils mettent les bouchées doubles, dit l'une des infirmières à Angi, mais à l'intention de Jean.

Angi traduit.

Le « cabinet médical » est une de ces maisons en bois au toit gris. Les parois sont bleues, la couleur plaît à Jean. Derrière la porte d'entrée, un petit sas de deux mètres carrés à peine permet de déposer les vêtements d'extérieur. L'intérieur est presque vide. La pièce de consultations ne comporte même pas le strict minimum. Il y a une petite chambre avec une douche et, à côté, un « salon-cuisine » qui sert aussi de salle d'attente.

— Installe-toi, docteur Pascal, et à 18 heures les filles vont revenir avec ton dîner.

Jean sort faire un tour pour se familiariser avec le village. Il note l'existence d'une supérette et de trois hôtels, des bâtiments construits avec deux niveaux et de forme rectangulaire. L'hôtel le plus important semble être l'*Hôtel Disko*, formé de cinq petits bâtiments accolés. Jean gagne le port et contemple les environs.

Cette maison sur une île du bout du monde est ce qu'instinctivement j'ai commencé à chercher en quittant le lieu de l'accident. Je vais me fondre ici dans le silence, le vide, l'absence de nuit, ces journées où on est en décalage horaire en permanence avec ces heures qui n'existent pas. Repartir à zéro, certainement pas. Je ne peux nier mon histoire et ma douleur. Mais je serai peut-être capable, ici, d'affronter la suite. Ce voyage n'a pas apaisé mon âme, mais il m'a aidé à survivre.

Peu avant 18 heures, Angi est de retour. Il apporte un grand sac et en déballe le contenu sur le lit. Des sous-vêtements longs, comme Jean en portait pour aller l'hiver en montagne, un gros anorak rouge, un pull-over en laine épaisse, des moufles et des bottes fourrées.

— Docteur Pascal, je n'ai rien volé, rassure-toi. Ces vêtements appartenaient à des gens qui sont morts. Les infirmières les avaient gardés. Tu auras chaud cet hiver, j'ai bien vu que tu n'étais pas assez bien équipé.

— Merci Angi, même si je ne garantis pas que je serai encore ici cet hiver, j'avais effectivement besoin d'un peu de renouvellement. Ce pantalon foncé avec de la fourrure d'un côté, ça vient d'où ?

— Ce pantalon est très précieux et il est spécial pour toi. C'est un pantalon en peau d'ours, docteur Pascal. Les hommes qui le portent peuvent être très fiers. Ce sont des chasseurs qui ont tué des ours.

— Les ours, ici, ils sont blancs, pas gris foncés, ou je me trompe ? Ce sont les kodiaks en Amérique du Nord et au Canada qui sont de couleur foncée.

— Non, tu te trompes. Les ours polaires, on les voit blancs, blancs avec la neige et la lumière, mais c'est un effet d'optique, en dessous leur peau est foncée.

Jean se souvient avoir vu des ours polaires au zoo de Vincennes et n'est pas convaincu, mais accepte le pantalon de bon cœur. Les deux infirmières rejoignent la maison de Jean avec le dîner et quelques provisions pour son petit déjeuner. Elles l'invitent à sortir devant la maison et lui montrent une cache à viande plantée sur un poteau à un peu plus de trois mètres de hauteur. Il demande à Angi de traduire.

— C'est pour garder ta viande au frais, à l'abri des voleurs, des chiens et des ours.

— Des ours ?

— Oui, parfois certains nous rendent visite dans le village. Les ours ont faim car le phoque est de plus en plus rare. Bien sûr, il y a encore des phoques, heureusement, et je t'emmènerai à la chasse un de ces jours.

— Mais c'est redoutable, un ours ! Que doit-on faire si on se trouve face à lui ?

— Cela peut arriver. Et oui, c'est très dangereux, les ours sont capables d'une grande violence. Malgré leur corpulence, ils sont d'une incroyable agilité. Ce sont des animaux qui ont un excellent odorat, ils repèrent un phoque à plus de dix kilomètres. Si tu te trouves devant un ours, il faut surtout rester très calme, le regarder en face, lui parler et t'éloigner très lentement à reculons. Surtout, ne pas te mettre à courir parce que l'ours court bien plus vite que toi. Normalement, l'ours n'a pas envie de te manger. Juste de te tuer si tu lui déplais. La chair humaine n'est pas ce qu'il préfère, mais si tu te trouves à un endroit qu'il considère son territoire, il te dégage. Et s'il est affamé, il peut alors se forcer et te manger sans rechigner. Si tu as été attaqué, il faut ne plus bouger, faire le mort. Et si tu vois un ourson, sache que la mère n'est jamais loin. Une mère accompagne son enfant jusqu'à sa troisième année.

— Bien noté, professeur, merci.

— Les infirmières ont apporté un dîner pour quatre. Es-tu d'accord pour que nous le partagions ensemble ?

— Avec plaisir.

À table, Jean a sorti son couteau suisse et Angi, toujours aussi fasciné, demande à l'emprunter au prétexte d'en faire une démonstration aux deux infirmières. L'ingéniosité de l'outil continue de l'enthousiasmer. Une à une, il déplace toutes les pièces et à chaque fois s'esclaffe. Les infirmières découvrent avec stupeur, elles aussi, l'abondance de choix : trois lames dont une dentée, un tire-bouchon, un poinçon, un tournevis, un décapsuleur, une pince, une paire de ciseaux.

— Tu as de la chance, docteur, d'avoir dans ta poche ce compagnon.

— Un jour, je t'en ferai cadeau.

Après le dîner, une fois seul, Jean sent que le sommeil tardera. Il se couvre avec presque tout ce dont il dispose et remercie intérieurement Angi pour les sous-vêtements. Il retourne devant le port et contemple le soleil du soir et de la nuit, un émerveillement dont il ne se lasse pas.

Dimanche 7 août au vendredi 9 septembre – jours 89 à 122

Dès le lendemain de son arrivée, Jean prend ses marques au dispensaire où il fait la connaissance de son jeune supérieur hiérarchique, un médecin inuit d'une trentaine d'années. L'île de Disko semble bien être un endroit idéal pour les randonnées. Régulièrement, les paquebots de croisière déversent sur le port des amateurs de montagne, de silence et de vue sur les icebergs. Les hauteurs sont couvertes de neiges éternelles où aucune végétation n'existe et où les autochtones organisent pour les visiteurs des promenades en traîneau à chiens ou en skis de fond. Angi s'est mis en tête de distraire son patron. Grâce à lui, Jean a découvert l'ivresse de glisser dans le silence en conduisant un traîneau à chiens. Il a pu apercevoir un renard des neiges et des colonies d'oiseaux qui nichent dans les falaises. Il a rencontré des morses placides et a aussi appris à naviguer en kayak.

Jean a pu accompagner Nannok et Aqqaluk, deux villageois chasseurs de phoques. Le phoque lui a semblé être un animal à la fois méfiant et naïf. Méfiant quand il décèle l'arrivée des chasseurs et plonge hors de portée. Et très naïf aussi car parfois il semble tellement heureux de se prélasser au soleil sans surveiller son environnement qu'il se laisse stupidement approcher et abattre. Le jour où il les a accompagnés, les deux chasseurs ont tué deux phoques. L'un de un mètre cinquante de long et le second un peu plus gros encore. Les deux chasseurs exultaient devant cette réserve de viande, de fourrure et de graisse. Ces chasseurs l'ont aussi emmené chasser l'ours car on en avait aperçu quelques-uns qui rôdaient sur les bords de l'eau. Les battues se sont révélées vaines, mais l'information est passée dans le village. L'alerte « ours » a été donnée. Ce qui n'a ému personne. Nannok a aussi invité Jean à la pêche à la palangre, une longue corde équipée de nombreux hameçons que le pêcheur déroule à l'arrière de sa barque et qu'on descend jusqu'à mille mètres de profondeur. Ensuite, tourner la manivelle du treuil est long et monotone. Lorsque les prises remontent enfin à la surface, le pêcheur doit les amener très vite à bord pour qu'elles échappent aux oiseaux marins qui guettent l'occasion. Ce jour-là, il a eu la récompense d'un flétan noir de quinze kilos et d'un mètre de longueur.

À trente-cinq kilomètres au nord de Qeqertarsuaq se trouve le village de Kangerluk, qui ne compte que cinquante-quatre habitants, vivant exclusivement de la chasse et de la pêche. Un hameau perdu au milieu de l'immensité glacée. Jean et Angi ont pour mission de s'y rendre une fois par mois. Le trajet se fait en bateau, seul moyen de transport possible. Jean découvre une communauté qui survit dans des conditions étonnantes de dureté. Les maisons, petites, sont dépourvues de tout ce qui est, pour les gens de Qeqertarsuaq, déjà le minimum. Le plus frappant et le plus inquiétant est la moyenne d'âge élevée des habitants. Les jeunes générations ont déserté. Le village est obligatoirement condamné à mourir. Pourtant, ces personnes n'ont en rien l'air malheureux. La dureté de leur vie ne les rend ni maussades ni pessimistes.

Jean et Angi passent deux journées à Kangerluk à soigner le mieux qu'ils le peuvent. De nombreux habitants sont intransportables. Dépourvus de moyens techniques, ils procèdent souvent par palpations comme les rebouteux du Gers le faisaient dans son enfance. Angi est très impliqué auprès de ces pauvres gens et Jean, lui, est épaté par la très grande habileté de son infirmier pour l'arrachage de dents.

Dans sa vie quotidienne à Qeqertarsuaq, Jean n'est pas débordé au dispensaire et son jeune confrère s'évertue à ne pas le surcharger. Le travail est un peu plus intense quand un paquebot fait escale. Il s'est spécialisé dans le soin aux touristes. Rhumes, entorses et engelures constituent l'ordinaire. Malheureusement, aussi quelques morsures de chiens, malgré les mises en garde sur le danger de les caresser.

Angi est en permanence de bonne humeur et Jean soupçonne que la cohabitation avec les deux infirmières y est pour beaucoup mais ne s'aventure pas à des questions indiscrètes. Les enfants du village ont adopté le vieux monsieur français pour sa technique de footballeur et sa bonne humeur quand il joue avec eux. Chaque matin, au milieu du trajet vers le dispensaire, il est mis à contribution. Le soir, il prend son violon et se fait plaisir en jouant les morceaux qu'il affectionne. Le *mano a mano* avec Paganini continue de demeurer à l'avantage du compositeur, mais les progrès sont réguliers. Dans les premiers jours qui ont suivi son installation, il s'est éloigné du village afin que sa musique ne dérange pas les dormeurs. Il a vite préféré jouer chez lui pour ne pas tomber malade car, le soir, le froid descend dans des valeurs négatives et de temps à autre il neige légèrement.

Un matin, le pasteur de l'église luthérienne du village lui rend visite au cabinet médical. C'est un sexagénaire d'assez grande taille, ce qui est rare chez les Inuits, parlant un très bon anglais pour avoir étudié à Boston. Reste original de cette époque, son surnom : Bob.

— Docteur, est-ce que vous accepteriez de donner un concert, un soir dans l'église ? Je pense que vous n'êtes pas croyant, sinon je vous aurais déjà vu à l'office, aussi je ne vous sollicite pas pour mon service dominical. Mais simplement, un soir, vous feriez un grand plaisir à la population et aussi à moi-même en venant nous jouer quelques morceaux. Un petit récital.

— Monsieur le pasteur, je serai honoré et je viendrai avec plaisir mais il faut que je sois bien au point. Laissez-moi quelques jours afin que je me prépare correctement, s'il vous plaît.

La date du vendredi 9 septembre est retenue pour le concert. Jean a répété avec beaucoup de sérieux. Le pasteur l'a laissé libre de choisir les morceaux et il a conçu un programme d'une heure sans interruption. Comme il faut un assistant pour tourner les pages de certaines partitions, Angi a été sollicité pour cette mission. L'infirmier ne sachant évidemment pas déchiffrer la moindre note de musique, il l'a fait répéter avec lui. Le signal est simple : quand Jean dit à voix basse « *Go !* », Angi sait qu'il a une seconde exactement pour tourner la page. Le duo est parfaitement au point quand, à 19 heures, il se présente à l'église. Le pasteur avait raison, c'est un événement. La plupart des habitants connaissent ce médecin français qui joue au football avec leurs enfants et un récital de violon à Qeqertarsuaq, c'est à ne pas rater. Jean est enchanté. Il est passionné par l'expérience et passe la journée, pour la première fois depuis trois mois, à ne pas broyer du noir.

L'église est pleine, tous les âges sont représentés, l'attente est forte. Un démarrage en fanfare avec *Le Beau Danube bleu* que l'auditoire a reconnu et soutenu en tapant des mains. Puis Jean se lance dans le *Concerto n° 2* de Mendelssohn, enchaîne avec deux sonates de Bach et poursuit avec une partie de « L'Été » des *Quatre Saisons* de Vivaldi. Il craignait que l'attention commence à se relâcher après quelque temps mais il n'en est rien, le public vibre, conquis. La fin du programme est constituée du morceau de folklore russe *Kalinka* qui avait plu à la terrasse du *Café Cava*. Le « petit récital » est un triomphe mais, dans son for intérieur, il ne pense pas avoir démontré une très grande virtuosité et n'ose faire le compte de ses fausses notes. Enfin, il s'en est tiré et sa programmation a plu. Le pasteur vient le remercier chaleureusement et il est convenu que l'on remettra ça dès que possible.

En sortant, Jean a envie de se détendre en allant se promener en bord de mer avant de revenir dîner chez lui. Taluliyuk propose de l'accompagner, tandis qu'Angi et l'autre infirmière s'en vont de leur côté. Après une demi-heure en silence, tout en s'éloignant du village il essaye d'en savoir un peu plus sur cette femme qui s'avère être une excellente infirmière mais ne connaît pas un seul mot d'anglais. Il est difficile de lui donner un âge. Avec ses doigts, elle en déclare cinquante-quatre, ce qui paraît plausible.

— Un mari ?

— Mort...

— Des enfants ?

— Trois enfants. Trente, vingt-neuf et vingt-huit ans.

Jean et l'infirmière font ainsi un peu mieux connaissance en dialoguant par mimes sur le bord du fjord, au pied de la falaise. Il est tard, mais la femme est heureuse que le docteur s'intéresse à elle. Alors elle prolonge la promenade et il se prend au jeu. Par moments, ils rient aux éclats. Les enfants sont tous partis du Groenland, comprend-il quand Taluliyuk imite un oiseau qui décolle.

Taluliyuk, en souriant et par bravade, marche sur le bord de mer dans un passage enneigé et glacé qui est assez étroit. Lui s'en inquiète et va pour lui prendre le bras quand, sous les pieds de l'infirmière, un bloc de glace d'un bon mètre de large se dérobe. Taluliyuk est entraînée, elle tombe à l'eau. Un accident d'une grande stupidité. Alors il enlève sa parka et saute à sa rescousse. L'eau est glacée, le choc thermique est presque paralysant mais l'eau est transparente et il repère immédiatement la malheureuse qui ne sait évidemment pas nager. Les chances de survie dans une eau dont la température est proche de zéro sont quasi nulles dès qu'on a dépassé quelques minutes. Jean le sait, il faut impérativement la remonter à la surface au plus vite. D'une main, il agrippe Taluliyuk par les cheveux, avec l'autre bras, il enserre son cou puis, lâchant les cheveux, passe le bras sous les épaules. En deux coups de reins et aidé par ses battements de jambes, il remonte la femme à la surface et la colle à la berge où elle réussit à s'agripper avec les avant-bras. Puis il se place derrière elle et, la soulevant de toutes ses forces, l'aide à remonter sur la terre ferme. Elle a le souffle coupé, mais n'a pas perdu ses esprits. Elle parvient à se hisser et reste allongée, hagarde, choquée, mais sauve. Il l'examine superficiellement et se rassure. Elle a bu la tasse et c'est tout. Il lui enjoint de se lever, d'ôter les vêtements les plus lourds et fait de même pour lui. Vite, remettre en marche la circulation sanguine. C'est à une sorte de gymnastique suédoise qu'il se livre en lui montrant l'exemple. Au bout d'une quinzaine de minutes, un peu réchauffé, Jean raccompagne l'infirmière chez elle et lui conseille de prendre une longue douche aussi chaude que possible. De retour chez lui, dans le clair-obscur enveloppant d'une nuit tombante, car déjà les jours raccourcissent, il constate à sa très grande surprise que ce bain inattendu l'a revigoré. Comme ces sportifs qui, pour récupérer de leurs efforts, reçoivent des soins de cryothérapie.

Samedi 10 septembre – jour 123

LE LENDEMAIN DU RÉCITAL, Angi et Alaqasina doivent prendre le bateau pour Kangerluk afin de livrer un stock de médicaments et arracher sans doute quelques dents supplémentaires. Auprès d'Angi, Jean prend des nouvelles de l'infirmière sauvée de la noyade. Elle semble avoir parfaitement survécu physiquement et moralement à l'incident de la veille. La neige est tombée au cours de la nuit, le village a changé totalement d'aspect. La température est maintenant descendue au niveau de zéro, la couche de neige tient au sol. L'inexorable engloutissement dans la nuit du très long hiver arctique s'annonce. Jean accompagne Angi et l'infirmière jusqu'à l'embarcadère. Au moment de monter à bord, Angi se plante devant lui.

— Tu as bien changé, docteur Pascal, tu n'es plus le même que lors de ton arrivée à Ilulissat, je le vois bien.

— Tu vois quoi, Angi ? Comment j'ai changé ?

— Je te dis que je le vois, ce n'est pas qu'une impression. Je commence à te connaître. Tu n'es plus le même homme que lorsque je t'ai rencontré à l'hôpital au mois de juillet. Tu n'as plus l'air aussi malheureux.

Angi a raison, Jean le sait, même s'il a toujours sur ses épaules sa douleur et sa solitude. Il a pu se fondre dans un monde où, en dépit de la dureté de la vie et de la pauvreté, les gens vivent heureux en apparence. La notion de bonheur est puissante chez les Inuits. Sur la route du dispensaire, les enfants ont déblayé la neige et Jean donne sa leçon de football quotidienne à ses jeunes amis qui auront tout l'hiver pour jouer avec leurs tablettes et jeux connectés, comme les enfants de leur âge dans le monde. Ces enfants ne sont plus de simples petits Esquimaux appartenant à une région isolée, ils sont déjà dans le monde « mondialisé ».

La remarque d'Angi l'a frappé. « Tu n'es plus le même. »

Il a bien vu. Je m'intègre peu à peu dans cette communauté. Il se remplit ici, le vide de ma vie. Et malgré moi.

L'intégration progressive de Jean dans le village se traduit par la cordialité qui lui est manifestée par les habitants depuis le récital à l'église. L'Inuit, même ivre, ce qui est malheureusement courant, est pourtant peu expansif. Angi trouve même les marques de sympathie envers son patron étonnantes de chaleur.

Le pasteur a invité Jean à déjeuner. Autour de la table, il n'y a que des hommes, tous inuits à part Jean. Ils sont six, parmi lesquels les deux chasseurs de phoques. Pour l'occasion, Jean porte son pantalon en peau d'ours. Pendant tout le repas, les femmes se tiennent en retrait, elles mangeront après. Seuls le pasteur et deux des invités parlent l'anglais. Les autres ont de vagues notions enfouies dans les souvenirs de l'école où cet apprentissage était obligatoire, mais l'alcool qui est bu sans modération crée une ambiance festive. Il est soumis à un interrogatoire. D'où vient-il ? A-t-il une famille ? Pourquoi est-il venu à Disko ? Mais aussi des questions sur la France. Que chasse-t-on ? Que mange-t-on ? Comment sont les Françaises ? Le repas est généreux, Jean se voit offrir successivement omble chevalier, phoque et morse. Le tout bouilli et à la fois bien gras et bien abondant. Les quantités ingurgitées par les convives sont phénoménales. Jamais il n'a vu manger et boire avec autant d'enthousiasme et dans de telles proportions.

Vers le milieu de l'après-midi, les invités du pasteur quittent le repas en titubant. Jean a un peu bu, mais rien de comparable à ce que ses compagnons ont englouti. Suffisamment toutefois pour avoir envie de rester tranquillement bavarder avec le pasteur qui l'y invite.

— Pascal, vous m'aviez dit que vous aimiez fumer des cigares. J'ai celui-ci pour vous. Moi, je ne fume pas de gros machins comme ça. Goûtez-le, c'est un touriste espagnol qui me l'avait donné en pensant me faire plaisir.

Jean prend le cigare qui lui est offert.

— Bob, ce visiteur espagnol ne s'est pas moqué de vous. Un Cohiba Siglo 6, c'est carrément le top de ce qui se fabrique à Cuba. Je ne veux pas vous en priver.

— Fumez-le donc si vous dites que c'est un bon. J'ai plaisir à vous l'offrir si vous le fumez en ma compagnie.

Jean n'a pas fumé de cigare depuis l'avant-veille de l'accident. Il se souvient aussi des cigares trouvés dans les affaires de Pascal. Les quatre havanes avaient été sacrifiés à sa rage qui suivait le drame. Le pasteur ne disposant pas d'un coupe-cigare, il ouvre très délicatement le bout du cigare avec ses ongles et l'allume.

— Vous me faites un cadeau merveilleux. J'ai envie d'utiliser ce cigare pour échanger avec vous une réflexion qui me vient.

— Je vous écoute.

— J'ai rencontré récemment un enseignant en philo qui proposait une comparaison entre la vie et une chandelle allumée. Cette chandelle, symbole d'une vie humaine, se consume jusqu'au moment où il n'y a plus de cire et subitement s'éteint. Symbole, cette fois, évidemment de la mort.

— C'est une belle image. Un peu simpliste, mais claire. Tout le temps où elle brille, la chandelle est utile pour des tas de fonctions. Éteinte, elle ne sert plus à rien, il est inutile de chercher à la rallumer quand elle s'est consumée intégralement. Il faut même s'en débarrasser.

— Le cigare est aussi un symbole intéressant. Au début, quand on vient de l'allumer, le goût est encore faible, les arômes viennent difficilement à la bouche. Le cigare n'est pas chaud, la combustion est en démarrage. C'est l'enfance du cigare, il faut le mettre en marche. Ensuite vient la plus longue partie de la vie du cigare, c'est un délice dont le fumeur profite à fond.

— Je crois voir où vous voulez en venir. Continuez.

— Arrive la fin. Le cigare ne mesure plus que deux ou trois centimètres de long et l'accumulation des arômes dans ce petit morceau en altère peu à peu le goût. Le cigare devient moins bon, il peut parfois « piquer », les doigts peuvent se brûler un peu, c'est fini, on se sépare. En général, on le laisse dans le cendrier finir sa vie, s'éteindre seul doucement en émettant de moins en moins de fumée.

— Je penserai à vous à l'avenir quand je verrai un fumeur de cigare. L'analogie avec les âges de la vie est encore plus explicite que celle de la chandelle.

La citation tirée de Macbeth est encore plus riche. Pourquoi suis-je incapable de m'en souvenir en entier ? « Éteins-toi court flambeau, la vie n'est qu'une ombre qui marche, une fable racontée par un idiot... » (Comme moi...)

La bienveillance qui émane de cet homme d'Église amène Jean à vouloir échanger et se confier.

— Bob, vous êtes discret et j'apprécie, mais je pense que vous aimeriez savoir pourquoi et comment je me suis retrouvé ici, seul, à mon âge.

— Vous m'avez dit être veuf et je ne pratique pas la confession. En revanche, oui, votre parcours m'intéresse, vous êtes un homme intègre et d'une grande générosité, je suis prêt à échanger avec vous sur des thèmes personnels.

Alors il raconte son périple, comme il l'avait fait avec Nielsen. L'accident, la rage, le déni et la fuite.

— Je suis bouleversé, Pascal, par l'ampleur de votre tragédie et l'énergie que vous avez démontrée. Mais permettez-moi de penser que vous auriez dû retourner auprès des survivants et aider les autres dans votre propre communauté. Vous n'avez pas choisi cette voie et je ne vous juge pas, vous avez toute mon estime, sachez-le. On pourra poursuivre cette conversation quand vous en aurez envie.

Aucun navire de croisière n'a fait escale dans la journée, le jeune collègue était d'accord pour assurer seul la permanence au dispensaire. Jean rentre chez lui, s'allonge et réfléchit.

Il m'a ébranlé. Il dit ne pas me juger. Si, quand même un peu... Et sur le fond il a raison, je le sais bien. Ma fuite égoïste et narcissique est une faute morale. Si j'avais eu plus de courage, j'aurais trouvé d'autres moyens pour oublier sans reprendre la même vie. Visiteur de prisons, éducateur pour enfants handicapés... Il y a tant de détresse dans le monde proche.

Les heures de sommeil manquantes accumulées depuis si longtemps s'ajoutent à la torpeur créée par le lourd déjeuner. Jean s'endort, partagé entre ce sentiment de culpabilité renaissant et apaisé par cet aveu qu'il vient de se faire. Vers 20 heures, il est réveillé par la visite de Taluliyuk. L'infirmière s'assied sur le bord du lit et parle doucement dans sa langue. Il finit par comprendre qu'elle a préparé un dîner et qu'elle l'invite à venir le partager.

La maison des infirmières se trouve à une autre extrémité du village et la neige a recommencé à tomber. Ce tapis qui s'épaissit et crisse sous ses pieds lui rappelle les marches qu'il faisait avec Hélène et les enfants, l'hiver, à Saint-Lary-Soulan. C'était bien une invitation à dîner. Chez Taluliyuk, la table est prête. Il n'a pas spécialement faim mais se garde de le montrer, comprenant que l'infirmière veut le remercier du sauvetage. Le narval cru et le phoque séché sont agréablement préparés et même si la conversation reste difficile, le moment est touchant de gentillesse. Jean n'en est pas encore conscient, mais une tentative de séduction est en marche. Face à cette femme qui déborde de bienveillance, progressivement il laisse monter en lui une émotion qui lui plaît et qu'il ne cherche pas à repousser. À la fin du repas, Taluliyuk le prend par la main et le fait se lever. Doucement, elle se colle à lui. Son visage est tourné vers son épaule et il est étonné par la douceur des cheveux. Une odeur féminine pénètre ses sens à l'improviste, confusément son trouble s'accroît. Il se laisse emporter par cette chaleur que dégage le corps de la femme qui lui passe les bras autour du cou et, enlacée, se colle totalement à lui. Les bouches ne se touchent pas, mais les deux haleines communiquent. Debout l'un contre l'autre, ils ne bougent pas. Aucun des deux ne tente de se dégager. Ce n'est pas une attirance sexuelle violente, c'est plus flou et plus lent. Il se laisse porter.

Quelques-uns des vêtements sont enlevés de part et d'autre. Mais pas tous. Les corps ne se dévoilent pas entièrement. Jean et Taluliyuk font l'amour dans le lit de l'infirmière. Longuement, très tendrement. Sans échanger un mot. Plus tard, il s'enfouit dans cette douceur et s'endort tout contre son amante. Quand il se réveille, elle est toujours blottie contre lui et chante doucement. En le voyant ouvrir les yeux, elle se colle un peu plus. Elle est nue sous une grande chasuble blanche. Lui est en sous-vêtements mais s'aperçoit qu'il a les fesses à l'air. Pudiquement, il remonte son caleçon long sur ses reins. Le jour commence à se lever, un peu de lumière pénètre dans la pièce à travers les rideaux. Ils restent allongés côte à côte, étonnés de ce bien-être. Après une heure sans bouger ni parler, il se lève et se rhabille. Au moment de partir, Taluliyuk se dresse face à lui et se hausse sur ses pointes de pied. Les deux visages sont au même niveau, elle colle son front et son nez contre les siens et ferme les yeux. Il prend ses deux mains et reste ainsi sans bouger, à respirer son odeur et profiter du contact. Il se dégage tout doucement et caresse une dernière fois les cheveux de Taluliyuk.

— *Qujanak.*

Elle ne répond pas mais sourit.

Bref échange mais plein de sincérité, avec un des rares mots qu'il connaît. Jean reprend le chemin de sa maison, encore pétri de cette douceur et de cette chaleur affectueuse. La neige tombe encore.

Est-ce que j'ai trompé Hélène en me laissant aller à mon désir ? Je n'ai eu ni la lucidité ni la force de résister à l'envoûtement. Oui, j'ai peut-être offensé la mémoire d'Hélène, j'ai cédé à cette tentation par inconscience ou parce que ce que je portais était si lourd. Et l'est encore. Et le sera encore. Suis-je coupable ? Coupable avec circonstances atténuantes ? Non, coupable. Coupable, c'est coupable... Même si j'avais besoin de trouver une épaule compatissante. Je suis le même Jean Casamayou qu'avant, je n'ai pas droit à une autre vie. Je n'ai aucun besoin d'une aventure, rien ne remplacera le vide de ma vie. Quelles circonstances atténuantes ? Ce serait trop facile. Si mon errance doit finir un jour, cet épisode doit être pris au sérieux. N'est-il pas arrivé le jour où me faire violence, réfléchir à ce que doit être la suite, quitter le déni ?

Dimanche 11 septembre – jour 124

Au dispensaire, Jean reste pensif, assis et quasiment oisif derrière son bureau, incapable de la moindre concentration pendant toute la matinée, quand il reçoit un appel téléphonique de Kurt Nielsen.

— Pascal, je sais que ça se passe très bien à Disko et je tiens à vous en remercier. Maintenant c'est fait, je viens de recruter le généraliste qui va reprendre le poste que vous occupez actuellement. Vous avez fait un très bon intérim mais je ne peux laisser un clandestin exercer plus longtemps, vous devez me comprendre.

— Je vous comprends bien, monsieur le directeur.

— Revenez à Ilulissat quand votre collègue va arriver, ce sera dans sept jours. Je vous hébergerai à l'hôpital comme précédemment, mais pour un nombre limité de jours. Très limité : deux ou trois maximum. Honnêtement, je m'autorise à vous le dire, vous devriez penser maintenant à rentrer chez vous. Je calcule que votre vadrouille dure depuis plus de quatre mois. Il y a un temps pour chaque chose. Réfléchissez, je vous retrouve dans une semaine mais je ne vous garde pas. Vous avez entendu, je ne vous garde pas.

Cela devait arriver. L'heure est venue alors que j'étais en train de devenir amnésique. Je commençais à me reconstruire égoïstement et dans une certaine autonomie aveugle. À recommencer à vivre avec des moments d'apaisement. À être un bon disciple d'Épicure dans ces communautés qui m'ont accueilli dans ce pays du bout du monde où je n'avais aucun repère. Mais où je suis capable d'être utile, réconforter mon âme, retrouver de la confiance en l'être humain. Soigner les Esquimaux et adresser ainsi un message à Hélène. Mais je dois encore plus à Hélène, je dois encore plus à Anne. J'ai trouvé ici la force de survivre dans leur souvenir. À Guinlet, pourrai-je vivre aussi ? Dois-je revenir à Guinlet ? Ce n'est pas juste l'épisode de la nuit dernière avec Taluliyuk qui m'incite à revenir chez moi. Mais le point de vue du pasteur est sans doute un déclencheur du revirement. J'ai été en insurrection. Pendant quatre mois. Cette voix intérieure qui me poussait à refuser de me soumettre est désormais moins audible. Le courage maintenant est d'affronter l'apaisement.

De mémoire, il compose le numéro de téléphone de voisins à Guinlet, le couple Taieb dont la maison est la plus proche de la sienne. Une voix féminine répond.

— Allô, Valérie ? C'est Jean !

Le léger décalage de synchronisation ne justifie pas le silence de l'interlocutrice. Jean reprend :

— Valérie, c'est Jean !

— Qui est à l'appareil ?

— C'est Jean ! Valérie, c'est Jean Casamayou !

— Jean, c'est toi ? Pas possible ! C'est bien toi ?

— C'est bien moi, Valérie. Je suis à l'étranger.

— Tu es vivant, on le savait, Mouss et moi, on en était sûrs. Mais t'es où ? Attends, il y a Mustapha qui m'arrache le téléphone !

— Jeannot, c'est toi ?

— Salut, Mouss. Oui, c'est bien moi.

— Oh, putain ! Tu es vivant. Jeannot, mais t'es où ? Tu vas bien ? Tu as été blessé ?

Il ne s'attendait pas à tant de chaleur et de brutalité dans cette reprise de contact si simple et si instantanée. Ses reniflements contiennent difficilement les larmes d'émotion.

— Je vais bien. Je ne suis ni blessé ni malade. Je suis loin, près du pôle Nord, au Groenland. Mais je vais revenir maintenant.

— Au Groenland ? Tu déconnes ! C'est incroyable, j'hallucine ! Valérie, il est vivant et il est au Groenland ! Alors tu vas revenir à la maison ?

— Je vais revenir et c'est la raison pour laquelle je vous appelle.

— On t'attend. C'est horrible ce qui s'est passé avec le car. Comment t'as fait pour qu'on ne te retrouve pas ? On t'a recherché, tu sais ! Nous, les gendarmes, tout le monde. On se demandait où tu avais bien pu passer.

— On en parlera plus tard, Mouss. J'aurai beaucoup de choses à vous raconter quand je vous reverrai.

— Ta maison t'attend. Valérie et moi, on l'a bichonnée parce qu'on savait bien que tu reviendrais. Et ton jardin, il n'a jamais été aussi beau, je m'en suis occupé.

— Mouss, s'il te plaît, tu vas demander au maire de m'appeler au numéro que tu vas noter. Écoute bien, c'est un numéro au Groenland. C'est le dispensaire où je travaille.

— Je note.

Il dicte le numéro de téléphone du dispensaire.

— Je vous embrasse tous les deux, à très bientôt, d'accord ?

— D'accord ! Oh ! Putain ! Jeannot ! Je suis si heureux !

Comme Jean l'avait souhaité, Gérard Noël, le maire de Guinlet, l'appelle, à peine dix minutes plus tard. Il est en compagnie de Valérie Taieb qui est aussi sa secrétaire.

— Gégé, pour revenir j'aurai besoin que tu me fasses parvenir des billets d'avion par mail. Tu peux le faire ? Je rembourserai évidemment le prix de ces billets. Tu peux noter l'adresse mail à laquelle tu pourras me les envoyer ?

— Je mets le haut-parleur et c'est Valérie qui va noter.

Jean donne l'adresse mail du dispensaire.

— Dès que j'aurai reçu les billets, je t'en accuserai réception par mail ou par téléphone. Valérie, voici tout ce qu'il faut faire. Tu es prête ?

— Et comment que je suis prête, Jeannot !

— Il faut d'abord acheter un vol Ilulissat-Copenhague, puis un vol de Copenhague à Paris, et enfin une correspondance à Paris pour Toulouse.

— Épelle-moi le premier nom, je n'ai pas saisi.

Jean épelle Ilulissat à plusieurs reprises.

— Quel jour tu veux quitter le Groenland ?

— Laisse-moi deux semaines pour régler ici ce qui va concerner mon départ. Je travaille comme médecin, tu sais, comme chez nous.

— Et tu leur joues du violon ?

— Un peu… Tu as tout noté ?

— Je crois bien. Quelle belle journée, depuis le temps ! On a eu tellement de douleur à cause de cet accident. Et toi disparu… On avait peur que tu sois allé te suicider. Pardon de te le dire, je ne devrais pas. Jeannot, je te repasse le maire.

— Je suis si content de te revoir, Jeannot. Et tout le monde ici va être aux anges quand je vais aller maintenant annoncer la nouvelle. Ton retour va faire un bien extraordinaire à notre village endeuillé. Tu manques à tes amis et à tes malades. Ton successeur, le petit Dubert, ce n'est pas fameux, c'est même plutôt une catastrophe. Toi, tu faisais deux cent cinquante kilomètres par jour. Lui, à part aller acheter son *Sud-Ouest*, il ne bouge pas de son cabinet.

— Gégé, Valérie, vous avez bien tout compris ?

— OK, Jeannot, on s'en occupe.

En raccrochant, Jean est perplexe. L'enthousiasme de ses amis l'a touché mais paradoxalement il ne se sent pas réconforté par la chaleur de cet échange. Il n'est pas convaincu d'avoir pris la bonne décision en se précipitant. Extrêmement troublé par ce qu'il ressent comme une contradiction entre ses paroles et sa pensée, il va prêter main-forte au dispensaire pendant l'après-midi. Les événements de la veille et du matin se bousculent.

Taluliyuk sait où me trouver si elle le désire. Si elle ne se manifeste pas, moi non plus. Ce fut un moment d'égarement, extrêmement agréable, inutile de broyer du noir, mais inutile aussi de récidiver. Ce qui est plus sérieux est ce doute pesant qui m'envahit. J'avais pris la peau de Pascal, j'étais un fantôme avec l'identité d'un autre. Cependant, progressivement je suis redevenu le Dr Jean Casamayou, celui que j'avais déclaré mort dans le car. Nielsen, Mouss, Valérie et le maire viennent de me condamner à vivre.

Vers 18 heures, Jean revient chez lui. Une neige fine et tourbillonnante l'environne mais il fait jour encore. Les habitants sont rentrés chez eux. Les rues du village sont désertes. Malgré le froid, Jean marche lentement, comme pour profiter plus longuement de ce village qu'il va quitter ou peut-être aussi pour mieux réfléchir à la situation nouvelle.

Alors, je veux ou non revenir à Guinlet ? Maintenant que j'ai franchi le pas, pourquoi ne suis-je pas serein ? Pourquoi ce doute ?

Il est presque arrivé devant sa maison quand, face à lui, un ourson est sur sa route et le regarde approcher. Jean s'arrête devant le petit animal qui semble effrayé et ne bouge pas. Tout doucement, il palpe le corps maigrichon. L'ourson accepte la caresse sans broncher. Il constate que c'est un animal qui a faim et imagine que sa faim l'a poussé vers le village des hommes, là où pendent des portions de phoque sur les murs des maisons. Trop en hauteur pour les grands et petits prédateurs, malheureusement. Il observe l'ourson.

Quel âge peut-il avoir ? À l'œil, je dirais trois ou quatre mois. Il doit faire douze kilos tout au plus, c'est un bébé. Donc probablement pas encore sevré ou tout juste sevré. Je vais lui donner du lait et essayer de voir s'il peut avaler quelques morceaux de phoque que j'ai à la maison.

Emporté par cette occasion de jouer avec un nounours, il occulte le risque qu'il est en train de prendre. Il revient avec un bol de lait et quelques morceaux de viande. L'ourson n'a pas bougé. Il boit le lait entièrement et commence à mettre son museau dans la viande de phoque. À son côté, accroupi et amusé, Jean observe le comportement du petit animal. Pour un fils de vétérinaire, ne pas commencer par se soucier de la présence probable de la mère est une négligence grave. Ou un acte manqué. L'ourse est bien dans le voisinage. Quand Jean commence à sentir sa présence derrière lui, il est trop tard, la patte avant gauche est déjà en mouvement. L'ourse n'avait nulle intention vraiment meurtrière vis-à-vis de cet humain, sinon elle aurait attaqué avec sa gueule. Non, juste l'écarter de son petit, de son petit à elle. D'où ce crochet du gauche à la manière d'un boxeur professionnel. Jean roule dans la neige, à près de trois mètres.

La mère veillait. Évidemment. Une ourse ne laisse jamais son petit seul. Les intentions charitables de l'humain n'ont pas été prises en compte. L'ourson, lui, n'a même pas levé le nez de sa ration de phoque séché. Jean est sonné mais parvient à se relever doucement et applique les instructions dont il se souvient : ne pas courir, marcher sans cesser de regarder l'ourse, lui parler. Cette troisième instruction s'avère plus difficile à observer. Sous le choc et la peur, il a le souffle coupé. Heureusement, il n'a pas fermé à clé la porte de sa petite maison bleue, sinon son tremblement l'aurait empêché de placer la clé dans la serrure.

Il s'engouffre dans le sas, claque la porte et gagne une fenêtre, terrorisé à l'idée que le plantigrade pourrait vouloir enfoncer une porte ou quelque ouverture. Ce qu'il voit le rassure, la mère et son ourson s'éloignent et disparaissent rapidement au milieu des flocons. Quand il se retourne, Taluliyuk est derrière lui, dans la pièce, et le regarde, interrogative. N'ayant croisé ni l'ourse ni le petit, elle n'a pas conscience de la situation dans laquelle il vient de se trouver. Jean se met à grelotter et se laisse tomber sur une chaise. L'infirmière voit les déchirures dans la parka au niveau de l'épaule gauche et du haut du dos. L'épaisseur a un peu amorti l'impact et la pénétration des griffes qui ont cependant atteint la peau, mais les blessures restent en surface. L'épaule saigne mais reste mobile.

Heureusement qu'elle ne m'a pas attaqué à la tête.

Taluliyuk comprend sans langage des signes qu'il y a eu attaque d'ours et l'accompagne au dispensaire. Dans un grand silence, le face-à-face imprévu avec Taluliyuk ajoute à son trouble. Pourquoi se trouvait-elle dans sa maison ? Sans doute pour déposer le dîner, mais pourquoi est-elle restée ? Est-ce pour poursuivre l'épisode amoureux de la veille ? Il n'en a aucune envie et se demande comment le lui faire savoir. Il reste silencieux et Taluliyuk comprend. L'infirmière le raccompagne jusque chez lui mais s'arrête devant la porte avant de retourner chez elle. Ayant absorbé un calmant, Jean s'endort lentement dans une nuit peuplée d'ours.

Lundi 12 septembre – jour 125

Le Grand Nord commence son hibernation. Ce matin du 12 septembre, le jour a fait son apparition à 8 h 45 seulement et Jean a dormi jusqu'à cette heure avancée. Le pansement est toujours en place et il ne se sent pas fiévreux. Son épaule est engourdie mais mobile. Sa tâche du jour est de se rendre au dispensaire et aider son jeune collègue à traiter les malades du paquebot qui est arrivé le soir précédent. Angi et Alaqasina ne reviendront de leur lune de miel que le lendemain. Taluliyuk ne s'est pas manifestée, elle doit déjà être à son poste au dispensaire.

Nielsen ne veut plus de moi ici et moi je ne veux plus de ma vie d'avant. À Guinlet, on sait maintenant que je suis en vie et on veut évidemment que je revienne. Tout me pousse à ce retour, ma conscience elle aussi m'y incite et cette femelle ours m'a flanqué la trouille de ma vie. Elle m'a épargné, mais mon cœur est toujours aussi vide. Dans mon village j'ai fait le travail d'au moins deux médecins chaque jour. Recommencer ? Je n'en aurai plus l'énergie. Je vois bien que je ne veux pas revenir. La raison ne prendra pas le pas sur mon errance. Et puis quelle raison ? En quoi est-il raisonnable d'accepter que ma femme, ma fille enceinte, son futur mari et mes plus proches amis meurent tous dans des souffrances atroces ? Les hurlements ne m'ont jamais quitté. J'ai disparu comme un fantôme et je veux rester ce fantôme. Même si au téléphone j'ai dit le contraire. « A walking shadow, *une ombre qui marche* », *comme le dit Macbeth...*

Jean n'enfile pas les vêtements qu'il porte habituellement pour aller travailler au dispensaire. Il enfile le pantalon en peau d'ours, deux pulls épais et sa parka. Aux pieds, ses chaussures de randonnée. Sur la table, il pose le couteau suisse avec une feuille de papier portant un message à Angi, lui offrant l'objet. Quand il sort de chez lui, il ne prend pas le chemin du dispensaire et part en direction des hauteurs qui dominent la ville. Personne ne croise sa route, Jean commence à monter les douces pentes enneigées menant vers le nord-ouest, à l'opposé de la baie et des grandes falaises. Le ciel est chargé, il a encore neigé au cours de la nuit, les chaussures de randonnée s'enfoncent de plusieurs centimètres. Il est serein. Il ne pense à rien, il avance. Trouver un rythme de quatre foulées est difficile quand les pas enfoncent dans la neige, alors ce sera trois seulement. Trois foulées pour respirer, trois pour retenir le souffle, trois pour expirer et trois à nouveau avec les poumons vides. La montée n'est pas très raide, il avance assez facilement et, quand il se retourne, constate que déjà il a marché un kilomètre. La neige est de plus en plus épaisse et les chaussures s'enfoncent maintenant de cinq à dix centimètres. La température est descendue un peu au-dessous de zéro. Il est bien couvert, il n'a pas froid. Il se sent léger.

Jean a été averti par ses amis chasseurs qu'il est très dangereux de se déplacer sur les hauteurs autrement qu'en skis de fond. Et non accompagné. Même les promenades en raquettes sont proscrites. L'épaisseur de neige rend indétectables les nombreuses crevasses. Il oublie cette mise en garde. Tout comme il évite de s'interroger sur le pourquoi de sa soudaine tranquillité, de son esprit apaisé dans la solitude et le silence de cette balade insensée. De son subconscient émerge le souvenir d'un film japonais, vu avec ses parents à la télévision, alors qu'il était adolescent. Un vieux film en noir et blanc dont l'action se situait dans une région reculée du pays, pauvre et rurale. La tradition voulait que les plus âgés disparaissent volontairement pour permettre aux plus jeunes de survivre. Cette disparition, ce sacrifice s'effectuait en escaladant la montagne voisine afin de s'y laisser mourir. Le personnage principal du film, qui se suicidait ainsi, était une vieille femme, une grand-mère usée par toute une vie de labeur.

La neige se remet à tomber, effaçant les traces des pas. Jean se dit que simplement, à l'instinct, il retrouvera le chemin du village quand il le décidera, mais ne fait pas demi-tour pour autant. Il a maintenant marché plus d'une heure quand des vers lui reviennent enfin. Un éclair de mémoire, lumineux, irréel. À voix haute, dans le désert glacé, il déclame le soliloque de Macbeth assiégé dans son château.

Tomorrow, and tomorrow, and tomorrow,
Creeps in this petty pace from day to day,
To the last syllable of recorded time ;
And all our yesterdays have lighted fool
The way to dusty death. Out, out, brief candle !
Life's but a walking shadow, a poor player,
That struts and frets his hour upon the stage,
And then is heard no more : It is a tale
Told by an idiot, full of sound and fury,
Signifying nothing[1].

1. *Demain, demain, demain, se glisse ainsi à petits pas d'un jour à l'autre, jusqu'à la dernière syllabe du temps inscrit ; et tous nos hier n'ont travaillé, les imbéciles, qu'à nous abréger le chemin de la mort poudreuse. Éteins-toi, éteins-toi, court flambeau : la vie n'est qu'une ombre qui marche ; elle ressemble à un comédien qui se pavane et s'agite sur le théâtre une heure ; après quoi il n'en est plus question : c'est un conte raconté par un idiot avec beaucoup de bruit et de chaleur, et qui ne signifie rien. (Traduction de François Guizot, Didier, 1864.)*

Heureux de cette stupéfiante réactivation neuronale, il la dédie à sa mère.

To the last syllable of recorded time.

Jusqu'à la dernière syllabe du temps inscrit.

La température en altitude est encore plus fraîche qu'au niveau du village mais il n'a pas froid. Il continue d'avancer. Le ciel cotonneux est vide d'oiseaux. Un renard des neiges, à peine visible dans sa fourrure blanche, l'observe de loin.

La fatigue le gagne, il se laisse tomber au sol pour se reposer un moment. Se relever ? Recommencer à marcher ? Plus tard. Le froid anesthésie le corps et la volonté, la sensation de bien-être est envahissante et délicieuse.

Jean reste assis.

Mourir est un bien agréable moment...

Mardi 13 septembre – jour 126

DANS LA PETITE MAISON BLEUE, le cabinet médical de Qeqertarsuaq, un violon de grande valeur, fabriqué au XIXe siècle par un luthier de Mirecourt dans les Vosges, est désormais orphelin. Un couteau suisse lui tient compagnie.

Documentation

Accident de Puisseguin (33) : le second réservoir du camion n'était « pas homologué »
Publié le 08/08/2017 à 7 h 16. Mis à jour à 11 heures par SudOuest.fr

Lors de l'accident de car le plus meurtrier en France depuis 1982, qui a fait 41 morts à Puisseguin (Gironde), le 23 octobre 2015, le réservoir auxiliaire du camion impliqué dans la collision avec le car n'était pas « homologué », révèle *Le Parisien* dans son édition de ce mardi.

Le quotidien cite un rapport de « 120 pages très détaillé » du BEA-TT (Bureau d'enquête sur les accidents de transport terrestre) qui écrit que « ni le réservoir, ni *a fortiori* son installation au dos de la cabine du tracteur routier n'étaient homologués au moment de l'accident ».

Les enquêteurs de la Section de recherches de la gendarmerie de Bordeaux avaient déjà conclu en juillet 2016 qu'après le choc c'était bien le déchirement « d'un réservoir auxiliaire situé à l'arrière de la cabine du camion qui avait provoqué l'incendie à l'origine du drame ».

Nouvelles exigences

« Pour le BEA-TT, même si l'ajout de ce réservoir de 375 litres ne constitue pas une transformation notable du véhicule, l'installateur du réservoir aurait dû s'assurer auprès du constructeur du camion ou auprès d'un laboratoire reconnu que le véhicule modifié restait conforme à la réglementation », écrit *Le Parisien.*

« Compte tenu du pouvoir calorifique de ce carburant et de la quantité mise en jeu, l'incendie s'est propagé très vite à l'autocar, faisant fondre et enflammant son habillage intérieur. L'incendie est très rapidement devenu incontrôlable », écrivent les enquêteurs.

Le Parisien rapporte que le BEA-TT formule cinq recommandations pour éviter de nouveaux drames et « la principale concerne la résistance au feu des matériaux utilisés dans la construction des autocars », en réclamant de « nouvelles exigences en matière de toxicité des gaz dégagés par la combustion de ces matériaux ».

« En trois minutes, il n'y avait plus rien. »

En octobre dernier, un an après l'accident, deux des huit survivants témoignaient du traumatisme laissé par la catastrophe. Monique Courrège, qui participait au voyage organisé par un club de troisième âge du Libournais, a perdu son père et deux sœurs de 64 et 67 ans dans l'accident.

« Tout de suite, je me suis dit pourquoi moi. Pourquoi, moi, on m'a sauvée et pas les autres. Mon père avait été déporté en Allemagne. Il avait fait les camps de concentration. Mourir comme ça, c'est de la folie... » Monique Courrège, en octobre 2016.

Les deux véhicules s'étaient embrasés en l'espace d'une poignée de secondes. « Le feu était partout, il avait gagné tous les abords de route, les arbres étaient en flammes. En trois minutes, il n'y avait plus rien », confiait Monique Courrège.

« Ça s'est passé tellement vite », expliquait Raymond Silvestrini en octobre dernier. Au moment du choc, j'ai dit en plaisantant : "Ça y est, on arrive." J'ai pensé une fraction de seconde qu'on allait tous descendre, prendre un autre car et passer notre journée comme si de rien n'était... À mesure que les flammes et les fumées s'approchaient de moi, je me suis dit : "On va tous y passer." » Le retraité du Libournais avait perdu sa compagne dans l'accident.

Table des matières

Achevé d'imprimer en septembre 2021
sur les presses de la Source d'Or
63200 Riom
Numéro d'impression : 109117

Imprimé en France
Dépôt légal : octobre 2021
ISBN : 978-2-8129-2730-0
www.deboree.com
livres@centrefrance.com